人民日报评论部◎著

人民日报
评论员文章
（2023 卷）

人民日报出版社
北京

图书在版编目（CIP）数据

人民日报评论员文章.2023卷 / 人民日报评论部著.
— 北京：人民日报出版社，2024.1
ISBN 978-7-5115-8209-6

Ⅰ.①人… Ⅱ.①人… Ⅲ.①评论性新闻—作品集—
中国—当代 Ⅳ.①I253

中国国家版本馆CIP数据核字（2024）第015279号

书　　名：人民日报评论员文章.2023卷
RENMIN RIBAO PINGLUNYUAN WENZHANG. 2023 JUAN
作　　者：人民日报评论部

出 版 人：刘华新
责任编辑：曹　腾　杨　校
版式设计：九章文化

出版发行：人民日报出版社
社　　址：北京金台西路2号
邮政编码：100733
发行热线：(010) 65369509　65369527　65369846　65369512
邮购热线：(010) 65369530　65363527
编辑热线：(010) 65369523
网　　址：www.peopledailypress.com
经　　销：新华书店
印　　刷：大厂回族自治县彩虹印刷有限公司
法律顾问：北京科宇律师事务所　(010) 83622312

开　　本：787mm×1092mm　1/16
字　　数：294千字
印　　张：23
版次印次：2024年1月第1版　2024年11月第3次印刷

书　　号：ISBN 978-7-5115-8209-6
定　　价：58.00元

出版说明

习近平总书记在中央和国家机关党的建设工作会议上的重要讲话中明确指出："党中央作出新的决策部署、出台新的文件，都要第一时间学习领会，养成读人民日报时政报道和重要评论、看中央电视台新闻联播、读《求是》杂志的习惯，线上线下同步学习，做到学习跟进、认识跟进、行动跟进。"

人民日报评论员文章，承担着第一时间准确解读习近平总书记重要讲话、重要指示精神和党中央决策部署的重要任务，发挥着举旗定向的重要作用。广大干部群众认为，人民日报评论员文章权威、准确、深刻，既有原汁原味的精辟论断，又有深入浅出的生动解读，是深入学习领会习近平新时代中国特色社会主义思想、深刻理解党和国家大政方针与重要部署的重要参考材料。

为满足广大干部群众深入学习领会习近平总书记重要讲话精神和党中央决策部署的需要，我们将2023年人民日报评论员文章结集出版，以期更好发挥党报评论在舆论上的导向作用、旗帜作用、引领作用。

本书编写组

目 录 ^{CONTENTS}

今天的中国，是梦想接连实现的中国

——习近平主席二〇二三年新年贺词启示录①

日月开新元，万象启新篇。告别2022年，迎来2023年，时间再次刻印下我们前行的坐标。

"历史长河波澜壮阔，一代又一代人接续奋斗创造了今天的中国。"新年前夕，习近平主席发表二〇二三年新年贺词，总结今天的中国"是梦想接连实现的中国""是充满生机活力的中国""是赓续民族精神的中国""是紧密联系世界的中国"，展望明天的中国"奋斗创造奇迹""力量源于团结""希望寄予青年"。豪情满怀的宣示、语重心长的嘱托、殷切深情的祝福，给人以深刻的启示、奋进的力量，激励亿万人民踔厉奋发、勇毅前行，让明天的中国更美好。

回望2022年，这是党和国家历史上极为重要的一年。党的二十大胜利召开，擘画了全面建设社会主义现代化国家、以中国式现代化全面推进中华民族伟大复兴的宏伟蓝图，吹响了奋进新征程的时代号角。面对风高浪急的国际环境和艰巨繁重的国内改革发展稳定任务，在以习近平同志为核心的党中央坚强领导下，全党全国各族人民迎难而上，统筹国内国际两个大局，统筹疫情防控和经济社会发展，统筹发展和安全，加大宏观调控力度，应对超预期因素冲击，保持了经济社会大局稳定，全面建设社会主义现代化国家新征程迈出坚实步伐。劈波斩浪、行稳致远，"中国号"巨轮扬帆再出发，向着实现中华民族伟大复兴的梦想壮阔行进。

事非经过不知难。经过艰苦卓绝的努力，我们战胜了前所未有的困难和挑战。在抗疫斗争中，我们始终坚持人民至上、生命至上，坚持科学精准防控，因时因势优化调整防控措施，最大限度保护了人民生命安全和身体健康。从经济稳健发展，全年国内生产总值预计超过120万亿元，到全国粮食总产量达13730.6亿斤，实现"十九连丰"；从巩固脱贫攻坚成果、全面推进乡村振兴，到成功举办北京冬奥会、冬残奥会；从中国空间站全面建成、第三艘航母"福建号"下水，到首架C919大飞机正式交付、白鹤滩水电站全面投产……中国人民是具有伟大梦想精神的人民，始终心怀梦想、不懈追求，把梦想的蓝图一步步变为美好现实。实现梦想的征途上，我们都在努力奔跑，每个人都是追梦人。正如习近平主席强调的，"这一切，凝结着无数人的辛勤付出和汗水。点点星火，汇聚成炬，这就是中国力量！"

今天的中国，发展具备了更为坚实的物质基础、更为完善的制度保证，中国人民的前进动力更加强大、奋斗精神更加昂扬、必胜信念更加坚定，焕发出更为强烈的历史自觉和主动精神，中国共产党和中国人民正信心百倍推进中华民族从站起来、富起来到强起来的伟大飞跃，实现中华民族伟大复兴进入了不可逆转的历史进程。同时必须清醒看到，前进道路上我们面临的风险考验只会越来越复杂，甚至会遇到难以想象的惊涛骇浪，必须准备付出更为艰巨、更为艰苦的努力。习近平主席强调："路虽远，行则将至；事虽难，做则必成。"梦想如号角，吹响亿万人民团结奋斗的时代旋律；梦想如画笔，绘写民族伟大复兴的万千气象。不管有多少涉滩之险、多少爬坡之艰、多少闯关之难，只要坚定信心、知难而进，一仗接着一仗打，就一定能攻克那些看似不可攻克的难关险阻、创造更多令人刮目相看的人间奇迹，把光荣镌刻在实现伟大梦想的非凡征程上。

今天的中国，梦想接连实现；明天的中国，更加灿烂美好。在充满光荣和梦想的新征程上，我们同舟共济、众志成城，脚步坚定、足音铿锵。让我们更加紧密地团结在以习近平同志为核心的党中央周围，撸起袖子加油干，风雨无阻向前行，为全面建设社会主义现代化国家、全面推进中华民族伟大复兴而团结奋斗，在新时代新征程上赢得更加伟大的胜利和荣光！

（2023年01月01日　03版）

今天的中国，是充满生机活力的中国

——习近平主席二〇二三年新年贺词启示录②

新时代大潮澎湃，新征程气象万千。在二〇二三年新年贺词中，习近平主席回望波澜壮阔的历史长河，礼赞一代又一代人的接续奋斗，指出"今天的中国，是充满生机活力的中国"，强调"只要笃定信心、稳中求进，就一定能实现我们的既定目标"。

过去一年，我国发展质量稳步提升，科技创新成果丰硕，改革开放全面深化，就业物价基本平稳，粮食安全、能源安全和人民生活得到有效保障。迎难而上，稳健发展，全年国内生产总值预计超过120万亿元，中国经济展现澎湃活力与光明前景。在新年贺词中，习近平主席放眼新时代的中国："各自由贸易试验区、海南自由贸易港蓬勃兴起，沿海地区踊跃创新，中西部地区加快发展，东北振兴蓄势待发，边疆地区兴边富民。"从白山黑水到南海之滨，从雪域高原到东部沿海，今天的中国，江山壮丽，人民豪迈。一个充满生机活力的中国，也必然是一个蒸蒸日上、未来可期的中国。

当前，世界百年未有之大变局加速演进，但时与势在我们一边，这是我们定力和底气所在，也是我们的决心和信心所在。机器转起来，工人忙起来，订单多起来，消费旺起来，物流跑起来……各地按下经济恢复"快进键"，复工复产加快、复商复市回暖，各类市场主体活力和信心得到进一步激发，动能正在积蓄、活力正在释放。随着疫情防控措施的优化调整，存量政策和增量政策叠加发力，今年我国经济运行有望总体回升。大力提振市场信心，切实落实"两个毫不动摇"，最大限度释放全社会的创新创造潜能，坚定不移深化改革，更大激发市场活力和社会创造力，一定能推动经济运行整体好转，实现质的有效提升和量的合理增长。

中国经济是一片大海，虽有风狂雨骤之时，却以其壮阔深邃，经得起风高浪急。习近平主席强调："中国经济韧性强、潜力大、活力足，长期向好的基本面依然不变。"我国连续多年稳居世界第二大经济体、第二大消费市场、制造业第一大国、货物贸易第一大国、外汇储备第一大国；我国具有全球最完整、规模最大的工业体系、强大的生产能力、完善的配套能力，拥有1.6亿多户市场主体和1.7亿多受过高等教育或拥有各类专业技能的人才，还有包括4亿多中等收入群体在内的14亿多人口所形成的超大规模内需市场，正处于新型工业化、信息化、城镇化、农业现代化快速发展阶段，投资需求潜力巨大；我们如期全面建成小康社会，打赢人类历史上规模最大的脱贫攻坚战，历史性地解决了绝对贫困问题，我国发展站在新的更高历史起点上。面向未来，有社会主义市场经济的体制优势，有超大规模市场的需求优势，有产业体系配套完善的供给优势，有勤劳智慧的广大劳动者和企业家等人力优势，只要把各方面的优势和活力真正激发出来，完整、准确、全面贯彻新发展理念，加快构建新发展格局，着力推动高质量发展，就能够在激烈的国际市场竞争和大国战略博弈中始终立于不败之地。我们对中国经济发展前途充满信心！

星光不问赶路人，历史属于奋进者。奋进新征程、建功新时代，更宏伟的目标等待我们去实现，更辉煌的成就等待我们去创造。保持"越是艰险越向前"的英雄气概，焕发"敢教日月换新天"的昂扬斗志，踔厉奋发、勇毅前行，我们必能不断创造更加灿烂的明天，中国必能始终充满生机活力。

（2023 年 01 月 02 日　01 版）

今天的中国，是赓续民族精神的中国

——习近平主席二〇二三年新年贺词启示录③

　　国家的繁荣，离不开人民的奋斗；民族的强盛，离不开精神的支撑。在二〇二三年新年贺词中，习近平主席强调"今天的中国，是赓续民族精神的中国"，感慨"每当辞旧迎新，总会念及中华民族千年传承的浩然之气，倍增前行信心"。

　　胜负之征，精神先见。犹记四川泸定地震后，救援队伍紧握绳索攀爬过江、抬着老乡踏过树枝"桥梁"，呈现新时代的"飞夺泸定桥"；犹记重庆山火前，上千名志愿者的头灯连成一条拦截火海的防线，筑起"新的长城"……回首2022年，地震、洪水、干旱、山火等自然灾害和一些安全事故，让人揪心，令人难过，但一幕幕舍生取义、守望相助的场景感人至深。面对艰难险阻，千千万万普通人以实际行动诠释了中国人民具有的伟大民族精神，习近平总书记这样点赞："英雄的事迹永远铭记在我们心中"。

　　大战大考彰显精神力量。新冠疫情暴发以来，以习近平同志为核心的党中央始终坚持人民至上、生命至上，坚持科学精准防控，广大干部群众特别是医务人员、基层工作者不畏艰辛、勇毅坚守，"经过艰苦卓绝的努力，我们战胜了前所未有的困难和挑战，每个人都不容易"。中国人民和中华民族以敢于斗争、敢于胜利的大无畏气概，铸就了生命至上、举国同心、舍生忘死、尊重科学、命运与共的伟大抗疫精神。回首2022年，我们因时因势优化防控策略，最大程度守护人民生命安全和身体健康，最大限度减少疫情对经济社会发展影响。疫情防控进入新阶段，仍是吃劲的时候，习近平主席殷切勉励："大家都在坚忍不拔努力，曙光就在前头。大家再加把劲，坚持就是胜利，团结就是胜利。"

唯有精神上站得住、站得稳，一个民族才能在历史洪流中屹立不倒、挺立潮头。今天，中华大地上不仅有高楼大厦遍地林立，中华民族精神的大厦也已经巍然耸立。中国人民更加自信、自立、自强，极大增强了志气、骨气、底气，在历史进程中积累的强大能量充分爆发出来，焕发出前所未有的历史主动精神、历史创造精神，正在信心百倍书写着新时代中国发展的伟大历史。

新征程是充满光荣和梦想的远征。全面建设社会主义现代化国家，是一项伟大而艰巨的事业，前途光明，任重道远。前进道路上，我们深知中华民族伟大复兴不是轻轻松松、敲锣打鼓就能实现的，必须勇于进行具有许多新的历史特点的伟大斗争，准备付出更为艰巨、更为艰苦的努力。今年是全面贯彻落实党的二十大精神的开局之年，开局关乎全局，起步决定后程。我们要增强文化自信，激扬精神的力量，以斗争精神迎接挑战，以奋进拼搏开辟未来，努力实现全年目标任务，依靠顽强斗争打开事业发展新天地，为实现第二个百年奋斗目标奠定良好基础。

征途漫漫，精神永恒。回望过往，中国人民在长期奋斗中培育、继承、发展起来的伟大民族精神，为中国发展和人类文明进步提供了强大精神动力；眺望前方，中国式现代化是物质文明和精神文明相协调的现代化，伟大复兴的光明前景需要伟大民族精神的支撑。雄关漫道真如铁，而今迈步从头越。新时代新征程，赓续伟大民族精神，坚定信念信心、增强历史主动、矢志团结奋斗，齐众心、汇众力、聚众智，我们一定能奋力创造新的时代辉煌、铸就新的历史伟业！

（2023年01月03日　01版）

今天的中国，是紧密联系世界的中国

——习近平主席二○二三年新年贺词启示录④

"今天的中国，是紧密联系世界的中国。"在二○二三年新年贺词中，习近平主席深情回顾过去一年"在北京迎接了不少新老朋友，也走出国门讲述中国主张"，郑重宣示中国"坚定站在历史正确的一边、站在人类文明进步的一边"，充分彰显了中国维护世界和平、促进共同发展的大国担当。

一年来，习近平主席在国内外主持和出席10余场重要国际多边会议，与60多位外国领导人及国际组织负责人举行会谈会见，同近30位外方领导人通电话、视频会晤，就双边关系发展和重大国际问题等密集互动、深入沟通。正如习近平主席强调的，"我们始终如一珍视和平和发展，始终如一珍惜朋友和伙伴"。成功举办北京冬奥会、冬残奥会，向各国人民发出"一起向未来"的热情呼唤；进博会、广交会、服贸会、消博会，一场场中国搭台的"东方之约"，践行"开放的大门将越开越大"的坚定诺言；去年前11个月中国与"一带一路"合作伙伴贸易额逆势增长20.4%，中欧班列开行数量再创新高，一大批标志性项目全面启动……广交天下朋友、共行天下大道，新时代中国以自信从容、海纳百川的气度，开启了中国发展同世界发展相互交融、相互成就的新征程。一个可信、可爱、可敬的中国，赢得越来越多理解、尊重与支持。

动荡的世界，急需稳定人心的力量；变革的时代，呼唤胸怀天下的担当。回首过去一年，新冠疫情反复延宕，世界经济脆弱性更加突出，地缘政治局势紧张，全球治理严重缺失，粮食和能源等多重危机叠加。面对前所未有的挑战，"人类向何处去"的未来之问从未如此迫切。习近平主席强调，"努力为人类和平与发展事业贡献中国智慧、中国方案"。落实全球发展倡议，近70个国家加入"全球发展倡议之友小组"；提出全球安全倡议，为弥补安全赤字贡献国际公共产品；呼吁共建地球生命共同体，推动《生物多样性公约》第十五次缔约方大会取得里程碑式成果……我们统筹国内国际两个大局、着眼全人类共同利益，高高举起人类命运共同体旗帜，为解决人类面临的共同问题贡献智慧与力量，为动荡变革的世界不断注入信心与希望。事实充分证明：中国是维护世界和平与发展的重要力量。

当前，"百年变局加速演进，世界并不太平"，各国都在思考未来之路。中国坚定奉行独立自主的和平外交政策，坚持维护世界和平、促进共同发展的外交宗旨，致力于推动构建人类命运共同体。中国的发展是世界和平力量的增长，中国永远不称霸、永远不搞扩张。中国有信心有能力以自身制度的稳定、治理的稳定、政策的稳定、发展的稳定，不断为国际社会注入宝贵的确定性稳定性。新征程上，中国将坚定不移走和平发展道路，坚定不移深化改革、扩大开放，坚定不移以中国式现代化全面推进中华民族伟大复兴。一个不断走向现代化的中国，必将为世界提供更多机遇，为国际合作注入更强动力，为全人类进步作出更大贡献。

风云变幻，不改人间正道；沧海横流，更当破浪前行。我们所处的是一个充满挑战的时代，也是一个充满希望的时代，人类的前途命运应该由世界各国人民来把握和决定。面向未来，各国共行天下大道，大力弘扬全人类共同价值，持续推动构建人类命运共同体，就一定能携手开创人类更加美好的未来。

（2023年01月04日　01版）

让明天的中国更美好

——习近平主席二〇二三年新年贺词启示录⑤

　　"明天的中国，奋斗创造奇迹""明天的中国，力量源于团结""明天的中国，希望寄予青年"。在二〇二三年新年贺词中，习近平主席放眼"今天的中国"，展望"明天的中国"，寄语亿万人民"我们要一往无前、顽强拼搏，让明天的中国更美好"。铿锵的话语、殷切的期待，鼓舞和激励着亿万中华儿女阔步新征程、昂首向未来。

　　过去一年，是党和国家发展史上极为重要的一年。面对疫情反复延宕和复杂严峻的国内外环境，以习近平同志为核心的党中央团结带领全党全国各族人民迎难而上，砥砺前行，取得了来之不易的成绩。回首中国共产党百年栉风沐雨、披荆斩棘，习近平主席感慨"历程何其艰辛又何其伟大"。有梦不觉天涯远，扬帆远航再出发。党的二十大擘画了全面建设社会主义现代化国家、以中国式现代化全面推进中华民族伟大复兴的宏伟蓝图，吹响了奋进新征程的时代号角。这是充满光荣和梦想的远征，光荣激励着我们，梦想召唤着我们。我们要拿出勇气、拿出干劲，继续奔跑、不懈奋进，让明天的中国更美好。

　　让明天的中国更美好，要砥砺奋斗之志。过去一年，从冰雪健儿驰骋赛场取得骄人成绩，到科研人员殚精竭虑打造大国重器；从亿万农民辛勤劳作实现粮食生产"十九连丰"，到医护人员夜以继日守护人民健康安全……无数人以拼搏、奋斗和汗水，托举起沉甸甸的中国答卷。前方仍有关山万千重，但"路虽远，行则将至；事虽难，做则必成"。实现既定目标，我们充满信心，因为亿万人民的共同奋斗将凝聚起无坚不摧的磅礴力量。正如习近平主席强调的，"只要有愚公移山的志气、滴水穿石的毅力，脚踏实地，埋头苦干，积跬步以至千里，就一定能够把宏伟目标变为美好现实。"

让明天的中国更美好，要凝聚团结之力。团结就是力量，团结才能胜利。一路走来，稳经济、促发展，战贫困、建小康，控疫情、抗大灾，应变局、化危机……面对前进道路上的风浪，中国人民总能在党的旗帜下团结成"一块坚硬的钢铁"，书写"人心齐，泰山移"的动人篇章。习近平主席深刻指出："中国这么大，不同人会有不同诉求，对同一件事也会有不同看法，这很正常，要通过沟通协商凝聚共识。"实现中华民族伟大复兴，需要团结一切可以团结的力量，调动一切可以调动的积极因素，形成同心共圆中国梦的强大合力。我们坚信，"14亿多中国人心往一处想、劲往一处使，同舟共济、众志成城，就没有干不成的事、迈不过的坎。"

让明天的中国更美好，要绽放青春之花。青年兴则国家兴，中国发展要靠广大青年挺膺担当。在广阔乡村挥洒汗水、助力振兴，在工厂车间立足本职、争创一流，在科技战线致力创新、贡献才智，在三尺讲台为党育人、为国育才，在风雪边关献身国防、捍卫和平……今日神州大地，年轻充满朝气，青春孕育希望。实现中国梦是一场历史接力赛，当代青年要在实现民族复兴的赛道上奋勇争先。在新年贺词中，习近平主席勉励广大青年"厚植家国情怀、涵养进取品格，以奋斗姿态激扬青春，不负时代，不负华年"。怀抱梦想又脚踏实地，敢想敢为又善作善成，在担当中历练，在尽责中成长，争当伟大理想的追梦人，争做伟大事业的生力军，新时代中国青年必能让青春在全面建设社会主义现代化国家的火热实践中绽放绚丽之花。

中国的昨天已经写在人类的史册上，中国的今天正在亿万人民手中创造，中国的明天必将更加美好。新征程上，让我们更加紧密地团结在以习近平同志为核心的党中央周围，以坚如磐石的信心、只争朝夕的劲头、坚韧不拔的毅力，踔厉奋发、勇毅前行、团结奋斗，一步一个脚印把前无古人的伟大事业推向前进，努力创造更加灿烂的明天。

（2023年01月05日　01版）

建设高素质专业化预备役人员队伍的法治保障

预备役部队是人民解放军的组成部分，是寓军于民、快速动员的有效组织形式，与现役部队共同履行人民军队使命任务。预备役人员是预备役部队的主体，是国家武装力量的成员，是战时现役部队兵员补充的重要来源。

2022年12月30日，十三届全国人大常委会第三十八次会议表决通过《中华人民共和国预备役人员法》。制定这部法律，是贯彻落实习近平总书记和党中央决策部署的重要举措，是完善中国特色社会主义法律体系、全面加强军事治理的内在要求，是加强国防力量建设、巩固提高一体化国家战略体系和能力的客观需要。

预备役人员法坚持以习近平新时代中国特色社会主义思想为指导，深入贯彻习近平强军思想，坚持党对军队的绝对领导，坚持总体国家安全观，贯彻新时代军事战略方针，是全面规范预备役人员工作的基础性、综合性法律，是推进军事政策制度改革的重要成果。预备役人员法的公布和施行，标志着预备役人员制度改革取得突破性进展，对于加强预备役人员队伍法治化建设，推进预备役部队转型发展具有重要意义，为建设高素质专业化预备役人员队伍提供了坚强的法治保障。

党的十八大以来，以习近平同志为核心的党中央高度重视预备役部队建设，先后推进一系列改革部署，推动实施一系列重大举措，把预备役部队全面纳入军队领导指挥体系，预备役部队建设定位进一步明确，领导体制进一步理顺，结构布局进一步优化，管理职责进一步厘清，全面推动预备役部队转型重塑。当前，世界百年未有之大变局加速演进，我国安全形势不稳定性不确定性增大，军事斗争任务艰巨繁重。加强预备役人员队伍建设，有利于国防和军队建设融入经济社会发展体系、同国家现代化发展相协调，有利于打通国家综合实力向先进战斗力、体系对抗力的转化路径，既是推动我军高质量发展的务实之举，也是解放和发展战斗力的战略选择。

党的二十大从全面建设社会主义现代化国家、全面推进中华民族伟大复兴的全局出发，对国防和军队建设作出战略部署，强调全面加强军事治理，巩固拓展国防和军队改革成果，完善军事力量结构编成，体系优化军事政策制度。这次颁布实施预备役人员法，贯彻党中央、中央军委关于预备役部队调整改革的部署要求，以军事需求为牵引，以备战打仗为指向，以质量建设为着力点，牢牢把握预备役人员姓军为战属性，着力构建一整套导向鲜明、权威规范、系统配套的新时代预备役人员制度体系，必将为建设世界一流预备役部队提供有力制度支撑。

"法与时转则治，治与世宜则有功。"着眼提高预备役人员履行使命任务的能力和水平，预备役人员法遵循为战务战、体系设计、能力为本、集聚英才、继承创新的基本原则，规范"选、训、用、管、召、退"全流程服役链路，重点规范预备役人员工作领导管理体制、预备役军衔制度，以及预备役人员选拔补充、教育训练和晋升任用、日常管理、征召、待遇保障、退出预备役等制度，必将推动建设一支召之即来、来之能战、战之必胜的预备役人员队伍。

事必有法，然后可成。预备役人员工作跨军地、跨领域，是非常复杂的系统工程。中央和国家机关、地方党委和政府要站在党和国家事业发展全局的高度，严格依法履行国防建设责任，持续深入抓好预备役人员法学习宣传贯彻工作，一如既往支持预备役部队和预备役人员队伍建设，推动形成军队主导、军地协同、依法履责的工作格局。各地区各部门要加强组织领导，强化军地协作，密切协同配合，及时研究解决法律实施中遇到的矛盾问题，确保预备役人员法有效落地、有力实施，不断提高预备役人员工作的质量效益，在新时代新征程上凝聚起军地携手、共同实现中国梦强军梦的磅礴力量。

（2023 年 01 月 05 日　02 版）

时刻保持解决大党独有难题的清醒和坚定

——论学习贯彻习近平总书记二十届
中央纪委二次全会重要讲话精神

我们党是世界上最大的马克思主义执政党，大就要有大的样子，大也有大的难处。在二十届中央纪委二次全会上，习近平总书记从党和国家事业发展全局的高度，深刻分析大党独有难题的形成原因、主要表现和破解之道，深刻阐述健全全面从严治党体系的目标任务、实践要求，对坚定不移深入推进全面从严治党作出战略部署。习近平总书记的重要讲话高屋建瓴、思想深邃、内涵丰富、论述精辟，具有很强的政治性、指导性、针对性，是深入推进全面从严治党的根本遵循，是新时代新征程纪检监察工作高质量发展的根本指引。

治国必先治党，党兴才能国强。新时代十年，以习近平同志为核心的党中央把全面从严治党纳入"四个全面"战略布局，从制定和落实中央八项规定开局破题，提出和落实新时代党的建设总要求，以党的政治建设统领党的建设各项工作，坚持思想建党和制度治党同向发力，持之以恒正风肃纪，开展史无前例的反腐败斗争，以"得罪千百人、不负十四亿"的使命担当祛病治乱，刹住了一些长期没有刹住的歪风，纠治了一些多年未除的顽瘴痼疾，消除了党、国家、军队内部存在的严重隐患。经过不懈努力，党找到了自我革命这一跳出治乱兴衰历史周期率的第二个答案，自我净化、自我完善、自我革新、自我提高能力显著增强，管党治党宽松软状况得到根本扭转，风清气正的党内政治生态不断形成和发展，党在革命性锻造中更加坚强有力、更加充满活力。实践深刻表明，全面从严治党是新时代党的自我革命的伟大实践，开辟了百年大党自我革命的新境界，赢得了保持同人民群众的血肉联系、人民衷心拥护的历史主动，赢得了全党高度团结统一、走在时代前列、带领人民实现中华民族伟大复兴的历史主动。

新时代全面从严治党之所以取得历史性、开创性成就，产生全方位、深层次影响，根本在于以习近平同志为核心的党中央坚强领导，在于习近平新时代中国特色社会主义思想科学指引。实践充分证明，"两个确立"是推动党和国家事业取得历史性成就、发生历史性变革的决定性因素，是战胜一切艰难险阻、应对一切不确定性的最大确定性、最大底气、最大保证。深刻领悟"两个确立"的决定性意义，一刻不停推进全面从严治党，不断清除一切损害党的先进性和纯洁性的有害因素，不断清除一切侵蚀党的健康肌体的病原体，就一定能够确保党永远不变质、不变色、不变味，确保党在新时代坚持和发展中国特色社会主义的历史进程中始终成为坚强领导核心。

党的二十大提出，全面建设社会主义现代化国家、全面推进中华民族伟大复兴，关键在党。我们党要始终赢得人民拥护、巩固长期执政地位，必须时刻保持解决大党独有难题的清醒和坚定。要深刻认识到，大党大国，既是我们办大事、建伟业的优势，也使我们治党治国面对很多独有难题。习近平总书记强调："如何始终不忘初心、牢记使命，如何始终统一思想、统一意志、统一行动，如何始终具备强大的执政能力和领导水平，如何始终保持干事创业精神状态，如何始终能够及时发现和解决自身存在的问题，如何始终保持风清气正的政治生态，都是我们这个大党必须解决的独有难题。"这充分体现了我们党对所处历史方位、肩负使命任务、面临复杂环境的清醒认识，充分彰显了新时代中国共产党人对党的根本性质和党情国情发展变化的深刻把握，为我们在新征程上推动全面从严治党向纵深发展指明了努力方向。

习近平总书记指出："解决这些难题，是实现新时代新征程党的使命任务必须迈过的一道坎，是全面从严治党适应新形势新要求必须啃下的硬骨头。"新征程上，我国改革发展稳定面临不少深层次矛盾躲不开、绕不过，党的建设特别是党风廉政建设和反腐败斗争面临不少顽固性、多发性问题，党面临的"四大考验""四种危险"将长期存在，全面从严治党永远在路上，党的自我革命永远在路上。要站在事关党长期执政、国家长治久安、人民幸福安康的高度，把全面从严治党作为党的长期战略、永恒课题，始终坚持问题导向，保持战略定力，发扬彻底的自我革命精神，永远吹冲锋号，把严的基调、严的措施、严的氛围长期坚持下去，把党的伟大自我革命进行到底。要坚持严管和厚爱结合、激励和约束并重，坚持"三个区分开来"，更好激发广大党员、干部的积极性、主动性、创造性，形成奋进新征程、建功新时代的浓厚氛围和生动局面。

一个饱经沧桑而初心不改的党，才能基业常青；一个铸就辉煌仍勇于自我革命的党，才能无坚不摧。前进道路上，让我们更加紧密地团结在以习近平同志为核心的党中央周围，全面贯彻习近平新时代中国特色社会主义思想，深刻领悟"两个确立"的决定性意义，增强"四个意识"、坚定"四个自信"、做到"两个维护"，时刻保持解决大党独有难题的清醒和坚定，以一往无前的奋斗姿态、永不懈怠的精神状态，不断取得全面从严治党新成效，奋力谱写全面建设社会主义现代化国家新篇章。

（2023年01月11日　01版）

健全全面从严治党体系

——论学习贯彻习近平总书记二十届中央纪委二次全会重要讲话精神

"构建全面从严治党体系是一项具有全局性、开创性的工作。"在二十届中央纪委二次全会上，习近平总书记深刻总结新时代十年我们党初步构建起全面从严治党体系，深刻阐述健全全面从严治党体系的目标任务、实践要求，对推动新时代党的建设新的伟大工程向纵深发展具有重大指导意义。

全面从严治党是新时代党的自我革命的伟大实践，是新时代党的建设的鲜明主题。党的十八大以来，以习近平同志为核心的党中央不断深化对自我革命规律的认识，不断推进党的建设理论创新、实践创新、制度创新，初步构建起全面从严治党体系。十年来，以党的政治建设为统领，坚持党中央集中统一领导是最高政治原则，持续提高各级党组织和党员干部政治判断力、政治领悟力、政治执行力；把思想建设作为党的基础性建设，坚持不懈用习近平新时代中国特色社会主义思想凝心铸魂；坚持新时代党的组织路线，增强党组织政治功能和组织力凝聚力；坚决落实中央八项规定精神，以钉钉子精神纠四风树新风；把纪律建设纳入党的建设总体布局，坚持纪严于法、纪在法前；把制度建设贯穿到党的各项建设之中，不断提高党的建设科学化、制度化、规范化水平；坚持以雷霆之势反腐惩恶，反腐败斗争取得压倒性胜利并全面巩固。2022年，中央纪委国家监委和国家统计局合作开展的民意调查结果显示，97.4%的群众认为全面从严治党卓有成效，比2012年提高了22.4%，99%的群众认为党中央正风肃纪反腐的举措体现了我们党彻底的自我革命精神。

党的二十大报告提出"健全全面从严治党体系"，这是加强新时代党的建设的重大举措。必须深刻认识到，全面从严治党永远在路上，党的自我革命永远在路上。我们党作为长期执政的马克思主义政党，党的远大目标和历史使命，党的队伍的庞大规模和广泛分布，党面临的重大风险和严峻挑战，都要求必须健全全面从严治党体系，把党建设得更加坚强有力。只有整体地而不是局部地、系统地而不是零碎地、持久地而不是短暂地、高标准地而不是一般化地全面从严治党，全面推进党的自我净化、自我完善、自我革新、自我提高，才能使我们党坚守初心使命，始终成为中国特色社会主义事业的坚强领导核心。

习近平总书记强调："全面从严治党体系应是一个内涵丰富、功能完备、科学规范、运行高效的动态系统。"健全全面从严治党体系，需要坚持制度治党、依规治党，更加突出党的各方面建设有机衔接、联动集成、协同协调，更加突出体制机制的健全完善和法规制度的科学有效，更加突出运用治理的理念、系统的观念、辩证的思维管党治党建设党。要坚持内容上全涵盖，党的建设推进到哪里，全面从严治党体系就要构建到哪里，把全面从严治党贯穿于党的建设各方面；要坚持对象上全覆盖，从严抓好领导干部队伍、党员队伍、各级党组织建设，重点是抓好"关键少数"；要坚持责任上全链条，压实各级党委（党组）全面从严治党主体责任，增强管党治党意识、落实管党治党责任；要坚持制度上全贯通，用制度促进全面从严治党体系贯通联动，真正实现制度治党、依规治党。只有进一步健全全面从严治党体系，使全面从严治党各项工作更好体现时代性、把握规律性、富于创造性，才能把全面从严治党引向深入，做到管党有方、治党有力、建党有效。

全面建设社会主义现代化国家、全面推进中华民族伟大复兴，关键在党。全面从严治党是党永葆生机活力、走好新的赶考之路的必由之路。新征程上，我们不知还要爬多少坡、过多少坎、经历多少风风雨雨、克服多少艰难险阻。永远保持赶考的清醒和谨慎，驰而不息推进全面从严治党，不断健全全面从严治党体系，把党的伟大自我革命进行到底，以党的自我革命引领社会革命，我们就一定能向历史和人民交出新的优异答卷、创造新的更大奇迹。

（2023 年 01 月 12 日　01 版）

坚定不移深入推进全面从严治党

——论学习贯彻习近平总书记二十届中央纪委二次全会重要讲话精神

　　全面从严治党永远在路上，党的自我革命永远在路上。习近平总书记在二十届中央纪委二次全会上发表重要讲话，对坚定不移深入推进全面从严治党作出战略部署，强调要站在事关党长期执政、国家长治久安、人民幸福安康的高度，把全面从严治党作为党的长期战略、永恒课题，始终坚持问题导向，保持战略定力，发扬彻底的自我革命精神，永远吹冲锋号，把严的基调、严的措施、严的氛围长期坚持下去，把党的伟大自我革命进行到底。

　　办好中国的事情，关键在党、关键在全面从严治党。党的二十大擘画了全面建设社会主义现代化国家、以中国式现代化全面推进中华民族伟大复兴的宏伟蓝图，吹响了奋进新征程的时代号角。向着新的奋斗目标出发，要把新时代坚持和发展中国特色社会主义这场伟大社会革命进行好，在新征程上不断夺取全面建设社会主义现代化国家新胜利，我们党必须勇于进行自我革命，毫不动摇把党建设得更加坚强有力。同时要看到，经过十八大以来全面从严治党，我们解决了党内许多突出问题，但党面临的"四大考验""四种危险"将长期存在，解决大党独有难题，是全面从严治党适应新形势新要求必须啃下的硬骨头。实践一再告诫我们，管党治党一刻也不能放松，决不能有松劲歇脚、疲劳厌战的情绪，必须持之以恒推进全面从严治党，深入推进新时代党的建设新的伟大工程，以党的自我革命引领社会革命。

今年是全面贯彻落实党的二十大精神的开局之年，是实施"十四五"规划承前启后的关键一年，是为全面建设社会主义现代化国家奠定基础的重要一年。开局关乎全局，起步决定后程，深入推进全面从严治党意义重大。要深刻认识到，政治监督是督促全党坚持党中央集中统一领导的有力举措，只有强化政治监督才能推动全党目标一致、团结一致、步调一致向前进；制定实施中央八项规定，是我们党在新时代的徙木立信之举，只有常抓不懈、久久为功，才能化风成俗、以优良党风引领社风民风；纪律是管党治党的"戒尺"，也是党员、干部约束自身行为的标准和遵循，只有把严的要求贯彻到党规制定、党纪教育、执纪监督全过程，才能使全党形成遵规守纪的高度自觉；反腐败斗争形势依然严峻复杂，遏制增量、清除存量的任务依然艰巨，只要存在腐败问题产生的土壤和条件，反腐败斗争就一刻不能停；健全党统一领导、全面覆盖、权威高效的监督体系，是实现国家治理体系和治理能力现代化的重要标志，只有统筹推进各类监督力量整合、程序契合、工作融合，才能让权力在阳光下运行。

坚定不移深入推进全面从严治党，就要把思想和行动统一到习近平总书记重要讲话精神和党中央决策部署上来，提高政治站位，强化政治担当，狠抓工作落实，为全面建设社会主义现代化国家开好局起好步提供坚强保障。要以有力政治监督保障党的二十大决策部署落实见效，在具体化、精准化、常态化上下更大功夫，切实打通贯彻执行中的堵点淤点难点，推动完善党中央重大决策部署落实机制；要锲而不舍落实中央八项规定精神，继续纠治享乐主义、奢靡之风，把纠治形式主义、官僚主义作为作风建设的重点任务，推进作风建设常态化长效化；要把纪律建设摆在更加突出位置，既让铁纪"长牙"、发威，又让干部重视、警醒、知止，引导每一个共产党员特别是领导干部牢固树立党章意识，进一步养成在受监督和约束的环境中工作生活的习惯；要深化标本兼治、系统治理，一体推进不敢腐、不能腐、不想腐，进一步健全完善惩治行贿的法律法规，严厉打击那些所谓"有背景"的"政治骗子"；要发挥党委（党组）的主导作用，持续深化纪检监察体制改革，把巡视利剑磨得更光更亮，勇于亮剑，始终做到利剑高悬、震慑常在。纪检监察机关是推进全面从严治党的重要力量，使命光荣、责任重大，必须忠诚于党、勇挑重担，敢打硬仗、善于斗争，在攻坚战持久战中始终冲锋在最前面。

新征程是充满光荣和梦想的远征。党的建设新的伟大工程，是引领伟大斗争、伟大事业、最终实现伟大梦想的根本保证。更加紧密地团结在以习近平同志为核心的党中央周围，坚持以习近平新时代中国特色社会主义思想为指导，一刻不停推进全面从严治党，深入推进新时代党的建设新的伟大工程，我们这个百年大党就一定能在自我革命中不断焕发蓬勃生机，永葆旺盛生命力和强大战斗力，团结带领亿万人民战胜前进道路上的一切风险挑战，谱写新时代中国特色社会主义更加绚丽的华章。

（2023年01月13日　01版）

坚定信心、顽强拼搏，实现新征程良好开局

"只要我们坚定信心、顽强拼搏，就一定能够实现新征程的良好开局。"习近平总书记在2023年春节团拜会上发表重要讲话，充分肯定过去一年党和国家事业取得新的重大成就，深刻指出"这一年的成绩来之不易，是党和人民一道拼出来、干出来、奋斗出来的"，强调"我们靠实干创造了辉煌的过去，还要靠实干开创更加美好的未来"。

历史长河波澜壮阔，时代洪流滚滚向前。即将过去的壬寅虎年，是党和国家发展史上极为重要的一年。党的二十大胜利召开，擘画了全面建设社会主义现代化国家、以中国式现代化全面推进中华民族伟大复兴的宏伟蓝图，吹响了奋进新征程的时代号角。一年来，国际环境风高浪急，国内改革发展稳定任务艰巨繁重，在以习近平同志为核心的党中央坚强领导下，全党全军全国各族人民迎难而上、团结奋斗，全面落实疫情要防住、经济要稳住、发展要安全的要求，统筹国内国际两个大局，统筹疫情防控和经济社会发展，统筹发展和安全，加大宏观调控力度，应对超预期因素冲击，保持了经济社会大局稳定。

艰难方显勇毅，磨砺始得玉成。这一年，我国经济保持增长，全年国内生产总值超过120万亿元，粮食生产实现"十九连丰"，中国人的饭碗端得更牢了；这一年，我们坚持人民至上、生命至上，根据病毒变化和防疫形势，不断优化疫情防控措施，最大程度守护人民生命安全和身体健康，最大限度减少对经济社会生活的影响；这一年，北京冬奥会、冬残奥

会成功举办，中国空间站全面建成、第三艘航母"福建号"下水、首架C919大飞机正式交付、白鹤滩水电站全面投产……今天，全党全军全国各族人民意气风发踏上新征程，向着新目标，奋楫再出发！

在百年变局和世纪疫情相互叠加的复杂局面下，我们能够取得这样的成绩，殊为不易，值得倍加珍惜！正是凭着龙腾虎跃的干劲、敢入虎穴的闯劲、坚忍不拔的韧劲，党和人民一道拼、一道干、一道奋斗，书写了社会主义现代化建设的新篇章。实践充分证明，"两个确立"是推动党和国家事业取得历史性成就、发生历史性变革的决定性因素，是战胜一切艰难险阻、应对一切不确定性的最大确定性、最大底气、最大保证。只要党和人民始终站在一起、想在一起、干在一起，任何风浪都动摇不了我们的钢铁意志，任何困难都阻挡不了我们的铿锵步伐。

2023年是全面贯彻落实党的二十大精神的开局之年。开局关乎全局，起步决定后程。习近平总书记强调："我们要坚持稳字当头、稳中求进，更好统筹国内国际两个大局，更好统筹疫情防控和经济社会发展，更好统筹发展和安全，全面深化改革开放，努力实现经济运行整体好转，推动人民生活持续改善。"面对前进道路上的风险挑战乃至惊涛骇浪，我们要以斗争精神迎接挑战，以奋进拼搏开辟未来，努力实现全年目标任务，为实现第二个百年奋斗目标奠定良好基础。

回望过往的奋斗路，我们党紧紧依靠人民，稳经济、促发展，战贫困、建小康，控疫情、抗大灾，应变局、化危机，攻克了一个个看似不可攻克的难关险阻，创造了一个个令人刮目相看的人间奇迹。眺望前方的奋进路，"新征程是充满光荣和梦想的远征，没有捷径，唯有实干。"大道至简，实干为要。只有脚踏实地，埋头苦干，不驰于空想，不骛于虚声，才能把宏伟目标变为美好现实；只有笃实好学，尊重实际，不违背规律，不盲目蛮干，才能开辟党和人民事业发展新境界；只有求真务实，注重实效，不做表面文章，不耍花拳绣腿，才能不断实现人民对美好生活的向往。实践告诉我们，为者常成，行者常至，历史不会辜负实干者。在中华传统文化中，兔被称为瑞兔、玉兔，代表着机智敏捷、纯洁善良、平静美好。农历兔年，像动如脱兔般奋跃而上、飞速奔跑，在各行各业竞展风流、尽显风采，一定能为全面建设社会主义现代化国家开好局起好步。

今天的中国，是梦想接连实现的中国，是充满生机活力的中国，是赓续民族精神的中国，是紧密联系世界的中国。新的伟大征程上，让我们更加紧密地团结在以习近平同志为核心的党中央周围，全面贯彻习近平新时代中国特色社会主义思想，深刻领悟"两个确立"的决定性意义，增强"四个意识"、坚定"四个自信"、做到"两个维护"，全面贯彻落实党的二十大精神，保持愚公移山的志气、滴水穿石的毅力，坚定信心、顽强拼搏，踔厉奋发、勇毅前行，为全面建设社会主义现代化国家、全面推进中华民族伟大复兴而团结奋斗。

（2023年01月21日　01版）

中国式现代化是党领导人民
长期探索和实践的重大成果

——论深入学习领会习近平总书记在学习贯彻
党的二十大精神研讨班开班式上重要讲话

"概括提出并深入阐述中国式现代化理论，是党的二十大的一个重大理论创新，是科学社会主义的最新重大成果。"在新进中央委员会的委员、候补委员和省部级主要领导干部学习贯彻习近平新时代中国特色社会主义思想和党的二十大精神研讨班开班式上，习近平总书记站在党和国家事业发展全局的战略高度，深刻阐述了中国式现代化的一系列重大理论和实践问题。习近平总书记的重要讲话高屋建瓴、视野宏大、思想深邃、内涵丰富，是对中国式现代化理论的极大丰富和发展，具有很强的政治性、理论性、针对性、指导性，对于全党正确理解中国式现代化，全面学习、全面把握、全面落实党的二十大精神，努力在新征程上开创党和国家事业发展新局面，具有十分重要的意义。

近代以后，国家蒙辱、人民蒙难、文明蒙尘，中华民族遭受了前所未有的劫难。为了拯救民族危亡，无数仁人志士奔走呐喊，各种救国方案轮番出台，但都以失败告终。探索中国现代化道路的重任，历史地落在了中国共产党身上。百年来，我们党团结带领中国人民所进行的一切奋斗，就是为了把我国建设成为现代化强国，实现中华民族伟大复兴。在新民主主义革命时期，党团结带领人民，浴血奋战、百折不挠，建立了人民当家作主的中华人民共和国，实现了民族独立、人民解放，为实现现代化创造了根本社会条件。新中国成立后，党团结带领人民进行社会主义革命，确立社会主义基本制度，建立起独立的比较完整的工业体系和国民经济体系，为现代化建设奠定根本政治前提和宝贵经验、理论准备、物质基础。改革开放和社会主义建设新时期，党作出把党和国家工作中心转移到经济建设上来、实行改革开放的历史性决策，大力推进实践基础上的理论创新、制度创新、文化创新以及其他各方面创新，实行社会主义市场经济体制，为中国式现代化提供了充满新的活力的体制保证和快速发展的物质条件。

党的十八大以来，以习近平同志为核心的党中央领导全党全国各族人民砥砺前行，在新中国成立特别是改革开放以来长期探索和实践基础上继续前进，不断实现理论和实践上的创新突破，成功推进和拓展了中国式现代化。在认识上不断深化，创立了习近平新时代中国特色社会主义思想，实现了马克思主义中国化时代化新的飞跃，为中国式现代化提供了根本遵循；进一步深化对中国式现代化的内涵和本质的认识，概括形成中国式现代化的中国特色、本质要求和重大原则，初步构建中国式现代化的理论体系，使中国式现代化更加清晰、更加科学、更加可感可行。在战略上不断完善，深入实施科教兴国战略、人才强国战略、乡村振兴战略等一系列重大战略，为中国式现代化提供坚实战略支撑。在实践上不断丰富，推进一系列变革性实践、实现一系列突破性进展、取得一系列标志性成果，推动党和国家事业取得历史性成就、发生历史性变革，特别是消除了绝对贫困问题，全面建成小康社会，为中国式现代化提供了更为完善的制度保证、更为坚实的物质基础、更为主动的精神力量。

习近平总书记深刻指出："中国式现代化是我们党领导全国各族人民在长期探索和实践中历经千辛万苦、付出巨大代价取得的重大成果，我们必须倍加珍惜、始终坚持、不断拓展和深化。"进入新时代，党和国家面临的形势之复杂、斗争之严峻、改革发展稳定任务之艰巨世所罕见、史所罕见，正是因为确立了习近平同志党中央的核心、全党的核心地位，确立了习近平新时代中国特色社会主义思想的指导地位，党才有力解决了影响党长期执政、国家长治久安、人民幸福安康的突出矛盾和问题，从根本上确保实现中华民族伟大复兴进入了不可逆转的历史进程，中国式现代化得到成功推进和拓展。实践充分表明，"两个确立"是战胜一切艰难险阻、应对一切不确定性的最大确定性、最大底气、最大保证，对新时代党和国家事业发展、对推进中华民族伟大复兴历史进程具有决定性意义。新征程上，深刻领悟"两个确立"的决定性意义，坚定不移在思想上政治上行动上同以习近平同志为核心的党中央保持高度一致，坚持道不变、志不改，坚持把国家和民族发展放在自己力量的基点上、把中国发展进步的命运牢牢掌握在自己手中，沿着中国式现代化的康庄大道阔步前行，就一定能够把我国建设成为富强民主文明和谐美丽的社会主义现代化强国。

党的二十大深刻阐释了中国式现代化的中国特色、本质要求和必须牢牢把握的重大原则，擘画了全面建设社会主义现代化国家、以中国式现代化全面推进中华民族伟大复兴的宏伟蓝图，明确了新时代新征程党和国家事业发展的目标任务，吹响了奋进新征程的时代号角。习近平总书记在这次研讨班开班式上的重要讲话中进一步指出"党的领导直接关系中国式现代化的根本方向、前途命运、最终成败"，"中国式现代化既有各国现代化的共同特征，更有基于自己国情的鲜明特色"，"中国式现代化为广大发展中国家独立自主迈向现代化树立了典范，为其提供了全新选择"，强调"推进中国式现代化是一个系统工程，需要统筹兼顾、系统谋划、整体推进"，要求"必须增强忧患意识，坚持底线思维，居安思危、未雨绸缪，敢于斗争、善于斗争，通过顽强斗争打开事业发展新天地"。我们要把思想和行动统一到习近平总书记重要讲话精神上来，统一到党中央决策部署上来，扎实抓好本地区本部门本单位各项工作，扎实推进中国式现代化建设，坚定不移把党的二十大提出的目标任务落到实处。

中国式现代化是我们党领导人民长期探索和实践的重大成果，是一项伟大而艰巨的事业。惟其艰巨，所以伟大；惟其艰巨，更显荣光。现在，全党全国各族人民正意气风发迈上全面建设社会主义现代化国家新征程，向第二个百年奋斗目标进军，以中国式现代化全面推进中华民族伟大复兴。让我们更加紧密地团结在以习近平同志为核心的党中央周围，全面贯彻习近平新时代中国特色社会主义思想，深刻领悟"两个确立"的决定性意义，增强"四个意识"、坚定"四个自信"、做到"两个维护"，坚定不移走中国式现代化这条强国建设、民族复兴的唯一正确道路，坚定信心、团结奋斗，求真务实、顽强拼搏，不断谱写新时代中国特色社会主义新篇章，奋力夺取全面建设社会主义现代化国家新胜利。

（2023年02月09日　01版）

中国式现代化是中国共产党
领导的社会主义现代化

——论深入学习领会习近平总书记在学习贯彻
党的二十大精神研讨班开班式上重要讲话

党的二十大报告强调，中国式现代化是中国共产党领导的社会主义现代化。在新进中央委员会的委员、候补委员和省部级主要领导干部学习贯彻习近平新时代中国特色社会主义思想和党的二十大精神研讨班开班式上，习近平总书记深入阐释党在中国式现代化建设中的领导地位，深刻指出"党的领导直接关系中国式现代化的根本方向、前途命运、最终成败"。

回首百年历程，中国共产党肩负起探索中国现代化道路的重任，团结带领人民以不懈奋斗深刻改变了近代以后中华民族发展的方向和进程，深刻改变了中国人民和中华民族的前途和命运，深刻改变了世界发展的趋势和格局。放眼中华文明五千多年历史，没有哪一种政治力量能像中国共产党这样深刻地、历史性地推动中华民族发展进程。只有在中国共产党领导下，我们的国家才彻底改变积贫积弱的面貌、向着现代化目标迈进，我们的民族才彻底从沉沦中奋起、迎来伟大复兴的光明前景，我们的人民才彻底摆脱备受剥削被压迫的地位、真正掌握自己的命运。历史和实践充分表明，中国式现代化的重大成果，正是我们党领导全国各族人民在长期探索和实践中取得的，历经了千辛万苦，付出了巨大代价。历史和人民选择了中国共产党，中国共产党也没有辜负历史和人民的选择。

中国共产党是最高政治领导力量，中国共产党领导是党和国家的根本所在、命脉所在，是全国各族人民的利益所系、命运所系。党的性质宗旨、初心使命、信仰信念、政策主张，决定了中国式现代化是社会主义现代化，而不是别的什么现代化。我们党始终高举中国特色社会主义伟大旗帜，既坚持科学社会主义基本原则，又不断赋予其鲜明的中国特色和时代内涵，坚定不移走中国特色社会主义道路，确保中国式现代化在正确的轨道上顺利推进。我们党坚持把马克思主义作为根本指导思想，不断深化对共产党执政规律、社会主义建设规律、人类社会发展规律的认识，不断开辟马克思主义中国化时代化新境界，为中国式现代化提供科学指引。我们党坚持和完善中国特色社会主义制度，不断推进国家治理体系和治理能力现代化，形成包括中国特色社会主义根本制度、基本制度、重要制度在内的一整套制度体系，为中国式现代化稳步前行提供坚强制度保证。我们党坚持和发展中国特色社会主义文化，激发全民族文化创新创造活力，为中国式现代化提供强大精神力量。正如习近平总书记强调的："党的领导决定中国式现代化的根本性质，只有毫不动摇坚持党的领导，中国式现代化才能前景光明、繁荣兴盛；否则就会偏离航向、丧失灵魂，甚至犯颠覆性错误。"

党的二十大报告明确提出中国式现代化的本质要求，首要的就是"坚持中国共产党领导"；明确提出中国式现代化必须牢牢把握的重大原则，第一条就是"坚持和加强党的全面领导"。要深刻认识到，百年来，我们党团结带领人民所进行的一切奋斗，就是为了把我国建设成为现代化强国，实现中华民族伟大复兴。不管形势和任务如何变化，不管遇到什么样的惊涛骇浪，我们党都始终把握历史主动、锚定奋斗目标，沿着正确方向坚定前行，一代一代地接力推进，取得了举世瞩目、彪炳史册的辉煌业绩。实践充分证明：党的领导确保中国式现代化锚定奋斗目标行稳致远。要深刻认识到，中国式现代化是前无古人的开创性事业，需要我们探索创新。我们党始终勇于改革创新，不断破除各方面体制机制弊端，为中国式现代化注入不竭动力。实践充分证明：党的领导激发建设中国式现代化的强劲动力。要深刻认识到，团结就是力量，团结才能胜利。全面建设社会主义现代化国家，必须充分发挥亿万人民的创造伟力。我们党始终坚持党的群众路线，坚持以人民为中心的发展思想，发展全过程人民民主，充分激发全体人民的主人翁精神。实践充分证明：党的领导凝聚建设中国式现代化的磅礴力量。前进道路上，只要坚定不移坚持和加强党的全面领导，坚决维护党中央权威和集中统一领导，把党的领导落实到党和国家事业各领域各方面各环节，使党始终成为风雨来袭时全体人民最可靠的主心骨，就一定能确保我国社会主义现代化建设正确方向，确保拥有团结奋斗的强大政治凝聚力、发展自信心，集聚起万众一心、共克时艰的磅礴力量。

回望过往的奋斗路，我们党团结带领人民取得了新民主主义革命、社会主义革命和建设、改革开放和社会主义现代化建设的伟大胜利，开创了中国特色社会主义新时代。眺望前方的奋进路，新征程是充满光荣和梦想的远征，党的二十大擘画了全面建设社会主义现代化国家、以中国式现代化全面推进中华民族伟大复兴的宏伟蓝图，吹响了奋进新征程的时代号角。全面建设社会主义现代化国家、全面推进中华民族伟大复兴，关键在党。向着新目标，奋楫再出发，让我们更加紧密地团结在以习近平同志为核心的党中央周围，全面贯彻习近平新时代中国特色社会主义思想，深刻领悟"两个确立"的决定性意义，增强"四个意识"、坚定"四个自信"、做到"两个维护"，坚定历史自信，增强历史主动，心往一处想、劲往一处使，以咬定青山不放松的执着奋力实现既定目标，沿着中国式现代化这条强国建设、民族复兴的唯一正确道路阔步前进！

（2023年02月10日　01版）

中国式现代化是强国建设、
民族复兴的康庄大道

——论深入学习领会习近平总书记在学习贯彻
党的二十大精神研讨班开班式上重要讲话

实现中华民族伟大复兴，道路是最根本的问题。在新进中央委员会的委员、候补委员和省部级主要领导干部学习贯彻习近平新时代中国特色社会主义思想和党的二十大精神研讨班开班式上，习近平总书记深刻指出"中国式现代化既有各国现代化的共同特征，更有基于自己国情的鲜明特色"，强调"中国式现代化走得通、行得稳，是强国建设、民族复兴的唯一正确道路"。

现代化不是单选题。历史条件的多样性，决定了各国选择发展道路的多样性。一个国家走向现代化，既要遵循现代化一般规律，更要符合本国实际，具有本国特色。走的道路行不行，关键要看是否符合本国国情，是否顺应时代发展潮流，能否带来经济发展、社会进步、民生改善、社会稳定，能否得到人民支持和拥护，能否为人类进步事业作出贡献。中国式现代化是党领导人民长期探索和实践的重大成果，符合中国实际、反映中国人民意愿、适应时代发展要求，既体现了社会主义建设规律，也体现了人类社会发展规律，是实现社会主义现代化的必由之路，是创造人民美好生活的必由之路，是实现中华民族伟大复兴的必由之路。

走自己的路，是党的全部理论和实践立足点。百年来，党的奋斗目标一以贯之，一代一代地接力推进。我们走过弯路，也遭遇过一些意想不到的困难和挫折，但建设社会主义现代化国家的意志和决心始终没有动摇。新中国成立特别是改革开放以来，我们用几十年时间走完西方发达国家几百年走过的工业化历程，创造了经济快速发展和社会长期稳定的奇迹，成功走出了中国式现代化道路，为中华民族伟大复兴开辟了广阔前景。党的十八大以来，我们党在已有基础上继续前进，在认识上不断深化，在战略上不断完善，在实践上不断丰富，不断实现理论和实践上的创新突破，成功推进和拓展了中国式现代化。十年砥砺奋进，我们实现了小康这个中华民族的千年梦想，打赢了人类历史上规模最大的脱贫攻坚战，历史性地解决了绝对贫困问题；人民群众获得感、幸福感、安全感更加充实、更有保障、更可持续，共同富裕取得新成效；中国人民的前进动力更加强大、奋斗精神更加昂扬、必胜信念更加坚定，焕发出更为强烈的历史自觉和主动精神；生态环境保护发生历史性、转折性、全局性变化，祖国天更蓝、山更绿、水更清；我国国际影响力、感召力、塑造力显著提升，为解决人类面临的共同问题提供更多更好的中国智慧、中国方案、中国力量。实践充分证明，中国式现代化不仅走得对、走得通，而且走得稳、走得好！

党的二十大报告明确概括了中国式现代化5个方面的中国特色，深刻揭示了中国式现代化的科学内涵。习近平总书记在这次研讨班开班式上的重要讲话中指出："这既是理论概括，也是实践要求，为全面建成社会主义现代化强国、实现中华民族伟大复兴指明了一条康庄大道。"人口规模巨大的现代化，这是中国式现代化的显著特征。我们不同于几十万人、几百万人、几千万人的现代化，而是14亿多人口的现代化，规模超过现有发达国家人口的总和，这既是最难的，也是最伟大的。只有始终从国情出发想问题、作决策、办事情，坚持稳中求进、循序渐进、持续推进，才能使14亿多人口整体迈进现代化社会。全体人民共同富裕的现代化，这是中国式现代化的本质特征。只有坚持把实现人民对美好生活的向往作为现代化建设的出发点和落脚点，着力维护和促进社会公平正义，才能促进全体人民共同富裕。物质文明和精神文明相协调的现代化，既要物质富足也要精神富有，是中国式现代化的崇高追求。只有不断厚植现代化的物质基础，不断满足人民日益增长的精神文化需求，才能促进物的全面丰富和人的全面发展。人与自然和谐共生的现代化，尊重自然、顺应自然、保护自然，促进人与自然和谐共生，是中国式现代化的鲜明特点。只有同步推进物质文明建设和生态文明建设，坚定不移走生产发展、生活富裕、生态良好的文明发展道路，才能实现中华民族永续发展。走和平发展道路的现代化，坚持和平发展，在坚定维护世界和平与发展中谋求自身发展，又以自身发展更好维护世界和平与发展，推动构建人类命运共同体，是中国式现代化的突出特征。只有坚定站在历史正确的一边、站在人类文明进步的一边，高举和平、发展、合作、共赢旗帜，才能推动历史车轮向着光明的前途前进。

中国式现代化是一项伟大而艰巨的事业。惟其艰巨，所以伟大；惟其艰巨，更显荣光。当前，世界百年未有之大变局加速演进，我国发展进入战略机遇和风险挑战并存、不确定难预料因素增多的时期。我们比历史上任何时期都更接近、更有信心和能力实现中华民族伟大复兴的目标，同时必须准备付出更为艰巨、更为艰苦的努力。前进道路上，我们要始终不渝地坚持和加强党的全面领导，把党的领导落实到党和国家事业各领域各方面各环节，确保我国社会主义现代化建设正确方向；坚持中国特色社会主义道路，坚定志不改、道不变的决心，把我国发展进步的命运牢牢掌握在自己手中；坚持以人民为中心的发展思想，不断实现发展为了人民、发展依靠人民、发展成果由人民共享，让现代化建设成果更多更公平惠及全体人民；坚持深化改革开放，不断增强社会主义现代化建设的动力和活力，把我国制度优势更好转化为国家治理效能；坚持发扬斗争精神，全力战胜前进道路上各种困难和挑战，依靠顽强斗争打开事业发展新天地。

大道之行，壮阔无垠；大道如砥，行者无疆。以中国式现代化全面推进中华民族伟大复兴，我们具有无比广阔的舞台，具有无比深厚的历史底蕴，具有无比强大的前进定力。把思想和行动统一到习近平总书记重要讲话精神上来，统一到党中央决策部署上来，全面贯彻落实党的二十大精神，扎实推进中国式现代化建设，坚定不移走好自己的路，心无旁骛做好自己的事，全面建成社会主义现代化强国的目标一定能够实现，中华民族伟大复兴的中国梦一定能够实现！

（2023年02月11日　01版）

中国式现代化创造了人类文明新形态

——论深入学习领会习近平总书记在学习贯彻
党的二十大精神研讨班开班式上重要讲话

党和人民事业是人类进步事业的重要组成部分。在新进中央委员会的委员、候补委员和省部级主要领导干部学习贯彻习近平新时代中国特色社会主义思想和党的二十大精神研讨班开班式上，习近平总书记指出"中国式现代化，深深植根于中华优秀传统文化，体现科学社会主义的先进本质，借鉴吸收一切人类优秀文明成果，代表人类文明进步的发展方向，展现了不同于西方现代化模式的新图景，是一种全新的人类文明形态"，强调"中国式现代化为广大发展中国家独立自主迈向现代化树立了典范，为其提供了全新选择"。

实现现代化是世界各国人民的共同追求。在追求现代化的艰苦卓绝奋斗中，我们党领导人民不仅创造了世所罕见的经济快速发展和社会长期稳定两大奇迹，而且成功走出了中国式现代化道路，创造了人类文明新形态。特别是党的十八大以来，我们党在已有基础上继续前进，不断实现理论和实践上的创新突破，成功推进和拓展了中国式现代化。十年砥砺前行，以习近平同志为核心的党中央提出实现中华民族伟大复兴的中国梦，以中国式现代化推进中华民族伟大复兴，坚持和发展中国特色社会主义，推动物质文明、政治文明、精神文明、社会文明、生态文明协调发展，不断丰富和发展人类文明新形态，推动党和国家事业取得历史性成就、发生历史性变革，中华民族迎来了从站起来、富起来到强起来的伟大飞跃，中国共产党和中国人民为解决人类面临的共同问题提供更多更好的中国智慧、中国方案、中国力量，为人类和平与发展崇高事业作出新的更大的贡献。实践充分表明，中国式现代化扎根中国大地，既切合中国实际，体现了社会主义建设规律，也体现了人类社会发展规律，为人类实现现代化提供了新的选择。中国式现代化道路越走越宽广，必将更好发展自身、造福世界。

习近平总书记强调："中国式现代化，打破了'现代化＝西方化'的迷思，展现了现代化的另一幅图景，拓展了发展中国家走向现代化的路径选择，为人类对更好社会制度的探索提供了中国方案。"必须深刻认识到，世界上既不存在定于一尊的现代化模式，也不存在放之四海而皆准的现代化标准。新中国成立特别是改革开放以来，我们用几十年时间走完西方发达国家几百年走过的工业化历程，创造了举世瞩目的发展成就，为中华民族伟大复兴开辟了广阔前景，这充分表明：治理一个国家，推动一个国家实现现代化，并不只有西方制度模式这一条道，各国完全可以走出自己的道路来。中国式现代化开辟了发展中国家走向现代化的新路径，打破了只有西方资本主义道路才能实现现代化的神话，也用事实宣告了"历史终结论"的破产，宣告了各国最终都要以西方制度模式为归宿的单线式历史观的破产。我们要坚持党的基本理论、基本路线、基本方略不动摇，坚定道路自信、理论自信、制度自信、文化自信，坚定不移走好自己的路，心无旁骛做好自己的事，坚持把国家和民族发展放在自己力量的基点上，坚持把我国发展进步的命运牢牢掌握在自己手中。

党的二十大对中国式现代化的本质要求作出科学概括。这个概括是党深刻总结我国和世界其他国家现代化建设的历史经验，对我国这样一个东方大国如何加快实现现代化在认识上不断深化、战略上不断完善、实践上不断丰富而形成的思想理论结晶。习近平总书记指出："中国式现代化蕴含的独特世界观、价值观、历史观、文明观、民主观、生态观等及其伟大实践，是对世界现代化理论和实践的重大创新。"要深刻认识到，中国式现代化理论是基于中国国情、中国现实的重大理论创新，既体现了我国现代化发展方向，也代表人类文明进步的发展方向；中国式现代化前无古人的创举，破解了人类社会发展的诸多难题，摒弃了西方以资本为中心的现代化、两极分化的现代化、物质主义膨胀的现代化、对外扩张掠夺的现代化老路。前进道路上，我们要始终不渝地坚持中国共产党领导，坚持中国特色社会主义，实现高质量发展，发展全过程人民民主，丰富人民精神世界，实现全体人民共同富裕，促进人与自然和谐共生，推动构建人类命运共同体，创造人类文明新形态。要拓展世界眼光，坚持对外开放，积极学习借鉴世界各国现代化的成功经验，在交流互鉴中不断拓展中国式现代化的广度和深度。

当今世界，虽然许多国家都在努力建设现代化，但真正全面建成现代化的国家并不多。一些发展中国家不顾自身发展的国情和历史方位，全盘照搬西方模式，结果发展过程极为艰难。归根结底，人类历史上没有一个民族、一个国家可以通过依赖外部力量、照搬外国模式、跟在他人后面亦步亦趋实现强大和振兴。我国的现代化建设之所以能够取得今天这样的好局面，根本在于我们的现代化是中国共产党领导的社会主义现代化，既有各国现代化的共同特征，更有基于自己国情的中国特色。中国式现代化之所以取得成功，就是因为它切合中国实际、反映中国人民意愿、适应时代发展要求，是我们党扎根中国大地、独立自主探索出来的现代化道路。中国式现代化的成功实践，为广大发展中国家独立自主迈向现代化树立了典范，给世界上那些既希望加快发展又希望保持自身独立性的国家和民族提供了全新选择。

中国共产党是为中国人民谋幸福、为中华民族谋复兴的党，也是为人类谋进步、为世界谋大同的党。心中装着百姓，手中握有真理，脚踏人间正道，我们信心十足、力量十足。面向未来，更加紧密地团结在以习近平同志为核心的党中央周围，全面贯彻习近平新时代中国特色社会主义思想，坚定站在历史正确的一边、站在人类文明进步的一边，坚持以中国式现代化全面推进中华民族伟大复兴，我们完全有信心有能力在新时代新征程创造令世人刮目相看的新的更大奇迹，为人类文明进步和世界和平发展作出新的更大贡献。

（2023年02月12日　01版）

推进中国式现代化需要处理好若干重大关系

——论深入学习领会习近平总书记在学习贯彻党的二十大精神研讨班开班式上重要讲话

"推进中国式现代化是一个系统工程，需要统筹兼顾、系统谋划、整体推进"，在新进中央委员会的委员、候补委员和省部级主要领导干部学习贯彻习近平新时代中国特色社会主义思想和党的二十大精神研讨班开班式上，习近平总书记对推进中国式现代化需要处理好的若干重大关系作出深刻阐释、提出明确要求，充分体现了马克思主义唯物辩证的思想方法，是我们党对推进中国式现代化认识的进一步深化。

党的二十大擘画了全面建设社会主义现代化国家、以中国式现代化全面推进中华民族伟大复兴的宏伟蓝图，吹响了奋进新征程的时代号角。正确处理好顶层设计与实践探索、战略与策略、守正与创新、效率与公平、活力与秩序、自立自强与对外开放等一系列重大关系，对于全党正确理解中国式现代化，紧密联系我国发展面临的新的战略机遇、新的战略任务、新的战略阶段、新的战略要求、新的战略环境，深刻认识实现全面建设社会主义现代化国家各项目标任务的艰巨性和复杂性，增强贯彻落实的自觉性和坚定性，努力在新征程上开创党和国家事业发展新局面，具有十分重要的意义。

顶层设计与实践探索是辩证统一的。党的二十大报告深刻阐述了中国式现代化的中国特色、本质要求、重大原则，这是推进中国式现代化的顶层设计。中国式现代化是分阶段、分领域推进的。实现各阶段发展目标，落实各领域发展战略，同样需要进行顶层设计。习近平总书记指出："进行顶层设计，需要深刻洞察世界发展大势，准确把握人民群众的共同愿望，深入探索经济社会发展规律，使制定的规划和政策体系体现时代性、把握规律性、富于创造性，做到远近结合、上下贯通、内容协调。"推进中国式现代化是一个探索性事业，还有许多未知领域，需要我们在实践中去大胆探索，通过改革创新来推动事业发展，决不能刻舟求剑、守株待兔。各地区各部门要结合各自具体实际开拓创新，特别是在前沿实践、未知领域，鼓励大胆探索、敢为人先，寻求有效解决新矛盾新问题的思路和办法，努力创造可复制、可推广的新鲜经验。

正确运用战略策略是我们党创造辉煌历史、成就千秋伟业、战胜各种风险挑战、不断从胜利走向胜利的成功秘诀。推进中国式现代化必须把这一成功秘诀总结好、运用好。要增强战略的前瞻性，准确把握事物发展的必然趋势，敏锐洞悉前进道路上可能出现的机遇和挑战，以科学的战略预见未来、引领未来；增强战略的全局性，谋划战略目标、制定战略举措、作出战略部署，都要着眼于解决事关党和国家事业兴衰成败、牵一发而动全身的重大问题；增强战略的稳定性，战略一经形成，就要长期坚持、一抓到底、善作善成，不要随意改变。策略是在战略指导下为战略服务的，是战略实施的科学方法。要把战略的原则性和策略的灵活性有机结合起来，灵活机动、随机应变、临机决断，在因地制宜、因势而动、顺势而为中把握战略主动。

守正创新是我们党在新时代治国理政中的重要思维方法。守正才能不迷失方向、不犯颠覆性错误，创新才能把握时代、引领时代。中国式现代化的探索就是一个在继承中发展、在守正中创新的历史过程。在推进中国式现代化的新征程上，首先要守好中国式现代化的本和源、根和魂，毫不动摇坚持中国式现代化的中国特色、本质要求、重大原则，确保中国式现代化的正确方向。同时要把创新摆在国家发展全局的突出位置，顺应时代发展要求，着眼于解决重大理论和实践问题，积极识变应变求变，大力推进改革创新，不断塑造发展新动能新优势，让创新在全社会蔚然成风。

公平要建立在效率的基础上，效率也要以公平为前提才得以持续。只有处理好效率与公平的关系，在做大蛋糕的同时分好蛋糕，才能让现代化建设成果更多更公平惠及全体人民。中国式现代化既要创造比资本主义更高的效率，又要更有效地维护社会公平，更好实现效率与公平相兼顾、相促进、相统一。要坚持和完善社会主义基本经济制度，毫不动摇巩固和发展公有制经济，毫不动摇鼓励、支持、引导非公有制经济发展，充分发挥市场在资源配置中的决定性作用，更好发挥政府作用，构建全国统一大市场，深化要素市场化改革，建设高标准市场体系，营造市场化、法治化、国际化一流营商环境，着力提高全要素生产率，加快建立以权利公平、机会公平、规则公平为主要内容的社会公平保障体系，保证人民平等参与、平等发展权利，扎实推进全体人民共同富裕取得更为明显的实质性进展。

一个现代化的社会，应该既充满活力又拥有良好秩序，呈现出活力和秩序有机统一。中国式现代化应当实现、能够实现活而不乱、活跃有序的动态平衡。要深化各方面的体制机制改革，充分释放全社会创造潜能，鼓励科学家、企业家、艺术家等各方面人才特别是青年人才创新创造。要采取切实有效措施解决不愿担当、不敢担当、不善担当等问题，充分调动广大党员干部干事创业的积极性。要形成劳动创造财富、实干创造业绩、奋斗创造幸福的正确导向，充分激发全社会创造活力。要统筹发展和安全，贯彻总体国家安全观，健全国家安全体系，增强维护国家安全能力，坚定维护国家政权安全、制度安全、意识形态安全和重点领域安全。

推进中国式现代化必须坚持独立自主、自立自强，坚持把国家和民族发展放在自己力量的基点上，坚持把我国发展进步的命运牢牢掌握在自己手中。要加快构建新发展格局，夯实我国经济发展的根基、增强发展的安全性稳定性，增强我国的生存力、竞争力、发展力、持续力。要健全新型举国体制，强化国家战略科技力量，加快科技自立自强步伐，解决外国"卡脖子"问题。要不断扩大高水平对外开放，深度参与全球产业分工和合作，用好国内国际两种资源，拓展中国式现代化的发展空间。

习近平总书记指出："中国式现代化，是我们为如何唤醒'睡狮'、实现民族复兴这个重大历史课题所给出的答案，是选择自己的道路、做自己的事情。"新征程是充满光荣和梦想的远征。向着新目标，奋楫再出发，我们要坚定志不改、道不变的决心，在自己选择的正确道路上昂首阔步走下去，矢志不渝、笃行不怠，坚定不移以中国式现代化全面推进中华民族伟大复兴。我们坚信，一个不断走向现代化的中国，必将为世界提供更多机遇，为国际合作注入更强动力，为全人类进步作出更大贡献！

（2023年02月13日　01版）

推进中国式现代化必须进行伟大斗争

——论深入学习领会习近平总书记在学习贯彻党的二十大精神研讨班开班式上重要讲话

"推进中国式现代化,是一项前无古人的开创性事业,必然会遇到各种可以预料和难以预料的风险挑战、艰难险阻甚至惊涛骇浪"。在新进中央委员会的委员、候补委员和省部级主要领导干部学习贯彻习近平新时代中国特色社会主义思想和党的二十大精神研讨班开班式上,习近平总书记深入分析国际国内大势,科学把握我们面临的战略机遇和风险挑战,强调"必须增强忧患意识,坚持底线思维,居安思危、未雨绸缪,敢于斗争、善于斗争,通过顽强斗争打开事业发展新天地"。

敢于斗争、敢于胜利是我们党的鲜明品格,是党和人民不可战胜的强大精神力量。历史反复证明,以斗争求安全则安全存,以妥协求安全则安全亡;以斗争谋发展则发展兴,以妥协谋发展则发展衰。我们党依靠斗争走到今天,也必然要依靠斗争赢得未来。推进中国式现代化,要把握新的伟大斗争的历史特点,发扬斗争精神,坚定斗争意志,增强斗争本领,掌握斗争主动权,有效应对重大挑战、抵御重大风险、克服重大阻力、解决重大矛盾,战胜前进道路上的一切艰难险阻,不断夺取新时代伟大斗争的新胜利。

保持战略清醒,对各种风险挑战做到胸中有数。新时代新征程,我国发展面临新的战略机遇、新的战略任务、新的战略阶段、新的战略要求、新的战略环境。当前，世界百年未有之大变局加速演进，世纪疫情影响深远，逆全球化思潮抬头，单边主义、保护主义明显上升，世界经济复苏乏力，局部冲突和动荡频发，全球性问题加剧，世界进入新的动荡变革期，来自外部的风险挑战始终存在并日益凸显。我国改革发展稳定面临不少深层次矛盾躲不开、绕不过，党的建设特别是党风廉政建设和反腐败斗争面临不少顽固性、多发性问题。我国发展进入战略机遇和风险挑战并存、不确定难预料因素增多的时期，各种"黑天鹅""灰犀牛"事件随时可能发生，需要应对的风险挑战、防范化解的矛盾问题比以往更加严峻复杂。我们要始终保持时时放心不下的责任意识和箭在弦上的备战姿态，在面对各种矛盾问题和重大风险挑战时始终做到方向明确、头脑清醒、应对有方、行动有力。

保持战略自信，增强斗争的底气。进入新时代，党和国家面临的形势之复杂、斗争之严峻、改革发展稳定任务之艰巨世所罕见、史所罕见。在以习近平同志为核心的党中央坚强领导下，我们党紧紧依靠人民，有效应对严峻复杂的国际形势和接踵而至的巨大风险挑战，以奋发有为的精神把新时代中国特色社会主义不断推向前进，攻克了一个个看似不可攻克的难关险阻，党和国家事业取得历史性成就、发生历史性变革，在党史、新中国史、改革开放史、社会主义发展史、中华民族发展史上具有里程碑意义，对党、对中国人民、对社会主义现代化建设、对科学社会主义在21世纪中国的发展具有深远影响。大道之行，天下为公。我们坚定站在历史正确的一边、站在人类文明进步的一边，走人间正道，干正义事业，在坚定维护世界和平与发展中谋求自身发展，又以自身发展更好维护世界和平与发展。面向未来，时与势在我们一边，这是我们定力和底气所在，也是我们的决心和信心所在。我们要坚定战略自信、保持必胜信念，坚持新时代党的创新理论和战略布局、战略举措不动摇，把党中央决策部署落到实处，坚持道不变、志不改，坚定不移走好自己的路，心无旁骛做好自己的事，奋力开创事业发展新局面。要敏锐洞悉前进道路上可能出现的机遇和挑战，增强斗争的志气、骨气、底气，不信邪、不怕鬼、不怕压，知难而进、迎难而上，勇于迎击任何狂风暴雨、战胜任何惊涛骇浪，把我国发展进步的命运牢牢掌握在自己手中。

保持战略主动，增强斗争本领。当前，世界之变、时代之变、历史之变正以前所未有的方式展开，这是改革开放以来从未遇到过的，给我国的现代化建设提出了一系列新课题新挑战，直接考验我们的斗争勇气、战略能力、应对水平。领导干部要有草摇叶响知鹿过、松风一起知虎来、一叶易色而知天下秋的见微知著能力，保持强烈的忧患意识、风险意识，加强对各种风险隐患的研判，做足预案，下好先手棋，打好主动仗，及时精准拆弹，增强防范化解风险的意识和本领。要加强能力提升，让领导干部特别是年轻干部经受严格的思想淬炼、政治历练、实践锻炼、专业训练，在复杂严峻的斗争中经风雨、见世面、壮筋骨、长才干。注重在严峻复杂斗争中考察识别干部，为敢于善于斗争、敢于担当作为、敢抓善管不怕得罪人的干部撑腰鼓劲，看准的就要大胆使用。

习近平总书记强调："推进中国式现代化必须抓好开局之年的工作。"今年是全面贯彻落实党的二十大精神的开局之年。开局关乎全局，起步决定后程。我们要以斗争精神迎接挑战，以奋进拼搏开辟未来，完成全年目标任务，为全面建设社会主义现代化国家开好局起好步，为实现第二个百年奋斗目标奠定良好基础。让我们更加紧密地团结在以习近平同志为核心的党中央周围，坚持以习近平新时代中国特色社会主义思想为指导，深刻领悟"两个确立"的决定性意义，增强"四个意识"、坚定

"四个自信"、做到"两个维护"，保持"越是艰险越向前"的英雄气概，保持"敢教日月换新天"的昂扬斗志，敢于斗争、善于斗争，逢山开道、遇水架桥，全力战胜前进道路上各种困难和挑战，不断夺取全面建设社会主义现代化国家新胜利，奋力谱写新时代中国特色社会主义更加绚丽的华章！

（2023年02月14日　01版）

不折不扣把机构改革任务落到实处

——论学习贯彻党的二十届二中全会精神

深化党和国家机构改革，是贯彻落实党的二十大精神的重要举措，是推进国家治理体系和治理能力现代化的集中部署。

党的二十届二中全会审议通过了在广泛征求意见的基础上提出的《党和国家机构改革方案》，习近平总书记就《党和国家机构改革方案（草案）》向全会作了说明。这是以习近平同志为核心的党中央从党和国家事业发展全局出发，着眼新的使命任务、新的战略安排、新的工作需要，作出的重大决策部署，必将有力推动党对社会主义现代化建设的领导在机构设置上更加科学、在职能配置上更加优化、在体制机制上更加完善、在运行管理上更加高效，对于全面建设社会主义现代化国家、全面推进中华民族伟大复兴意义重大而深远。

"明者因时而变，知者随事而制。"党的十八大以来，以习近平同志为核心的党中央把深化党和国家机构改革作为推进国家治理体系和治理能力现代化的一项重要任务，按照坚持党的全面领导、坚持以人民为中心、坚持优化协同高效、坚持全面依法治国的原则，深化党和国家机构改革。从整体性推进中央和地方各级各类机构改革，到重构性健全党的领导体系、政府治理体系、武装力量体系、群团工作体系，再到系统性增强党的领导力、政府执行力、武装力量战斗力、群团组织活力，党和国家机构职能实现系统性、整体性重构，推动中国特色社会主义制度更加成熟更加定型，国家治理体系和治理能力现代化水平明显提高，为党和国家事业取得历史性成就、发生历史性变革提供了有力保障，也为继续深化党和国家机构改革积累了宝贵经验。

党和国家机构改革是一项复杂系统工程，不可能一蹴而就，也不会一劳永逸。党的二十大对深化党和国家机构改革作出重要部署，在深化金融体制改革，完善党中央对科技工作统一领导的体制，优化政府职责体系和组织结构，完善党中央决策议事协调机构，优化机构编制资源配置，推进以党建引领基层治理，加强混合所有制企业、非公有制企业党建工作，理顺行业协会、学会、商会党建工作管理体制等方面提出明确要求。新征程上，以习近平新时代中国特色社会主义思想为指导，以加强党中央集中统一领导为统领，以推进国家治理体系和治理能力现代化为导向，坚持稳中求进工作总基调，适应统筹推进"五位一体"总体布局、协调推进"四个全面"战略布局的要求，适应构建新发展格局、推动高质量发展的需要，坚持问题导向，统筹党中央机构、全国人大机构、国务院机构、全国政协机构，统筹中央和地方，深化重点领域机构改革，就一定能使党和国家机构职能体系更好适应党和国家事业发展需要。

当前，我国改革发展面临新形势新任务新要求，需要应对的风险和挑战、需要解决的矛盾和问题比以往更加错综复杂，必须拿出更大勇气、更多举措破除深层次体制机制障碍，推进国家治理体系和治理能力现代化。总的看，这次党和国家机构改革突出重点行业和领域，针对性比较强，力度比较大，涉及面比较广，触及的利益比较深，着力解决一些事关重大、社会关注的难点问题，对经济社会发展将产生重要影响。各地区各部门要站在党和国家事业发展全局高度，充分认识党和国家机构改革的重要性和紧迫性，自觉在大局下思考、在大局下行动，自觉把思想和行动统一到党中央决策部署上来，坚决维护党中央决策部署的权威性和严肃性。要坚定改革信心和决心，加强组织领导，加大统的力度、坚持稳的基调、做好人的工作、执行严的纪律、做到于法有据，有组织、有步骤、有纪律推进机构改革组织实施工作，不折不扣把机构改革任务落到实处。

一分部署，九分落实。让我们更加紧密地团结在以习近平同志为核心的党中央周围，全面贯彻习近平新时代中国特色社会主义思想，深刻领悟"两个确立"的决定性意义，增强"四个意识"、坚定"四个自信"、做到"两个维护"，认真贯彻落实党的二十大精神，着力扬优势、补短板、强弱项，确保机构改革方案贯彻落实不打折、不变形、不走样，为全面建设社会主义现代化国家、以中国式现代化全面推进中华民族伟大复兴提供有力保障。

（2023年03月02日　04版）

切实把党的二十大精神落实到位

——论学习贯彻党的二十届二中全会精神

党的二十大在政治上、理论上、实践上取得了一系列重大成果。深入学习宣传贯彻党的二十大精神，是当前和今后一个时期全党的首要政治任务。党的二十届二中全会对继续把学习宣传贯彻党的二十大精神引向深入提出明确要求，强调"要推动学习宣传贯彻往深里走、往实里走"，要求"切实把党的二十大精神落实到位"。

党的二十大擘画了全面建设社会主义现代化国家、以中国式现代化全面推进中华民族伟大复兴的宏伟蓝图，明确了新时代新征程党和国家事业发展的目标任务。深入学习宣传贯彻党的二十大精神，事关党和国家事业继往开来，事关中国特色社会主义前途命运，事关中华民族伟大复兴，对于动员全党全国各族人民更加紧密地团结在以习近平同志为核心的党中央周围，高举中国特色社会主义伟大旗帜，坚定道路自信、理论自信、制度自信、文化自信，为全面建设社会主义现代化国家、全面推进中华民族伟大复兴而团结奋斗，具有重大现实意义和深远历史意义。深入学习宣传贯彻党的二十大精神，是一个持续推进、不断深入的过程，要在已有工作基础上乘势推进，继续采取切实有效措施，推动学习宣传贯彻往深里走、往实里走，把全党全国各族人民的思想统一到党的二十大精神上来，把力量凝聚到党的二十大确定的各项任务上来，汇聚起同心共圆中国梦的磅礴伟力。要丰富载体、创新手段，以人民群众喜闻乐见的形式推动党的二十大精神进机关、进企事业单位、进城乡社区、进校园、进军营、进各类新经济组织和新社会组织、进网站，使党的二十大精神真正深入人心。

在全面学习、全面把握、全面落实党的二十大精神上，各级领导干部要继续带好头、作表率。要以更加宽阔的视野，联系丰富生动的实践，深刻认识新时代十年伟大变革的重大意义，深刻领悟党的二十大关于党和国家事业发展大政方针和战略部署的历史逻辑、理论逻辑、实践逻辑，对是什么、干什么、怎么干了然于胸，为贯彻落实打下坚实基础。要熟练掌握习近平新时代中国特色社会主义思想的世界观、方法论和贯穿其中的立场观点方法，用以判断形势，研究和解决问题。要深刻领会在新时代新征程上必须坚持新时代党的创新理论和战略布局、战略举措不动摇，坚定战略自信。要深刻把握中国式现代化理论和全面建设社会主义现代化国家战略布局的关系，深刻理解全面建设社会主义现代化国家战略布局的科学性和必然性。要深刻认识实现全面建设社会主义现代化国家各项目标任务的艰巨性和复杂性，增强贯彻落实的自觉性和坚定性。要整体把握新时代新征程党和国家事业发展的目标任务、战略部署、重大举措，紧密结合本地区本部门具体实际制定好、实施好贯彻落实的具体方案、具体举措，切实把党的二十大精神一项一项、一步一步落实到位。

把党的二十大擘画的宏伟蓝图变成美好现实，需要各级领导干部担当作为。各级领导干部要以身许党、夙夜在公，以时时放心不下的责任感、积极担当作为的精气神为党和人民履好职、尽好责。要积极营造有利于干事创业的良好环境，敢于为担当者担当、为负责者负责、为干事者撑腰，善于发现、培养、使用敢担当善作为的干部，着力消除妨碍干部担当作为的各种因素，让愿担当、敢担当、善担当蔚然成风。必须发扬斗争精神，积极应对各种风险挑战，依靠顽强斗争打开事业发展新天地。

今年是全面贯彻落实党的二十大精神的开局之年，开局关乎全局，起步决定后程。时间不等人、机遇不等人、发展不等人。让我们更加紧密地团结在以习近平同志为核心的党中央周围，高举中国特色社会主义伟大旗帜，弘扬伟大建党精神，牢记"三个务必"，自信自强、守正创新，锐意进取、顽强拼搏，扎实推进中国式现代化建设，为实现党的二十大确定的目标任务而共同奋斗。

（2023年03月03日　03版）

做到"三个更好统筹"，努力实现今年各项目标任务

——论学习贯彻党的二十届二中全会精神

　　锚定目标不放松，踔厉奋发启新程。党的二十届二中全会深入分析当前我国发展面临的机遇和挑战，强调"全党同志必须坚定信心，保持战略清醒，发扬斗争精神，做到'三个更好统筹'，努力实现今年各项目标任务。"

　　开年就开跑，起步即冲刺。今年以来，政策举措密集落地，重大项目接踵推进，春耕备耕有序开展，消费市场活力迸发……各地区各部门以奋发有为的精神状态、真抓实干的工作作风，脚踏实地、埋头苦干，扎实推动经济运行整体好转。同时我们清醒认识到，当前世界百年未有之大变局加速演进，世界进入新的动荡变革期，我国发展进入战略机遇和风险挑战并存、不确定难预料因素增多的时期，必须准备经受风高浪急甚至惊涛骇浪的重大考验。我国改革发展稳定依然面临不少深层次矛盾，需求收缩、供给冲击、预期转弱三重压力仍然较大，经济恢复的基础尚不牢固，各种超预期因素随时可能发生。越是形势复杂、挑战严峻，越要保持战略定力，坚定必胜信心，锚定既定目标，把握发展机遇，以斗争精神迎接挑战，以奋进拼搏开辟未来，为实现第二个百年奋斗目标奠定坚实基础。

　　做好今年经济工作，要认真贯彻习近平总书记重要讲话精神和党中央决策部署，落实好中央经济工作会议提出的各项工作要求，坚持稳中求进

工作总基调，完整、准确、全面贯彻新发展理念，加快构建新发展格局，着力推动高质量发展，更好统筹国内国际两个大局，更好统筹疫情防控和经济社会发展，更好统筹发展和安全，进一步引导经营主体强信心、稳定社会预期，努力实现经济运行整体好转，实现质的有效提升和量的合理增长，为全面建设社会主义现代化国家开好局起好步。

今年各项目标任务千头万绪，需要从战略全局出发，抓主要矛盾，抓住重大关键环节，纲举目张做好工作。当前全国疫情防控形势总体向好，但全球疫情仍在流行，要认真贯彻执行党中央关于新阶段疫情防控的决策部署，深入总结3年多来特别是最近一段时间的经验做法，以时时放心不下的责任感，落实好"乙类乙管"各项措施，建强卫生健康服务体系，坚决巩固住来之不易的重大成果。要大力实施扩大内需战略，采取更加有力的措施，着力扩大国内需求，把恢复和扩大消费摆在优先位置，通过政府投资和政策激励有效带动全社会投资，充分发挥消费的基础作用和投资的关键作用。要继续深化供给侧结构性改革，突破供给约束堵点、卡点、脆弱点，切实提升产业链供应链韧性和安全水平，加快建设现代化产业体系，确保国民经济循环畅通，进一步优化市场化法治化国际化营商环境，有效防范化解重大经济金融风险，守住不发生系统性风险的底线。

今年是全面贯彻落实党的二十大精神的开局之年。开局关乎全局，起步决定后程。让我们更加紧密地团结在以习近平同志为核心的党中央周围，坚持以习近平新时代中国特色社会主义思想为指导，深刻领悟"两个确立"的决定性意义，增强"四个意识"、坚定"四个自信"、做到"两个维护"，坚定信心、勠力同心，实干笃行、勇毅前行，为实现今年各项目标任务不懈奋斗，在新时代新征程上创造新的辉煌、赢得新的荣光。

（2023年03月04日　05版）

着力加强保障和改善民生各项工作

——论学习贯彻党的二十届二中全会精神

增进民生福祉是发展的根本目的。党的二十大作出增进民生福祉、提高人民生活品质的重大部署。党的二十届二中全会对着力加强保障和改善民生各项工作提出明确要求。

"江山就是人民，人民就是江山。"习近平总书记在党的二十大报告中强调，"中国共产党领导人民打江山、守江山，守的是人民的心。"民生连着民心，民生稳，人心就稳，社会就稳。当前，我国改革发展稳定依然面临不少深层次矛盾，需求收缩、供给冲击、预期转弱三重压力仍然较大，经济恢复的基础尚不牢固，各种超预期因素随时可能发生。越是在这样的时候，越要兜牢民生底线，进一步做好惠民生、暖民心、强信心工作，用心用情用力解决好人民群众急难愁盼问题。坚持在发展中保障和改善民生，扎实做好民生保障工作，推动人民生活持续改善，推动经济运行整体好转，就能汇聚起无坚不摧的磅礴之力，实现新征程的良好开局。

就业是最基本的民生，是最大的民生工程、民心工程、根基工程。要落实落细就业优先政策，健全就业促进机制，促进高质量充分就业。要提高经济增长的就业带动力，支持发展吸纳就业能力强的产业和企业，不断促进就业量的扩大和质的提升。要健全就业公共服务体系，完善重点群体就业支持体系，加强困难群体就业兜底帮扶，把促进青年特别是高校毕业生就业工作摆在更加突出的位置。对困难群众，要格外关注、格外关爱、格外关心，帮助他们排忧解难。要及时有效缓解结构性物价上涨给部分困难群众带来的影响，保障好困难群众基本生活。

社会保障体系是人民生活的安全网和社会运行的稳定器。要扎牢社会保障网，加强新就业形态劳动者权益保障，稳妥推进养老保险全国统筹。要健全基本公共服务体系，提高公共服务水平，增强均衡性和可及性，加强基层防疫能力建设，补齐医疗卫生特别是城乡基层医疗卫生公共服务的短板。要完善生育支持政策体系，实施积极应对人口老龄化国家战略，发展养老事业和养老产业，降低生育、养育、教育成本，积极应对人口老龄化少子化。要在推动社会保障事业高质量发展上持续用力，织密社会保障安全网，才能为人民生活安康托底。

全面建设社会主义现代化国家，最艰巨最繁重的任务仍然在农村。党的二十届二中全会指出："全面推进乡村振兴，巩固拓展脱贫攻坚成果，防止发生规模性返贫。"要积极发展乡村产业，方便群众在家门口就业，让群众既有收入，又能兼顾家庭。同时，健全防止返贫动态监测和帮扶机制，对脱贫不稳定户、边缘易致贫户，以及因病因灾因意外事故等刚性支出较大或收入大幅缩减导致基本生活出现严重困难户，开展定期检查、动态管理，快速发现和响应易返贫致贫人口，分层分类及时纳入帮扶政策范围。坚决守住不发生规模性返贫底线，稳定完善帮扶政策，增强脱贫地区和脱贫群众内生发展动力，就能让脱贫群众生活更上一层楼。

习近平总书记强调："前进道路上，无论是风高浪急还是惊涛骇浪，人民永远是我们最坚实的依托、最强大的底气。"今年是全面贯彻落实党的二十大精神的开局之年，希望与挑战并存，推进中国式现代化必须抓好开局之年的工作。坚持以人民为中心的发展思想，锐意进取、实干苦干，攻坚克难、奋跃而上，想人民之所想，行人民之所嘱，把事关百姓切身利益的事情抓实抓好，不断把人民对美好生活的向往变为现实，就一定能为全面建设社会主义现代化国家、全面推进中华民族伟大复兴凝聚强大力量。

（2023年03月05日　02版）

坚定不移深化改革开放

——论学习贯彻党的二十届二中全会精神

改革不停顿，开放不止步。党的二十届二中全会站在党和国家事业发展全局的战略高度，对坚定不移深化改革开放提出明确要求，强调要紧紧围绕全面建设社会主义现代化国家的目标，推出一批战略性、创造性、引领性改革举措，加强改革系统集成、协同高效，在重要领域和关键环节取得新突破。

党的十八大以来，以习近平同志为核心的党中央以巨大的政治勇气全面深化改革，打响改革攻坚战，加强改革顶层设计，敢于突进深水区，敢于啃硬骨头，敢于涉险滩，敢于面对新矛盾新挑战，冲破思想观念束缚，突破利益固化藩篱，坚决破除各方面体制机制弊端；实行更加积极主动的开放战略，构建面向全球的高标准自由贸易区网络，加快推进自由贸易试验区、海南自由贸易港建设，推动共建"一带一路"高质量发展。经过新时代十年全面深化改革开放，各领域基础性制度框架基本建立，许多领域实现历史性变革、系统性重塑、整体性重构，中国特色社会主义制度更加成熟更加定型，国家治理体系和治理能力现代化水平明显提高，我国成为140多个国家和地区的主要贸易伙伴，货物贸易总额居世界第一，吸引外资和对外投资居世界前列，形成更大范围、更宽领域、更深层次对外开放格局。

实践发展永无止境，改革开放也永无止境。当前，世界百年未有之大变局加速演进，新一轮科技革命和产业变革深入发展，我国发展面临新的战略机遇、新的战略任务、新的战略阶段、新的战略要求、新的战略环境。加快构建以国内大循环为主体、国内国际双循环相互促进的新发展格局，是立足实现第二个百年奋斗目标、统筹发展和安全作出的战略决策，是把握未来发展主动权的战略部署，尤需坚持问题导向和系统观念，着力破除制约加快构建新发展格局的主要矛盾和问题，进一步深化改革开放，增强国内外大循环的动力和活力。面对改革发展稳定中不少躲不开、绕不过的深层次矛盾，面对前进道路上的风高浪急甚至惊涛骇浪，只有深入推进改革创新，坚定不移扩大开放，着力破解深层次体制机制障碍，才能不断彰显中国特色社会主义制度优势，不断增强社会主义现代化建设的动力和活力，把我国制度优势更好转化为国家治理效能。

党的二十大科学谋划了未来一个时期党和国家事业发展的目标任务和大政方针，提出了一系列重大改革举措，这是党中央对新时代新征程全面深化改革作出的重大战略部署。习近平总书记在中央经济工作会议上强调："要围绕构建高水平社会主义市场经济体制、推进高水平对外开放，谋划新一轮全面深化改革。"我们要把思想和行动统一到习近平总书记重要讲话精神和党中央决策部署上来，坚持和完善社会主义基本经济制度，深化国有企业混合所有制改革，优化民营经济发展环境；完善中国特色现代企业制度，建设高标准市场体系，健全宏观经济治理体系；加强和完善现代金融监管，强化金融稳定保障体系；推动高水平对外开放，稳步扩大规则、规制、管理、标准等制度型开放，统筹谋划好各领域的改革。要注重完善改革落实机制，推动改革举措落地见效。

改革开放只有进行时、没有完成时。全面推进党和国家各项工作，尤其是贯彻新发展理念、推动高质量发展、构建新发展格局，必须以全面深化改革添动力、求突破。回望过往的奋斗路，改革开放是党和人民大踏步赶上时代的重要法宝，是坚持和发展中国特色社会主义的必由之路，是决定当代中国命运的关键一招。眺望前方的奋进路，更加紧密地团结在以习近平同志为核心的党中央周围，全面贯彻习近平新时代中国特色社会主义思想，准确识变、科学应变、主动求变，保持越是艰险越向前的刚健勇毅，以高度的使命感和责任感坚定不移深化改革开放，就一定能够不断赢得优势、赢得主动、赢得未来。

（2023年03月06日　02版）

以党的政治建设为统领，
扎实推进党的各方面建设

——论学习贯彻党的二十届二中全会精神

全面从严治党永远在路上，党的自我革命永远在路上。党的二十届二中全会对深入推进全面从严治党提出明确要求，强调要深入贯彻落实党的二十大对党的建设作出的战略部署，时刻保持解决大党独有难题的清醒和坚定，健全全面从严治党体系，以党的政治建设为统领，扎实推进党的各方面建设，推动新时代党的建设新的伟大工程向纵深发展。

政治建设是党的根本性建设，决定党的建设方向和效果。党的十八大以来，以习近平同志为核心的党中央坚持以党的政治建设为统领，全面加强党的领导，坚持党中央集中统一领导是最高政治原则，确保党中央权威和集中统一领导，确保党发挥总揽全局、协调各方的领导核心作用，我们这个拥有9600多万名党员的马克思主义政党更加团结统一。要把党的二十大提出的明确要求落到实处，坚持和加强党中央集中统一领导，健全总揽全局、协调各方的党的领导制度体系，完善党中央重大决策部署落实机制，提高各级党组织和党员干部政治判断力、政治领悟力、政治执行力，提高党把方向、谋大局、定政策、促改革能力，确保全党在政治立场、政治方向、政治原则、政治道路上同以习近平同志为核心的党中央保持高度一致，确保党的团结统一。

思想建设是党的基础性建设，用党的创新理论武装全党是党的思想建设的根本任务。只有坚持不懈用习近平新时代中国特色社会主义思想凝心铸魂，全面把握这一科学理论的世界观、方法论和贯穿其中的立场观点方法，深刻领会"两个结合""六个必须坚持"，才能深刻理解党的二十大精神，在面对各种矛盾问题和重大风险挑战时始终做到方向明确、头脑清醒、应对有方、行动有力。在全党深入开展学习贯彻习近平新时代中国特色社会主义思想主题教育，要科学谋划、精心组织，强化理论学习和运用，用党的创新理论统一思想、统一意志、统一行动，坚持学思用贯通、知信行统一，把党的创新理论转化为坚定理想、锤炼党性和指导实践、推动工作的强大力量。

党风问题关系执政党的生死存亡。要坚持以严的基调强化正风肃纪，把握党性党风党纪内在联系，把握"四风"与腐败风腐同源、风腐一体特征，始终把中央八项规定作为长期有效的铁规矩、硬杠杠，持续深化纠治"四风"，重点纠治形式主义、官僚主义，坚决破除特权思想和特权行为。腐败是危害党的生命力和战斗力的最大毒瘤，反腐败是最彻底的自我革命。要一体推进不敢腐、不能腐、不想腐，以零容忍态度反腐惩恶，坚决打赢反腐败斗争攻坚战持久战。

大道至简，实干为要。新征程是充满光荣和梦想的远征，没有捷径，唯有实干。要加强换届后各级领导班子和干部队伍建设，抓好领导班子思想政治建设，严格执行民主集中制，不断增强贯彻落实党的理论和路线方针政策的自觉性和坚定性，营造风清气正的政治生态，形成团结协作、敢于担当、善作善成的生动局面。要大兴调查研究之风，大力弘扬求真务实、真抓实干的作风，促进党员干部特别是领导干部扑下身子干实事、谋实招、求实效，脚踏实地、埋头苦干、尊重实际、科学决策，真正做出经得起历史和人民检验的实绩。

历史长河奔腾不息，时代考卷常出常新。面对新征程上的新挑战新考验，我们必须高度警省，永远保持赶考的清醒和谨慎，驰而不息推进全面从严治党，使百年大党在自我革命中不断焕发蓬勃生机，始终成为中国人民最可靠、最坚强的主心骨。让我们更加紧密地团结在以习近平同志为核心的党中央周围，坚持以习近平新时代中国特色社会主义思想为指导，深刻领悟"两个确立"的决定性意义，增强"四个意识"、坚定"四个自信"、做到"两个维护"，永葆自我革命精神，增强全面从严治党永远在路上的政治自觉，以党的自我革命引领社会革命，全力战胜前进道路上各种困难和挑战，不断夺取全面建设社会主义现代化国家新胜利！

（2023 年 03 月 07 日　02 版）

坚守党校初心，自觉为党和国家工作大局服务

——论学习贯彻习近平总书记在中央党校建校90周年庆祝大会暨2023年春季学期开学典礼上重要讲话

"党校始终不变的初心就是为党育才、为党献策。"在中央党校建校90周年庆祝大会暨2023年春季学期开学典礼上，习近平总书记从党和国家事业发展全局的高度，回顾总结了中央党校90年历史成就和光辉业绩，围绕坚守"为党育才、为党献策"的党校初心作了全面深刻阐述，是指引新时代党校事业发展的纲领性文献。

党校事业是党的事业的重要组成部分，党校教育是我们党的一大政治优势。90年来，中央党校为培养党的干部、推动党的思想理论建设、服务党和人民事业作出了重要贡献，积累了许多宝贵经验。特别是党的十八大以来，在以习近平同志为核心的党中央坚强领导下，中央党校和地方各级党校深入学习贯彻习近平新时代中国特色社会主义思想，牢记"党校姓党"这个立校办学之本，不断提高办学质量和水平，为新时代坚持和发展中国特色社会主义培养了大批优秀干部，在推动贯彻党的政治路线、思想路线、组织路线、群众路线，推进党的事业和党的建设中发挥了重要作用。回顾历史，党校因党而立、因党而兴、因党而强，为党育才、为党献策的初心始终不变。

党校姓党，是党校工作的根本原则，也是做好党校工作的根本遵循。必须始终坚持以党的旗帜为旗帜、以党的意志为意志、以党的使命为使

命，自觉在党的新的伟大事业和党的建设新的伟大工程中精准定位，自觉
为党和国家工作大局服务。必须坚持正确办学方向，始终坚持党校姓党，
坚持党性原则，自觉服从服务于党的政治路线，严守党的政治纪律和政治
规矩，坚持在党爱党、在党言党、在党忧党、在党为党，在思想上政治上
行动上自觉同以习近平同志为核心的党中央保持高度一致。

习近平总书记强调："围绕中心、服务大局，是党校事业必须始终坚
持的政治站位，是践行党校初心的必然要求。"党的二十大明确了新时代
新征程党的中心任务，就是团结带领全国各族人民全面建成社会主义现代
化强国、实现第二个百年奋斗目标，以中国式现代化全面推进中华民族伟
大复兴。这是一项伟大而艰巨的事业，对新时代党校工作提出了新的更高
要求，为党校事业发展开辟了更加广阔的天地。各级党校要胸怀"国之大
者"，不断提高政治判断力、政治领悟力、政治执行力，紧紧围绕实现党
在新时代新征程的中心任务尽好职责、发挥优势。要找准党校工作与党的
中心任务的结合点、切入点、着力点，紧扣党之所需、发挥自身优势，做
到党需要什么样的干部，党校就培养什么样的干部；党需要研究解决什么
重大问题，党校就努力在那些方面建言献策。

党校初心是党校不断奋斗的根本动力。各级党校要更加紧密地团结在
以习近平同志为核心的党中央周围，全面贯彻习近平新时代中国特色社会
主义思想，深刻领悟"两个确立"的决定性意义，增强"四个意识"、坚
定"四个自信"、做到"两个维护"，坚守党校初心，传承党校光荣传统
和优良作风，锐意进取、奋发有为，在新征程上不断开创党校工作新局
面，为全面建设社会主义现代化国家、全面推进中华民族伟大复兴作出新
的贡献。

（2023年03月03日　03版）

在培养造就堪当民族复兴重任的
执政骨干队伍上积极作为

——论学习贯彻习近平总书记在中央党校建校90周年
庆祝大会暨2023年春季学期开学典礼上重要讲话

"为党育才,是党校的独特价值所在。"在中央党校建校90周年庆祝大会暨2023年春季学期开学典礼上,习近平总书记强调:"党校是干部教育培训的主阵地,必须在培养造就堪当民族复兴重任的执政骨干队伍上积极作为,做好新时代的传道、授业、解惑工作,传好马克思主义真理之道,授好推动改革发展稳定之业,解好改造主观世界和客观世界所遇之惑。"

党校承担着为领导干部补钙壮骨、立根固本的重要任务,在提高干部队伍素质方面使命光荣、责任重大。党的二十大擘画了全面建设社会主义现代化国家、以中国式现代化全面推进中华民族伟大复兴的宏伟蓝图,吹响了奋进新征程的时代号角。我们党要团结带领人民开创事业发展的新局面,就必须培养造就堪当民族复兴重任的高素质干部队伍。在这方面,党校责无旁贷。

理论修养是领导干部综合素质的核心,理论上的成熟是政治上成熟的基础,政治上的坚定源于理论上的清醒。从一定意义上说,掌握马克思主义理论的深度,决定着政治敏感的程度、思维视野的广度、思想境界的高度。习近平总书记深刻指出:"对领导干部来说,马克思主义这个看家本领掌握得越牢靠,政治站位就越高,政治判断力、政治领悟力、政治执行力就越强，观察时势、谋划发展、防范化解风险就越主动。"党校是我们党对领导干部进行马克思主义理论教育的主阵地，要进一步加强马克思主义理论教育培训，重点抓好用马克思主义中国化时代化最新成果统一思想、统一意志、统一行动，坚持不懈用习近平新时代中国特色社会主义思想凝心铸魂。

党性教育是共产党人修身养性的必修课。党校是领导干部锤炼党性的"大熔炉"。各级党校要把党性教育作为教学的主要内容，深入开展理想信念、党的宗旨、"四史"、革命传统、中华民族传统美德、党风廉政等教育，把党章和党规党纪学习教育作为党性教育的重要内容，引导和推动领导干部不断提高思想觉悟、精神境界、道德修养，树立正确的权力观、政绩观、事业观，保持共产党人的政治本色。

无论是干事创业还是攻坚克难，不仅需要宽肩膀，也需要铁肩膀；不仅需要政治过硬，也需要本领高强。习近平总书记强调："履行好党和人民赋予的新时代职责使命，领导干部必须全面增强各方面本领，努力成为本职工作的行家里手。"各级党校要紧紧围绕党中央重大决策部署，紧密结合国家重大战略需求，组织开展务实管用的专业化能力培训，重点提升领导干部推动高质量发展本领、服务群众本领、防范化解风险本领，同时加强斗争精神和斗争本领养成，着力增强防风险、攻难关、迎挑战、抗打压能力，不断提高专业化水平，更好胜任领导工作。

全面建设社会主义现代化国家、全面推进中华民族伟大复兴，关键在党。各级党校坚守党校初心，坚持为党育才，努力使理论教育更加系统深入、党性教育更加触及灵魂、能力培训更加精准高效，就一定能培养造就堪当民族复兴重任的执政骨干队伍。

（2023年03月04日　05版）

努力当好党的思想理论建设的生力军

——论学习贯彻习近平总书记在中央党校建校90周年庆祝大会暨2023年春季学期开学典礼上重要讲话

"党校作为党的思想理论战线的重要方面军，承担着为党献策的重要职责。"在中央党校建校90周年庆祝大会暨2023年春季学期开学典礼上，习近平总书记强调党校始终不变的初心就是为党育才、为党献策，对各级党校坚守这个初心、努力当好党的思想理论建设的生力军提出明确要求。

党校姓党，决定了党校科研要紧紧围绕党的中心工作展开，在党的思想理论研究方面有所作为，为坚持和巩固党对意识形态工作的领导、巩固马克思主义在意识形态领域的指导地位作出积极贡献。习近平总书记强调："要做好理论研究、对策研究这个探索规律、经世致用的大学问，在党的创新理论研究阐释、推进党的理论创新、为党和政府建言献策等方面推出高质量成果。这也是党校的独特价值所在。"认真学习贯彻习近平总书记重要讲话精神，就要根据时代变化和实践发展，加强理论总结和理论创新，聚焦党和国家中心工作、党委和政府重大决策部署、社会热点难点问题进行深入研究，及时反映重要思想理论动态，提出有价值的对策建议。

当代中国正在经历人类历史上最为宏大而独特的实践创新，坚持和发展中国特色社会主义理论和实践提出了大量亟待解决的新问题。只有坚持用马克思主义之"矢"去射新时代中国之"的"，继续推进马克思主义基本原理同中国具体实际相结合、同中华优秀传统文化相结合，才能科学回答中国之问、世界之问、人民之问、时代之问。习近平新时代中国特色社会主义思想是当代中国马克思主义、二十一世纪马克思主义，是中华文化和中国精神的时代精华，实现了马克思主义中国化时代化新的飞跃。各级党校要加强对习近平新时代中国特色社会主义思想的研究阐释工作，坚持运用习近平新时代中国特色社会主义思想的世界观、方法论和贯穿其中的立场观点方法，深化重大理论问题研究。

习近平总书记强调："党校是党的意识形态工作的重要前沿阵地，必须掌握在忠于党、忠于马克思主义的人手里。"要坚持党校姓党，坚持党性原则，始终坚持以党的旗帜为旗帜、以党的意志为意志、以党的使命为使命，严守党的政治纪律和政治规矩。要宣传党的主张，有针对性地批驳各种歪理邪说，当好党的创新理论的积极宣讲者、马克思主义在意识形态领域指导地位的坚定维护者、用党的意识形态引导社会思潮的可靠排头兵。

坚守党校初心，就必须始终坚持从严治校、质量立校，遵循最严格的政治标准、学术标准、教学标准、管理标准，发挥不正之风"净化器"、党性锻炼"大熔炉"、全面从严治党"风向标"的作用。要引导党校教师潜心治学、虔诚问道、悉心育人，让学员一进党校就感受到学习之风、朴素之风、清朗之风，把质量立校作为办学治校的生命工程，坚持高标准办学。要坚持党对党校工作的全面领导，坚持全党办党校。

新时代新征程，新使命新任务。各级党校要把思想和行动统一到习近平总书记重要讲话精神和党中央决策部署上来，牢记"国之大者"、坚守党校初心，在为党育才、为党献策上积极作为，在宣传阐释党的创新理论、推进党的理论创新上尽职尽责，努力当好党的思想理论建设的生力军，为全面建设社会主义现代化国家、全面推进中华民族伟大复兴贡献智慧和力量。

（2023年03月05日　02版）

落实机构改革任务，转变政府职能

3月7日下午，十四届全国人大一次会议听取了关于国务院机构改革方案的说明，方案着眼转变政府职能、加快建设法治政府，重点加强科学技术、金融监管、数据管理、乡村振兴、知识产权、老龄工作等重点领域的机构职责优化和调整。这一改革，适应统筹推进"五位一体"总体布局、协调推进"四个全面"战略布局的要求，适应构建新发展格局、推动高质量发展的需要，为全面建设社会主义现代化国家、全面推进中华民族伟大复兴提供有力保障。

经济不断发展，社会不断进步，人民生活不断改善，上层建筑就要适应新的要求不断进行改革。党的十八大以来，以习近平同志为核心的党中央把深化党和国家机构改革作为推进国家治理体系和治理能力现代化的一项重要任务，按照坚持党的全面领导、坚持以人民为中心、坚持优化协同高效、坚持全面依法治国的原则，深化党和国家机构改革，党和国家机构职能实现系统性、整体性重构。通过改革，加强党的全面领导得到有效落实，维护党的集中统一领导的机构职能体系更加健全，党和国家机构履职更加顺畅高效，中国特色社会主义制度更加成熟更加定型，国家治理体系和治理能力现代化水平明显提高，为党和国家事业取得历史性成就、发生历史性变革提供了有力保障，也为继续深化党和国家机构改革积累了宝贵经验。

机构改革是一个过程，不会一蹴而就，也不会一劳永逸，需要不断进行调整。党的二十大对深化机构改革作出重要部署，党的二十届二中全会审议通过了在广泛征求意见的基础上提出的《党和国家机构改革方案》。总的看，这次党和国家机构改革突出重点行业和领域，针对性比较强，力度比较大，涉及面比较广，触及的利益比较深，着力解决一些事关重大、社会关注的难点问题，对经济社会发展将产生重要影响。这充分彰显了以习近平同志为核心的党中央将改革进行到底的坚定决心，充分体现了我们党推进国家治理体系和治理能力现代化的坚强意志。这次国务院机构改革，正是贯彻落实党的二十大和二十届二中全会精神的重要部署，是党和国家机构改革的一项重要任务。

当前，世界百年未有之大变局加速演进，新一轮科技革命和产业变革深入发展，我国发展面临新的战略机遇、新的战略任务、新的战略阶段、新的战略要求、新的战略环境，对转变政府职能、优化政府职责体系和组织结构提出了新的更高要求。这次国务院机构改革，以习近平新时代中国特色社会主义思想为指导，以加强党中央集中统一领导为统领，以推进国家治理体系和治理能力现代化为导向，坚持稳中求进工作总基调，坚持问题导向，作出了重新组建科学技术部、组建国家金融监督管理总局、深化地方金融监管体制改革、中国证券监督管理委员会调整为国务院直属机构、统筹推进中国人民银行分支机构改革、完善国有金融资本管理体制、加强金融管理部门工作人员统一规范管理、组建国家数据局、优化农业农村部职责、完善老龄工作体制、完善知识产权管理体制、国家信访局调整为国务院直属机构、精减中央国家机关人员编制等13个方面的重大部署，具有很强的针对性，有利于推动党对社会主义现代化建设的领导在机构设置上更加科学、在职能配置上更加优化、在体制机制上更加完善、在运行管理上更加高效，不断增强社会主义现代化建设的动力和活力，把我国制度优势更好转化为国家治理效能。

大道至简，实干为要。今年是全面贯彻党的二十大精神的开局之年，认真贯彻落实党中央关于党和国家机构改革的决策部署，必须抓好改革关键环节，做好思想政治工作，严肃改革纪律，确保机构、职责、人员等按要求及时调整到位，做到思想不乱、工作不断、队伍不散、干劲不减。更加紧密地团结在以习近平同志为核心的党中央周围，充分认识党和国家机构改革的重要性和紧迫性，坚定改革信心和决心，通过锐意改革转变政府职能，不折不扣把机构改革任务落到实处，就一定能够更好推进中国式现代化建设，更好实现党的二十大确定的目标任务。

（2023年03月08日　03版）

弘扬宪法精神　彰显宪法权威

北京人民大会堂，国徽高悬、熠熠生辉，见证庄严而神圣的时刻。

3月10日上午，全票当选中华人民共和国主席、中华人民共和国中央军事委员会主席的习近平总书记，左手抚按宪法，右手举拳宣读誓词。

"我宣誓：忠于中华人民共和国宪法，维护宪法权威，履行法定职责，忠于祖国、忠于人民，恪尽职守、廉洁奉公，接受人民监督，为建设富强民主文明和谐美丽的社会主义现代化强国努力奋斗！"

铿锵的誓言，郑重的承诺，充分体现了习近平同志作为党、国家、军队最高领导人尊崇宪法、维护宪法、恪守宪法的高度政治自觉，充分体现了习近平同志作为党的核心、人民领袖、军队统帅身体力行、率先垂范的政治品格和崇高风范，充分体现了以习近平同志为核心的党中央坚持依宪治国、依宪执政、维护宪法权威的坚定意志和坚强决心。

宪法是国家的根本法，是治国安邦的总章程，具有最高的法律地位、法律权威、法律效力。作为国家工作人员，必须树立宪法意识，恪守宪法原则，弘扬宪法精神，履行宪法使命。我国宪法明确规定："国家工作人员就职时应当依照法律规定公开进行宪法宣誓。"我国实行宪法宣誓制度，目的就是彰显宪法权威，激励和教育国家工作人员忠于宪法、遵守宪法、维护宪法，加强宪法实施。宪法宣誓制度实行以来，各地区、各部门、各方面认真贯彻落实法律规定，依法开展宪法宣誓活动已经成为尊重宪法、尊重人民主体地位的重要实践。习近平主席就职时依法进行宪法宣誓，为维护宪法权威、捍卫宪法尊严、保证宪法实施作出了表率，必将进一步增强广大国家工作人员依法履行职务的使命感和责任感，极大鼓舞全社会进一步坚定宪法自信、弘扬宪法精神、培育宪法信仰。

治国凭圭臬，安邦靠准绳。党的十八大以来，以习近平同志为核心的党中央高度重视全面依法治国，从关系党和国家长治久安的战略高度来定位法治、布局法治、厉行法治，把全面依法治国纳入"四个全面"战略布局中来谋划、来推进，推动我国宪法制度建设和宪法实施取得历史性成就，全党全社会宪法意识明显提升，社会主义法治建设成果丰硕。党的二十大对新时代新征程党和国家事业发展作出全面部署，强调要更好发挥宪法在治国理政中的重要作用，更好发挥法治固根本、稳预期、利长远的保障作用，在法治轨道上全面建设社会主义现代化国家。前进道路上，切实把党的二十大精神落实到位，坚定不移走中国特色社会主义法治道路，增强宪法自觉，加强宪法实施，履行宪法使命，我们就一定能谱写新时代中国宪法实践新篇章。

法治兴则国兴，法治强则国强。向着新目标，奋楫再出发，让我们更加紧密地团结在以习近平同志为核心的党中央周围，深入学习贯彻习近平法治思想，全面贯彻实施宪法，推进全面依法治国，推进法治中国建设，为全面建设社会主义现代化国家、全面推进中华民族伟大复兴而团结奋斗！

（2023年03月11日　06版）

不断为强国建设、民族复兴
伟业添砖加瓦、增光添彩

——论学习贯彻习近平主席十四届全国人大一次会议重要讲话

"强国建设、民族复兴的接力棒，历史地落在我们这一代人身上。"在十四届全国人大一次会议上，习近平主席从党和国家事业发展全局的高度，着眼全党全国人民的中心任务，对推进强国建设、民族复兴提出明确要求、作出重大部署，强调"我们要只争朝夕，坚定历史自信，增强历史主动，坚持守正创新，保持战略定力，发扬斗争精神，勇于攻坚克难，不断为强国建设、民族复兴伟业添砖加瓦、增光添彩！"习近平主席的重要讲话，坚守人民立场、坚定历史自信、彰显使命担当、指引前进方向，引发热烈反响，必将激励全国各族人民在强国建设、民族复兴新征程踔厉奋发、勇毅前行。

近代以后，中华民族遭受了前所未有的劫难，国家蒙辱、人民蒙难、文明蒙尘。中国产生了共产党，这是开天辟地的大事变。为了实现中华民族伟大复兴，中国共产党团结带领中国人民，以"为有牺牲多壮志，敢教日月换新天"的大无畏气概，书写了中华民族几千年历史上最恢宏的史诗。党的十八大以来，以习近平同志为核心的党中央统筹中华民族伟大复兴战略全局和世界百年未有之大变局，以伟大的历史主动精神、巨大的政治勇气、强烈的责任担当，团结带领人民迎难而上、砥砺前行，党和国家事业取得历史性成就、发生历史性变革，推动我国迈上全面建设社会主义现代化国家新征程，成功推进和拓展了中国式现代化，创造了人类文明新形态，中华民族迎来了从站起来、富起来到强起来的伟大飞跃，实现中华民族伟大复兴进入了不可逆转的历史进程。

习近平主席强调："从现在起到本世纪中叶，全面建成社会主义现代化强国、全面推进中华民族伟大复兴，是全党全国人民的中心任务。"奋进在充满光荣和梦想的新征程上，我们比历史上任何时期都更接近、更有信心和能力实现中华民族伟大复兴的目标，同时必须准备付出更为艰巨、更为艰苦的努力，准备经受风高浪急甚至惊涛骇浪的重大考验。党的二十大擘画了全面建设社会主义现代化国家、以中国式现代化全面推进中华民族伟大复兴的宏伟蓝图，吹响了奋进新征程的时代号角。使命越是光荣、任务越是艰巨，越要坚定历史自信、增强历史主动，在以习近平同志为核心的党中央坚强领导下，按照党的二十大的战略部署，紧紧围绕中心任务，坚持统筹推进"五位一体"总体布局、协调推进"四个全面"战略布局，加快推进中国式现代化建设，团结奋斗，开拓创新，一步一个脚印把前无古人的开创性事业推向前进。

强国建设、民族复兴的宏伟目标令人鼓舞，催人奋进。习近平主席强调在强国建设、民族复兴的新征程，要"坚定不移推动高质量发展""始终坚持人民至上""更好统筹发展和安全""扎实推进'一国两制'实践和祖国统一大业""努力推动构建人类命运共同体"。新征程上，把我国发展进步的命运牢牢掌握在自己手中，把党的二十大擘画的宏伟蓝图变为现实，就要牢牢把握高质量发展这个首要任务，完整、准确、全面贯彻新发展理念，加快构建新发展格局，不断壮大我国经济实力、科技实力、综合国力；积极发展全过程人民民主，贯彻以人民为中心的发展思想，让现代化建设成果更多更公平惠及全体人民，凝聚起强国建设、民族复兴的磅礴力量；贯彻总体国家安全观，以新安全格局保障新发展格局，把人民军队建设成为有效维护国家主权、安全、发展利益的钢铁长城；全面准确、坚定不移贯彻"一国两制"、"港人治港"、"澳人治澳"、高度自治的方针，贯彻新时代党解决台湾问题的总体方略；扎实推进高水平对外开放，高举和平、发展、合作、共赢旗帜，为世界和平发展增加更多稳定性和正能量，为我国发展营造良好国际环境。

"推进强国建设，必须坚持中国共产党领导和党中央集中统一领导，切实加强党的建设。"要深刻认识到，中国共产党是领导我们事业的核心力量，党的领导是实现中华民族伟大复兴的根本保证，是党和国家事业不断发展的"定海神针"。只有坚定不移坚持党的全面领导、维护党中央权威和集中统一领导，才能确保我国社会主义现代化建设正确方向，确保拥有团结奋斗的强大政治凝聚力、发展自信心，集聚起万众一心、共克时艰的磅礴力量。我们党作为世界上最大的马克思主义执政党，要始终赢得人民拥护、巩固长期执政地位，必须时刻保持解决大党独有难题的清醒和坚定。只要勇于自我革命，一刻不停全面从严治党，坚定不移反对腐败，始终保持党的团结统一，就能确保党永远不变质、不变色、不变味，为强国建设、民族复兴提供坚强保证。

历史长河波澜壮阔，一代又一代人接续奋斗创造了今天的中国。向着新目标，奋楫再出发，让我们更加紧密地团结在以习近平同志为核心的党中央周围，全面贯彻习近平新时代中国特色社会主义思想，深刻领悟"两个确立"的决定性意义，增强"四个意识"、坚定"四个自信"、做到"两个维护"，牢记"国之大者"，在新征程上作出无负时代、无负历史、无负人民的业绩，为推进强国建设、民族复兴作出我们这一代人的应有贡献！

（2023 年 03 月 15 日　01 版）

坚定不移推动高质量发展

——论学习贯彻习近平主席十四届全国人大一次会议重要讲话

高质量发展关系我国社会主义现代化建设全局。在十四届全国人大一次会议上，习近平主席着眼全党全国人民的中心任务，强调"在强国建设、民族复兴的新征程，我们要坚定不移推动高质量发展"。

新时代十年是我国经济社会发展取得历史性成就、发生历史性变革、转向高质量发展的十年。党的十八大以来，以习近平同志为核心的党中央科学把握我国发展大势，提出并贯彻新发展理念，着力推进高质量发展，推动构建新发展格局，实施供给侧结构性改革，引领我国经济迈上更高质量、更有效率、更加公平、更可持续、更为安全的发展之路。十年来，我国经济实力实现历史性跃升，对世界经济增长的贡献在全球居于首位，战略性新兴产业发展壮大，发展的平衡性协调性包容性持续提高，生态环境呈现明显改善和趋势性好转，共建"一带一路"走深走实，创新型国家建设取得重大进展。特别是历史性地解决了绝对贫困问题，如期全面建成小康社会，实现第一个百年奋斗目标，迈上全面建设社会主义现代化国家新征程。实践充分证明，推动高质量发展是遵循经济发展规律、保持经济持续健康发展的必然要求，是适应我国社会主要矛盾变化、解决发展不平衡不充分问题的必然要求，是有效防范化解各种重大风险挑战、以中国式现代化全面推进中华民族伟大复兴的必然要求。

习近平主席强调："从现在起到本世纪中叶，全面建成社会主义现代

化强国、全面推进中华民族伟大复兴，是全党全国人民的中心任务。"党
的二十大报告提出："高质量发展是全面建设社会主义现代化国家的首要
任务。"当前，我国发展面临新的战略机遇、新的战略任务、新的战略阶
段、新的战略要求、新的战略环境。必须深刻认识到，发展是党执政兴国
的第一要务，没有坚实的物质技术基础，就不可能全面建成社会主义现代
化强国。防范化解各类风险隐患，积极应对外部环境变化带来的冲击挑
战，关键在于办好自己的事，提高发展质量，提高国际竞争力，增强国家
综合实力和抵御风险能力。在强国建设、民族复兴的新征程，只有牢牢把
握高质量发展这个首要任务，完整、准确、全面贯彻新发展理念，加快构
建以国内大循环为主体、国内国际双循环相互促进的新发展格局，推动经
济实现质的有效提升和量的合理增长，才能不断壮大我国经济实力、科技
实力、综合国力。

高质量发展就是体现新发展理念的发展，实现高质量发展是中国式现
代化的本质要求之一。坚定不移推动高质量发展，必须完整、准确、全面
贯彻新发展理念，必须更好统筹质的有效提升和量的合理增长，必须坚定
不移深化改革开放、深入转变发展方式，必须以满足人民日益增长的美好
生活需要为出发点和落脚点。加快实现高水平科技自立自强是推动高质量
发展的必由之路，要深入实施科教兴国战略、人才强国战略、创新驱动发
展战略，着力提升科技自立自强能力，不断开辟发展新领域新赛道、塑造
发展新动能新优势。加快构建新发展格局是推动高质量发展的战略基点，
要把实施扩大内需战略同深化供给侧结构性改革有机结合起来，坚持把发
展经济的着力点放在实体经济上，夯实我国经济发展的根基、增强发展的
安全性稳定性，不断增强我国的生存力、竞争力、发展力、持续力。农业
强国是社会主义现代化强国的根基，推进农业现代化是实现高质量发展的
必然要求，要切实保障粮食和重要农产品稳定安全供给，把产业振兴作为

乡村振兴的重中之重，提高农业质量效益和竞争力，加快建设宜居宜业和美乡村，以更加积极的作为确保全面推进乡村振兴落地见效。人民幸福安康是推动高质量发展的最终目的，要始终把最广大人民根本利益放在心上，坚持增进民生福祉，把高质量发展同满足人民美好生活需要紧密结合起来，把发展成果不断转化为生活品质，不断增强人民群众的获得感、幸福感、安全感。

大道至简，实干为要。今年是全面贯彻落实党的二十大精神的开局之年，开局关乎全局，起步决定后程。让我们更加紧密地团结在以习近平同志为核心的党中央周围，全面贯彻习近平新时代中国特色社会主义思想，坚持以推动高质量发展为主题，增强国内大循环内生动力和可靠性，提升国际循环质量和水平，加快建设现代化经济体系，着力提高全要素生产率，着力提升产业链供应链韧性和安全水平，着力推进城乡融合和区域协调发展，真抓实干、求真务实，以高质量发展的新成效为全面建设社会主义现代化国家开好局起好步。

（2023年03月16日　01版）

始终坚持人民至上

——论学习贯彻习近平主席十四届全国人大一次会议重要讲话

习近平主席在十四届全国人大一次会议上发表重要讲话，深刻指出"全面建成社会主义现代化强国，人民是决定性力量"，强调在强国建设、民族复兴的新征程"我们要始终坚持人民至上"。

人民性是马克思主义的本质属性，人民立场是中国共产党的根本政治立场。为人民而生，因人民而兴，始终同人民在一起，为人民利益而奋斗，是我们党立党兴党强党的根本出发点和落脚点。自成立以来，我们党团结带领人民进行革命、建设、改革，根本目的就是为了让人民过上好日子，无论面临多大挑战和压力，无论付出多大牺牲和代价，这一点都始终不渝、毫不动摇。特别是新时代这十年，从打赢人类历史上规模最大的脱贫攻坚战，历史性地解决了绝对贫困问题，实现了小康这个中华民族的千年梦想，到深入贯彻以人民为中心的发展思想，坚持在发展中保障和改善民生，扎实推进全体人民共同富裕，再到高效统筹疫情防控和经济社会发展，有效保护人民群众生命安全和身体健康，创造了人类文明史上人口大国成功走出疫情大流行的奇迹……在以习近平同志为核心的党中央坚强领导下，我们党始终锚定"人民对美好生活的向往就是我们的奋斗目标"，牢记"江山就是人民，人民就是江山"，秉持"让人民生活幸福是'国之大者'"，坚持"把为民办事、为民造福作为最重要的政绩"，书写下国家富强、民族振兴、人民幸福的壮美华章，赢得了人民群众的真心拥护、高度信赖和大力支持。

新征程是充满光荣和梦想的远征。党的二十大擘画了全面建设社会主义现代化国家、以中国式现代化全面推进中华民族伟大复兴的宏伟蓝图，明确"中国式现代化是全体人民共同富裕的现代化"，将"坚持以人民为中心的发展思想"列为前进道路上必须牢牢把握的重大原则之一。党的理论是来自人民、为了人民、造福人民的理论，党的二十大报告系统阐述了习近平新时代中国特色社会主义思想的世界观、方法论和贯穿其中的立场观点方法，把"必须坚持人民至上"放在"六个必须坚持"的首位。要深刻认识到，为了人民而发展，发展才有意义；依靠人民而发展，发展才有动力。只有坚持以人民为中心的发展思想，坚持发展为了人民、发展依靠人民、发展成果由人民共享，才会有正确的发展观、现代化观。前进道路上，无论是风高浪急还是惊涛骇浪，人民永远是我们党最坚实的依托、最强大的底气。我们要始终坚持一切为了人民、一切依靠人民，始终与人民风雨同舟、与人民心心相印，想人民之所想，行人民之所嘱，不断把人民对美好生活的向往变为现实。

人民是历史的创造者，是决定党和国家前途命运的根本力量。赢得人民信任，得到人民支持，党就能够克服任何困难，就能够一往无前、无往不胜。强国建设、民族复兴的新征程上，要积极发展全过程人民民主，坚持党的领导、人民当家作主、依法治国有机统一，健全人民当家作主制度体系，把人民当家作主具体地、现实地体现到党治国理政的政策措施上来，具体地、现实地体现到党和国家机关各个方面各个层级工作上来，具体地、现实地体现到实现人民对美好生活向往的工作上来，实现人民意志，保障人民权益，充分激发全体人民的积极性主动性创造性。要始终把人民放在心中最高位置，完善分配制度，健全社会保障体系，强化基本公共服务，兜牢民生底线，解决好人民群众急难愁盼问题，实现好、维护好、发展好最广大人民根本利益，让现代化建设成果更多更公平惠及全体人民，在推进全体人民共同富裕上不断取得更为明显的实质性进展。

团结就是力量，团结才能胜利。全面建设社会主义现代化国家，必须充分发挥亿万人民的创造伟力。今天，我们比历史上任何时期都更接近、更有信心和能力实现中华民族伟大复兴的目标，同时必须准备付出更为艰巨、更为艰苦的努力。越是接近目标，越是形势复杂，越是任务艰巨，越要把各方面智慧和力量凝聚起来，形成同心共圆中国梦的强大合力。要坚持全心全意为人民服务的根本宗旨，从群众中来、到群众中去，始终保持党同人民群众的血肉联系，始终接受人民批评和监督，始终同人民同呼吸、共命运、心连心。要围绕新时代新征程党的中心任务凝心聚力，不断巩固发展全国各族人民大团结、海内外中华儿女大团结，充分调动一切积极因素，凝聚起强国建设、民族复兴的磅礴力量。

"中国共产党是人民的党，是为人民服务的党，共产党当家就是要为老百姓办事，把老百姓的事情办好。"一路走来，我们党紧紧依靠人民交出了一份又一份载入史册的答卷。面向未来，坚持人民至上，紧紧依靠人民，不断造福人民，牢牢植根人民，始终同人民站在一起、想在一起、干在一起，就一定能够形成勇往直前、无坚不摧的强大力量，在强国建设、民族复兴的新征程上创造新的历史伟业。

（2023年03月17日　01版）

更好统筹发展和安全

——论学习贯彻习近平主席十四届全国人大一次会议重要讲话

"安全是发展的基础，稳定是强盛的前提。"在十四届全国人大一次会议上，习近平主席科学把握我国发展面临新的战略机遇、新的战略任务、新的战略阶段、新的战略要求、新的战略环境，对推进强国建设、民族复兴提出明确要求、作出重大部署，强调"要更好统筹发展和安全"。

安全和发展是一体之两翼、驱动之双轮。党的十八大以来，以习近平同志为核心的党中央站在统筹中华民族伟大复兴战略全局和世界百年未有之大变局的高度，统筹国内国际两个大局、发展安全两件大事，团结带领全党全军全国各族人民有效应对严峻复杂的国际形势和接踵而至的巨大风险挑战，创造了新时代中国特色社会主义的伟大成就。我们贯彻总体国家安全观，国家安全领导体制和法治体系、战略体系、政策体系不断完善，国家安全得到全面加强，共建共治共享的社会治理制度进一步健全，平安中国建设迈向更高水平。面对国际局势急剧变化，特别是面对外部讹诈、遏制、封锁、极限施压，我们在斗争中维护国家尊严和核心利益，牢牢掌握了我国发展和安全主动权。实践充分证明，统筹发展和安全，增强忧患意识，做到居安思危，是我们党治国理政的一个重大原则；维护国家安全是全国各族人民根本利益所在，是党和国家兴旺发达、长治久安的有力保证。

党的二十大擘画了全面建设社会主义现代化国家、以中国式现代化全

面推进中华民族伟大复兴的宏伟蓝图，对统筹推进"五位一体"总体布局、协调推进"四个全面"战略布局作出了全面部署，为新时代新征程党和国家事业发展、实现第二个百年奋斗目标指明了前进方向、确立了行动指南。加快构建新发展格局，是以习近平同志为核心的党中央立足实现第二个百年奋斗目标、统筹发展和安全作出的战略决策，是为了在各种可以预见和难以预见的狂风暴雨、惊涛骇浪中增强我国的生存力、竞争力、发展力、持续力。必须深刻认识到，我国发展进入战略机遇和风险挑战并存、不确定难预料因素增多的时期，各种"黑天鹅""灰犀牛"事件随时可能发生。只有更好统筹发展和安全，坚持发展和安全并重，在发展中更多考虑安全因素，下好先手棋、打好主动仗，有效防范化解各类风险挑战，守住新发展格局的安全底线，实现高质量发展和高水平安全的良性互动，保持经济持续健康发展和社会大局稳定，才能始终把我国发展进步的命运牢牢掌握在自己手中。

国家安全是安邦定国的重要基石。在强国建设、民族复兴的新征程，必须坚定不移贯彻总体国家安全观，把维护国家安全贯穿党和国家工作各方面全过程，确保国家安全和社会稳定。要坚持以人民安全为宗旨、以政治安全为根本、以经济安全为基础、以军事科技文化社会安全为保障、以促进国际安全为依托，统筹外部安全和内部安全、国土安全和国民安全、传统安全和非传统安全、自身安全和共同安全，统筹维护和塑造国家安全，夯实国家安全和社会稳定基层基础，完善参与全球安全治理机制，建设更高水平的平安中国。要坚持党中央对国家安全工作的集中统一领导，着力推进国家安全体系和能力现代化，健全国家安全体系，增强维护国家安全能力，提高公共安全治理水平，完善社会治理体系，以新安全格局保障新发展格局。

习近平主席强调："要全面推进国防和军队现代化建设，把人民军队建设成为有效维护国家主权、安全、发展利益的钢铁长城。"强国必须强军，军强才能国安。如期实现建军一百年奋斗目标，加快把人民军队建成世界一流军队，是全面建设社会主义现代化国家的战略要求。在强国建设、民族复兴的新征程，人民军队必须贯彻习近平强军思想，贯彻新时代军事战略方针，坚持党对人民军队的绝对领导，坚持政治建军、改革强军、科技强军、人才强军、依法治军，提高捍卫国家主权、安全、发展利益战略能力，有效履行新时代人民军队使命任务。巩固提高一体化国家战略体系和能力，是党中央把握强国强军面临的新形势新任务新要求，着眼于更好统筹发展和安全、更好统筹经济建设和国防建设作出的战略部署，要统一思想认识，强化使命担当，狠抓工作落实，努力开创一体化国家战略体系和能力建设新局面。

"备豫不虞，为国常道"。全面建设社会主义现代化国家，是一项伟大而艰巨的事业，前途光明，任重道远。在以习近平同志为核心的党中央坚强领导下，全面贯彻习近平新时代中国特色社会主义思想，牢记"国之大者"、提高政治站位，以奋发有为的精神状态和"时时放心不下"的责任意识更好统筹发展和安全，全力战胜前进道路上各种困难和挑战，不断夯实我国经济发展的根基、增强发展的安全性稳定性，中华民族伟大复兴号巨轮就一定能乘风破浪、行稳致远。

（2023年03月18日　01版）

扎实推进"一国两制"实践和祖国统一大业

——论学习贯彻习近平主席十四届全国人大一次会议重要讲话

民族复兴、国家统一是大势所趋、大义所在、民心所向。在十四届全国人大一次会议上,习近平主席从强国建设、民族复兴的战略全局出发,对扎实推进"一国两制"实践和祖国统一大业提出明确要求,指出"推进强国建设,离不开香港、澳门长期繁荣稳定",强调"坚决反对外部势力干涉和'台独'分裂活动,坚定不移推进祖国统一进程"。

"一国两制"是中国特色社会主义的伟大创举,解决台湾问题、实现祖国完全统一是党矢志不渝的历史任务。党的十八大以来,以习近平同志为核心的党中央全面准确推进"一国两制"实践,坚持"一国两制"、"港人治港"、"澳人治澳"、高度自治的方针,推动香港进入由乱到治走向由治及兴的新阶段,香港、澳门保持长期稳定发展良好态势;提出新时代解决台湾问题的总体方略,促进两岸交流合作,牢牢把握两岸关系主导权和主动权。特别是面对香港局势动荡变化,依照宪法和基本法有效实施对特别行政区的全面管治权,制定实施香港特别行政区维护国家安全法,落实"爱国者治港"原则,香港局势实现由乱到治的重大转折,深入推进粤港澳大湾区建设,支持香港、澳门发展经济、改善民生、保持稳定。面对"台独"势力分裂活动和外部势力打"台湾牌"的严重挑衅,坚决开展反分裂、反干涉重大斗争,进一步掌握了实现祖国完全统一的战略主动,进一步巩固了国际社会坚持一个中国的格局。

党的二十大擘画了全面建设社会主义现代化国家、以中国式现代化全面推进中华民族伟大复兴的宏伟蓝图，明确了新时代新征程党和国家事业发展的目标任务，围绕坚持和完善"一国两制"、推进祖国统一作出战略部署。要深刻认识到，"一国两制"是经过实践反复检验了的，符合国家、民族根本利益，符合香港、澳门根本利益，是香港、澳门回归后保持长期繁荣稳定的最佳制度安排，必须长期坚持。实现祖国完全统一是全体中华儿女的共同愿望，是民族复兴的题中之义。台湾问题因民族弱乱而产生，必将随着民族复兴而解决。国家强大、民族复兴、两岸统一的历史大势，任何人任何势力都无法阻挡。

习近平主席强调："要全面准确、坚定不移贯彻'一国两制'、'港人治港'、'澳人治澳'、高度自治的方针，坚持依法治港治澳，支持香港、澳门特别行政区发展经济、改善民生，更好融入国家发展大局。"这为新征程上扎实推进"一国两制"实践，促进香港、澳门长期繁荣稳定指明了前进方向。面向未来，我们要坚持和完善"一国两制"制度体系，落实中央全面管治权，落实"爱国者治港"、"爱国者治澳"原则，落实特别行政区维护国家安全的法律制度和执行机制，支持香港、澳门发展经济、改善民生、破解经济社会发展中的深层次矛盾和问题，巩固提升香港、澳门在国际金融、贸易、航运航空、创新科技、文化旅游等领域的地位，发展壮大爱国爱港爱澳力量，确保"一国两制"事业始终朝着正确的方向行稳致远。

祖国必须统一，也必然统一。必须清醒认识到，"和平统一、一国两制"方针是实现两岸统一的最佳方式，对两岸同胞和中华民族最有利。"台独"分裂是祖国统一的最大障碍，是民族复兴的严重隐患。解决台湾问题是中国人自己的事，要由中国人来决定。我们要贯彻新时代党解决台湾问题的总体方略，坚持一个中国原则和"九二共识"，团结广大台湾同胞共同推动两岸关系和平发展、推进祖国和平统一进程，坚定反"独"促统。包括两岸同胞在内的所有中华儿女，要和衷共济、团结向前，坚决反对外部势力干涉和"台独"分裂活动，共同创造祖国完全统一、民族伟大复兴的光荣伟业。

今天，中华民族迎来了从站起来、富起来到强起来的伟大飞跃，中华民族伟大复兴进入了不可逆转的历史进程。全面准确贯彻"一国两制"方针将为香港、澳门创造无限广阔的发展空间，祖国完全统一的时和势始终在我们这一边。我们坚信，有中国共产党的坚强领导，有伟大祖国的坚强支撑，有全国各族人民包括香港特别行政区同胞、澳门特别行政区同胞和台湾同胞的同心协力，香港、澳门长期繁荣稳定一定能够保持，祖国完全统一一定能够实现。

（2023年03月19日　01版）

努力推动构建人类命运共同体

——论学习贯彻习近平主席十四届全国人大一次会议重要讲话

大道之行，天下为公。在十四届全国人大一次会议上，习近平主席站在历史和时代的高度，从中国与世界共同利益、全人类前途命运出发，强调在强国建设、民族复兴的新征程"我们要努力推动构建人类命运共同体"。

中国的发展惠及世界，中国的发展离不开世界。经过改革开放40多年不懈努力，我们创造了经济快速发展和社会长期稳定两大奇迹，不断以自身发展为世界创造更多机遇。特别是新时代以来，在以习近平同志为核心的党中央坚强领导下，我们持续扩大对外开放，构建面向全球的高标准自由贸易区网络，加快推进自由贸易试验区、海南自由贸易港建设，共建"一带一路"成为深受欢迎的国际公共产品和国际合作平台。我国成为140多个国家和地区的主要贸易伙伴，货物贸易总额居世界第一，吸引外资和对外投资居世界前列，形成更大范围、更宽领域、更深层次对外开放格局。我们坚定维护国际公平正义，倡导践行真正的多边主义，积极建设覆盖全球的伙伴关系网络，推动构建新型国际关系，积极参与全球治理体系改革和建设，弘扬和平、发展、公平、正义、民主、自由的全人类共同价值，构建人类命运共同体成为引领时代潮流和人类前进方向的鲜明旗帜，我国国际影响力、感召力、塑造力显著提升。

党的二十大擘画了全面建设社会主义现代化国家、以中国式现代化全

面推进中华民族伟大复兴的宏伟蓝图，把"推动构建人类命运共同体"列为中国式现代化的本质要求之一，作出"促进世界和平与发展，推动构建人类命运共同体"的重大部署。当前，世界之变、时代之变、历史之变正以前所未有的方式展开。一方面，和平、发展、合作、共赢的历史潮流不可阻挡，人心所向、大势所趋决定了人类前途终归光明。另一方面，恃强凌弱、巧取豪夺、零和博弈等霸权霸道霸凌行径危害深重，和平赤字、发展赤字、安全赤字、治理赤字加重，人类社会面临前所未有的挑战。世界又一次站在历史的十字路口，何去何从取决于各国人民的抉择。必须深刻认识到，构建人类命运共同体是世界各国人民前途所在。只有各国行天下之大道，和睦相处、合作共赢，繁荣才能持久，安全才有保障。中国坚持对外开放的基本国策，坚持维护世界和平、促进共同发展的外交政策宗旨，致力于推动构建人类命运共同体，始终做世界和平的建设者、全球发展的贡献者、国际秩序的维护者。

开放带来进步，封闭必然落后。我国发展要赢得优势、赢得主动、赢得未来，必须顺应经济全球化，依托我国超大规模市场优势，实行更加积极主动的开放战略。新征程上，我们要扎实推进高水平对外开放，以国内大循环吸引全球资源要素，增强国内国际两个市场两种资源联动效应，稳步扩大规则、规制、管理、标准等制度型开放，营造市场化、法治化、国际化一流营商环境，推动共建"一带一路"高质量发展，既用好全球市场和资源发展自己，又推动世界共同发展，不断以中国新发展为世界提供新机遇。

人类是休戚与共的命运共同体，面对共同挑战，只有和衷共济、和合共生这一条出路，任何艰难曲折都不能阻挡历史前进的车轮。新征程上，我们要高举和平、发展、合作、共赢旗帜，始终站在历史正确的一边、站在人类文明进步的一边，践行真正的多边主义，践行全人类共同价值，积极参与全球治理体系改革和建设，坚持经济全球化正确方向，推动贸易和投资自由化便利化，推动建设开放型世界经济，推动落实全球发展倡议、全球安全倡议、全球文明倡议，为世界和平发展增加更多稳定性和正能量，为我国发展营造良好国际环境。

我们所处的是一个充满挑战的时代，也是一个充满希望的时代。只要我们坚持和平发展道路，既通过维护世界和平发展自己，又通过自身发展维护世界和平，同世界上一切进步力量携手前进，就一定能够不断为人类文明进步贡献智慧和力量，同世界各国人民一道，推动建设一个持久和平、普遍安全、共同繁荣、开放包容、清洁美丽的世界。

（2023年03月20日　01版）

为强国建设、民族复兴提供坚强保证

——论学习贯彻习近平主席十四届全国人大一次会议重要讲话

"推进强国建设，必须坚持中国共产党领导和党中央集中统一领导，切实加强党的建设。"在十四届全国人大一次会议上，习近平主席着眼全党全国人民的中心任务，强调"要时刻保持解决大党独有难题的清醒和坚定，勇于自我革命，一刻不停全面从严治党，坚定不移反对腐败，始终保持党的团结统一，确保党永远不变质、不变色、不变味，为强国建设、民族复兴提供坚强保证"。

治国必先治党，党兴才能国强。党的十八大以来，以习近平同志为核心的党中央全面加强党的领导，坚持党中央集中统一领导是最高政治原则，深入推进全面从严治党，提出和落实新时代党的建设总要求，以党的政治建设统领党的建设各项工作，党中央权威和集中统一领导得到有力保证，党总揽全局、协调各方的领导核心作用充分发挥，全党思想上更加统一、政治上更加团结、行动上更加一致。经过不懈努力，党找到了自我革命这一跳出治乱兴衰历史周期率的第二个答案，自我净化、自我完善、自我革新、自我提高能力显著增强，党在革命性锻造中更加坚强有力、更加充满活力，为党和国家事业取得历史性成就、发生历史性变革提供了根本引领和坚强保障，推动实现中华民族伟大复兴进入了不可逆转的历史进程。

中国共产党是最高政治领导力量，中国共产党领导是党和国家的根本所在、命脉所在，是全国各族人民的利益所系、命运所系。党的二十大报告明确提出中国式现代化的本质要求，首要的就是"坚持中国共产党领导"；明确提出推进中国式现代化必须牢牢把握的重大原则，第一条就是"坚持和加强党的全面领导"。必须深刻认识到，我们党是一个拥有9600多万名党员、490多万个基层党组织的大党，肩负着团结带领亿万人民全面建设社会主义现代化国家、全面推进中华民族伟大复兴的历史重任。治理我们这样的大党大国，如果没有党中央权威和集中统一领导，如果没有全党全国思想统一、步调一致，什么事也办不成。新征程上，只要坚定不移坚持和加强党的全面领导，坚决维护党中央权威和集中统一领导，把党的领导落实到党和国家事业各领域各方面各环节，使党始终成为风雨来袭时全体人民最可靠的主心骨，就一定能确保我国社会主义现代化建设正确方向，确保拥有团结奋斗的强大政治凝聚力、发展自信心，凝聚起强国建设、民族复兴的磅礴伟力。

打铁必须自身硬。党的二十大报告提出"全面建设社会主义现代化国家、全面推进中华民族伟大复兴，关键在党"，作出坚定不移全面从严治党、深入推进新时代党的建设新的伟大工程的重大部署。我们党作为世界上最大的马克思主义执政党，要始终赢得人民拥护、巩固长期执政地位，必须时刻保持解决大党独有难题的清醒和坚定。经过十八大以来全面从严治党，党内许多突出问题得到解决，但党面临的"四大考验""四种危险"将长期存在。全面从严治党永远在路上，党的自我革命永远在路上。站在事关党长期执政、国家长治久安、人民幸福安康的高度，把全面从严治党作为党的长期战略、永恒课题，始终坚持问题导向，保持战略定力，发扬彻底的自我革命精神，永远吹冲锋号，把严的基调、严的措施、严的氛围长期坚持下去，把党的伟大自我革命进行到底，就一定能为强国建设、民族复兴提供坚强保证。

强国建设、民族复兴的宏伟目标令人鼓舞，催人奋进。向着新目标，奋楫再出发，让我们更加紧密地团结在以习近平同志为核心的党中央周围，全面贯彻习近平新时代中国特色社会主义思想，深刻领悟"两个确立"的决定性意义，增强"四个意识"、坚定"四个自信"、做到"两个维护"，毫不动摇坚持和加强党的全面领导，永远保持赶考的清醒和谨慎，驰而不息推进全面从严治党，以党的自我革命引领社会革命，全力战胜前进道路上各种困难和挑战，不断为强国建设、民族复兴伟业添砖加瓦、增光添彩！

（2023年03月21日　01版）

共同绘就百花齐放的人类社会现代化新图景

——论习近平总书记中国共产党与世界政党高层对话会主旨讲话

政党是引领和推动现代化进程的重要力量。"中国共产党愿同各方一道努力，让各具特色的现代化事业汇聚成推动世界繁荣进步的时代洪流，在历史长河中滚滚向前、永续发展！"

3月15日，习近平总书记在北京出席中国共产党与世界政党高层对话会，并发表题为《携手同行现代化之路》的主旨讲话。习近平总书记从世界政党的共同责任出发，着眼人类社会现代化进程，系统阐述了中国共产党关于探索现代化道路的认识，提出了全球文明倡议，表达了中国共产党愿同各国政党一道，推进具有本国特色的现代化事业、促进全球文明交流互鉴、推动构建人类命运共同体的真诚愿望，展现了中国共产党直面人类共同挑战的政治勇气和责任担当，为推动世界现代化进程、促进人类文明进步提供了中国方案，引发与会嘉宾和国际社会热烈反响。

现代化是世界发展的历史潮流，实现现代化是各国人民的共同向往。然而人类社会发展进程曲折起伏，各国探索现代化道路的历程充满艰辛。当前世界百年未有之大变局加速演进，世界之变、时代之变、历史之变正以前所未有的方式展开，人类社会现代化进程又一次来到历史的十字路口。"两极分化还是共同富裕？物质至上还是物质精神协调发展？竭泽而渔还是人与自然和谐共生？零和博弈还是合作共赢？照抄照搬别国模式还是立足自身国情自主发展？我们究竟需要什么样的现代化？怎样才能实现现代化？"面对这一系列的现代化之问，只有勇担时代责任、作出正确回答，政党才能引领和推动现代化朝着正确方向前进。

坚守人民至上理念，突出现代化方向的人民性；秉持独立自主原则，探索现代化道路的多样性；树立守正创新意识，保持现代化进程的持续性；弘扬立己达人精神，增强现代化成果的普惠性；保持奋发有为姿态，确保现代化领导的坚定性。习近平总书记在主旨讲话中提出的5点主张，科学回答了一系列现代化之问，体现了中国共产党对现代化建设规律的深刻认识和准确把握，为推进人类社会现代化指明了前进方向。

人民是历史的创造者，是推进现代化最坚实的根基、最深厚的力量，只有坚守人民至上理念，锚定人民对美好生活的向往，努力实现物质富裕、政治清明、精神富足、社会安定、生态宜人，让现代化更好回应人民各方面诉求和多层次需要，才能既增进当代人福祉，又保障子孙后代权益，促进人类社会可持续发展。现代化不是少数国家的"专利品"，也不是非此即彼的"单选题"，只有秉持独立自主原则，坚持把国家和民族发展放在自己力量的基点上，把国家发展进步的命运牢牢掌握在自己手中，尊重和支持各国人民对发展道路的自主选择，才能共同绘就百花齐放的人类社会现代化新图景。面对现代化进程中遇到的各种新问题新情况新挑战，只有树立守正创新意识，不断实现理论和实践上的创新突破，推动国际秩序朝着更加公正合理的方向发展，在不断促进权利公平、机会公平、规则公平的努力中推进人类社会现代化，才能为现代化进程注入源源不断的强大活力。人类是一个一荣俱荣、一损俱损的命运共同体，只有弘扬立己达人精神，秉持团结合作、共同发展的理念，走共建共享共赢之路，坚持共享机遇、共创未来，共同做大人类社会现代化的"蛋糕"，才能让现代化成果更多更公平惠及各国人民。现代化不会从天上掉下来，而是要通过发扬历史主动精神干出来，只有保持奋发有为姿态，把政党自身建设和国家现代化建设紧密结合起来，确保始终有信心、有意志、有能力应对好时代挑战、回答好时代命题、呼应好人民期盼，才能为不断推进现代化进程引领方向、凝聚力量。

在主旨讲话中，习近平总书记郑重宣示中国共产党将"致力于推动高质量发展，促进全球发展繁荣""致力于维护国际公平正义，促进世界和平稳定""致力于推动文明交流互鉴，促进人类文明进步"。这充分体现了中国共产党坚持胸怀天下，为人类谋进步、为世界谋大同的历史使命，充分展现了中国共产党努力以中国式现代化新成就为世界发展提供新机遇、为人类对现代化道路的探索提供新助力、为人类社会现代化理论和实践创新作出新贡献的责任担当。

实现现代化是近代以来中国人民矢志奋斗的梦想。经过数代人不懈努力，中国共产党团结带领中国人民走出了中国式现代化道路。中国式现代化既基于自身国情、又借鉴各国经验，既传承历史文化、又融合现代文明，既造福中国人民、又促进世界共同发展，是我们强国建设、民族复兴的康庄大道，也是中国谋求人类进步、世界大同的必由之路。面向未来，中国共产党将坚持正确的方向、正确的理论、正确的道路不动摇，始终把自身命运同各国人民的命运紧紧联系在一起，为世界提供更多更好的中国制造和中国创造，为世界提供更大规模的中国市场和中国需求，为缩小南北差距、实现共同发展提供中国方案和中国力量，推动共建"一带一路"高质量发展，构建全球发展共同体。中国式现代化不走殖民掠夺的老路，不走国强必霸的歪路，走的是和平发展的人间正道，中国实现现代化是世界和平力量的增长，是国际正义力量的壮大，无论发展到什么程度，中国永远不称霸、永远不搞扩张。中国式现代化作为人类文明新形态，与全球其他文明相互借鉴，必将极大丰富世界文明百花园。

文明因多样而交流，因交流而互鉴，因互鉴而发展。在主旨讲话中，习近平总书记科学把握各国前途命运紧密相连大趋势，着眼推动人类社会现代化进程、繁荣世界文明百花园，首次鲜明提出全球文明倡议，倡导尊重世界文明多样性、倡导弘扬全人类共同价值、倡导重视文明传承和创新、倡导加强国际人文交流合作。这是继全球发展倡议、全球安全倡议后，中国提出的又一重大倡议，充分彰显了习近平总书记深厚的天下情怀，为推动不同文明包容共存、交流互鉴贡献了中国智慧，为开创世界各国人文交流、文化交融、民心相通新局面提供了中国方案。全球文明倡议意蕴深刻、内涵丰富、体系完整，落实这一倡议必将有力推动人类文明发展进步，让世界文明百花园姹紫嫣红、生机盎然。

人类社会现代化的征程难免遭遇坎坷，但前途终归光明。道阻且长，行则将至；行而不辍，未来可期。中国共产党愿同各国政党和政治组织共同担负起探索现代化道路、推动文明进步的政党责任，在推动构建人类命运共同体的征程中携手同行。各方一道努力，携手共行天下大道，携手同行现代化之路，用全球文明倡议凝聚共识、促进行动，持续推动构建人类命运共同体，就一定能够让各具特色的现代化事业汇聚成推动世界繁荣进步的时代洪流，在历史长河中滚滚向前、永续发展。

（2023年03月17日　01版）

在推动构建人类命运共同体的大道上阔步前进

——共建美好世界的最大公约数①

　　风云变幻的时代，需要凝聚共识的思想；日新月异的世界，呼唤洞察未来的远见。2013年3月，习近平总书记在俄罗斯莫斯科国际关系学院发表演讲，提出各国相互联系、相互依存的程度空前加深，人类生活在同一个地球村里，越来越成为你中有我、我中有你的命运共同体。构建人类命运共同体，是习近平总书记深刻把握人类社会历史经验和发展规律，汲取中华优秀传统文化的思想智慧，从统筹中华民族伟大复兴战略全局和世界百年未有之大变局的战略高度，对"世界向何处去、人类应怎么办"作出的深刻回答，为人类社会实现共同发展、长治久安、持续繁荣指明了方向、绘制了蓝图，充分展现了中国同各国一道建设更加美好世界的坚定决心和使命担当。

　　"建设一个什么样的世界、如何建设这个世界"是人类社会永恒的课题。从提出牢固树立命运共同体意识的正确方向、系统阐述构建人类命运共同体的科学内涵、详细阐释人类命运共同体理念的提出动因与实施路径，到提出共建"一带一路"倡议、全球发展倡议、全球安全倡议、全球文明倡议，倡导践行真正的多边主义，倡导共商共建共享的全球治理观，倡导弘扬和平、发展、公平、正义、民主、自由的全人类共同价值，再到提出构建"网络空间命运共同体""核安全命运共同体""海洋命运共同体""人类卫生健康共同体""人与自然生命共同体""全球发展共同体""人类安全共同体""地球生命共同体"等重要主张……面对国际形势新动向新特征，习近平总书记提出一系列重要新理念新倡议，深刻阐述积极应对全球性挑战的中国主张和中国方案，不断丰富完善构建人类命运共同体的思想体系，成为习近平新时代中国特色社会主义思想特别是习近平外交思想的重要组成部分。在构建人类命运共同体理念的指引下，共建"一带一路"让更多国家共享发展机遇，全球发展倡议、全球安全倡议、全球文明倡议得到广泛响应。10年来，构建人类命运共同体成为引领时代潮流和人类前进方向的鲜明旗帜，多次写入联合国决议、多边机制合作协议等国际文件，受到国际社会特别是广大发展中国家的普遍欢迎和广泛支持，成为共建持久和平、普遍安全、共同繁荣、开放包容、清洁美丽的世界的最大公约数。

我们所处的是一个充满挑战的时代，也是一个充满希望的时代。当前，世界百年未有之大变局加速演进，世界之变、时代之变、历史之变正以前所未有的方式展开。一方面，和平、发展、合作、共赢的历史潮流不可阻挡，人心所向、大势所趋决定了人类前途终归光明；另一方面，和平赤字、发展赤字、安全赤字、治理赤字加重，世界进入新的动荡变革期，人类社会面临前所未有的挑战。世界又一次站在历史的十字路口，构建人类命运共同体的历史远见和时代意义更加凸显。实践深刻表明，只有各国行天下之大道，和睦相处、合作共赢，繁荣才能持久，安全才有保障。今天，各国人民对和平发展的期盼更加殷切，对公平正义的呼声更加强烈，对合作共赢的追求更加坚定，构建人类命运共同体是世界各国人民前途所在。

习近平总书记深刻指出："推动构建人类命运共同体，不是以一种制度代替另一种制度，不是以一种文明代替另一种文明，而是不同社会制度、不同意识形态、不同历史文化、不同发展水平的国家在国际事务中利益共生、权利共享、责任共担，形成共建美好世界的最大公约数。"冲出迷雾走向光明，最强大的力量是同心合力，最有效的方法是和衷共济。面对各种全球性挑战，我们要坚持对话协商，推动建设一个持久和平的世界；坚持共建共享，推动建设一个普遍安全的世界；坚持合作共赢，推动建设一个共同繁荣的世界；坚持交流互鉴，推动建设一个开放包容的世界；坚持绿色低碳，推动建设一个清洁美丽的世界。要坚持弘扬平等、互鉴、对话、包容的文明观，弘扬全人类共同价值，落实好全球发展倡议、全球安全倡议、全球文明倡议，以文明交流超越文明隔阂、文明互鉴超越文明冲突、文明包容超越文明优越，共同推动人类文明发展进步。要顺应经济全球化大势，推动建设开放型世界经济，推动经济全球化朝着更加开放、包容、普惠、平衡、共赢的方向发展。要践行共商共建共享的全球治理观，坚持真正的多边主义，推动全球治理朝着更加公正合理的方向发展。只要世界各国团结协作、守望相助，同舟共济、包容并蓄，向着构建人类命运共同体的正确方向砥砺前行，就一定能穿越惊涛骇浪，驶向光明未来。

中国式现代化是我们强国建设、民族复兴的康庄大道，也是中国谋求人类进步、世界大同的必由之路。党的二十大擘画了全面建设社会主义现代化国家、以中国式现代化全面推进中华民族伟大复兴的宏伟蓝图，提出"中国式现代化是走和平发展道路的现代化"，明确"推动构建人类命运共同体"是中国式现代化的本质要求之一。在强国建设、民族复兴的新征程，中国将始终把自身命运同各国人民的命运紧紧联系在一起，致力于推动高质量发展、促进全球发展繁荣，维护国际公平正义、促进世界和平稳定，推动文明交流互鉴、促进人类文明进步，努力以中国式现代化新成就为世界发展提供新机遇，为人类对现代化道路的探索提供新助力，为人类社会现代化理论和实践创新作出新贡献。高举和平、发展、合作、共赢旗帜，在坚定维护世界和平与发展中谋求自身发展，又以自身发展更好维护世界和平与发展，始终不渝做世界和平的建设者、全球发展的贡献者、国际秩序的维护者，这是中国的庄严承诺，更是坚定不移推动构建人类命运共同体的大国担当。

人类只有一个地球，人类也只有一个共同的未来。无论是应对眼下的危机，还是共创美好的未来，人类都需要同舟共济、团结合作。"浩渺行无极，扬帆但信风。"始终站在历史正确一边、站在人类文明进步一边，携手同心、行而不辍，在推动构建人类命运共同体的大道上阔步前进，人类命运共同体建设的阳光必将更加普照世界，各国人民必将迎来更加美好的未来。

（2023年03月23日　02版）

始终弘扬全人类共同价值

——共建美好世界的最大公约数②

"和平、发展、公平、正义、民主、自由，是全人类的共同价值，也是联合国的崇高目标。"2015年9月在第七十届联合国大会一般性辩论时，习近平总书记首次提出全人类共同价值并阐释其基本内涵。此后在许多重要双多边场合，习近平总书记围绕全人类共同价值提出一系列新理念、新主张。2023年3月在中国共产党与世界政党高层对话会上，习近平总书记首次提出全球文明倡议，深刻指出"和平、发展、公平、正义、民主、自由是各国人民的共同追求"。倡导弘扬全人类共同价值，体现了"大道之行，天下为公"的博大胸怀，彰显了大党大国领袖的天下情怀和责任担当，得到国际社会广泛认同。

人类生活在同一个地球村里，越来越成为你中有我、我中有你的命运共同体，客观存在共同利益，必然要求共同价值。在全球性挑战此起彼伏的今天，任何国家都难以独善其身，世界各国需要团结合作，共同携手解决全人类面临的难题。特别是经历了世纪疫情，世界比以往任何时候都更需要站在全人类战略高度的思想引领，凝聚合力、激发动力。全人类共同价值，凝练概括了全人类的基本价值共识，勾画出超越差异分歧的价值同心圆，凸显出各国人民企盼美好生活的最大公约数，为推动构建人类命运共同体提供了价值支撑，为人类文明朝着正确方向发展注入了强大精神动力，为共同建设美好世界提供了正确理念指引。

习近平总书记深刻指出："和平与发展是我们的共同事业，公平正义是我们的共同理想，民主自由是我们的共同追求。"全人类共同价值贯通个人、国家、世界多个层面，蕴含着不同文明对价值内涵和价值实现的共通点。和平是人民的永恒期望，犹如空气和阳光；发展是各国的第一要务，是增进人类福祉的重要前提；公平、正义是国际秩序的基石，事关国际关系的道义基础；民主是人类不懈追求的政治理想，其本意是要求实行多数人的统治；自由是人类社会进步的产物，强调实现人的全面发展。全人类共同价值超越了意识形态、社会制度和发展水平差异，体现了对不同文明价值内涵的理解，体现了对不同国家探索价值实现路径的尊重，体现了对不同国家人民追求幸福生活平等权利的支持，国际感召力和影响力日益增强。国际有识之士表示："只有秉承共同的价值，和谐共处、协商对话，才能战胜诸多全球性挑战，为全人类争取更加美好的未来""面对全球纷繁复杂的挑战，只有通过合作，才能维护世界和平，促进共同繁荣"。

多样性是人类文明的魅力所在，更是世界发展的活力和动力之源。必须深刻认识到，在各国前途命运紧密相连的今天，不同文明包容共存、交流互鉴，在推动人类社会现代化进程、繁荣世界文明百花园中具有不可替代的作用。共同倡导尊重世界文明多样性、共同倡导弘扬全人类共同价值、共同倡导重视文明传承和创新、共同倡导加强国际人文交流合作，习近平总书记提出的全球文明倡议，为推动不同文明包容共存、交流互鉴贡献了中国智慧，为开创世界各国人文交流、文化交融、民心相通新局面提供了中国方案。文明没有高下、优劣之分，只有特色、地域之别，只有在交流中才能融合，在融合中才能进步。弘扬全人类共同价值，应当承认和尊重文明多样性，以平等和欣赏的眼光看待不同文明。要坚持弘扬平等、互鉴、对话、包容的文明观，以宽广胸怀理解不同文明对价值内涵的认识，不将自己的价值观和模式强加于人，不搞意识形态对抗。把全人类共同价值具体地、现实地体现到实现本国人民利益的实践中去，在彼此尊重中共同发展、在求同存异中合作共赢，以文明交流超越文明隔阂、文明互鉴超越文明冲突、文明包容超越文明优越，必将有力推动人类文明发展进步，让世界文明百花园姹紫嫣红、生机盎然。

当今世界，多重挑战和危机交织叠加，世界经济复苏艰难，发展鸿沟不断拉大，生态环境持续恶化，冷战思维阴魂不散，世界进入新的动荡变革期。同时，各国人民对和平发展的期盼更加殷切，对公平正义的呼声更加强烈，对民主自由的追求更加坚定。必须深刻认识到，全人类共同价值是各国人民的共同追求，顺应人类社会发展进步的时代潮流，既是人类文明的共同财富，也是破解当今时代难题的钥匙。只有以全人类共同价值凝聚各方力量，摒弃意识形态偏见，尊重文明多样性，最大程度增强合作机制、理念、政策的开放性和包容性，促进世界各国人民相知相亲，把全人类意志和力量凝聚起来，共行天下大道，才能和睦相处、合作共赢，共同应对各种全球性挑战，让人类命运共同体建设的阳光普照世界，推动历史车轮向着光明的目标前进。

中国是全人类共同价值的坚定倡导者和积极践行者，矢志不渝促进人类和平与发展事业，在动荡变革的世界为人类文明进步作出重大贡献。中国式现代化既造福中国人民、又促进世界共同发展，是我们强国建设、民族复兴的康庄大道，也是中国谋求人类进步、世界大同的必由之路，走的是和平发展的人间正道。中国愿同各国一道，推动共建"一带一路"高质量发展，加快全球发展倡议落地，培育全球发展新动能，构建全球发展共同体。中国实现现代化是世界和平力量的增长，是国际正义力量的壮大。中国式现代化作为人类文明新形态，与全球其他文明相互借鉴，必将极大丰富世界文明百花园。面向未来，中国高举和平、发展、合作、共赢旗帜，始终站在历史正确一边、站在人类文明进步的一边，践行真正的多边主义，践行全人类共同价值，推动建设开放型世界经济，积极参与全球治理体系改革和建设，致力于推动构建人类命运共同体，以中国智慧和中国方案为破解全球性问题注入新思想新理念，为世界和平发展增加更多稳定性和正能量。

万物并育而不相害，道并行而不相悖。前进道路上，以推动构建新型国际关系为根本路径，以落实全球发展倡议、全球安全倡议、全球文明倡议为重要依托，以和平、发展、公平、正义、民主、自由的全人类共同价值为价值追求，携手各国建设持久和平、普遍安全、共同繁荣、开放包容、清洁美丽的世界，就一定能迎来人类发展更加美好的明天。

（2023年03月24日　01版）

共同创造人类更加美好的未来

——共建美好世界的最大公约数③

　　乘历史大势行稳，走人间正道致远。2017年1月，习近平总书记在联合国日内瓦总部深入阐释构建人类命运共同体理念，倡导建设一个持久和平、普遍安全、共同繁荣、开放包容、清洁美丽的世界。这一重要倡议，从伙伴关系、安全格局、经济发展、文明交流、生态建设等方面系统呈现构建人类命运共同体的实践路径，揭示了世界各国相互依存和人类命运紧密相连的客观现实和发展规律，汇聚了世界各国人民对和平、发展、繁荣向往的最大公约数，为构建人类命运共同体提供了切实可行的行动指南。

　　人类是一个整体，地球是一个家园。当前，人类交往的世界性比过去任何时候都更深入、更广泛，各国相互联系和彼此依存比过去任何时候都更频繁、更紧密，国际社会越来越成为你中有我、我中有你的命运共同体，和平、发展、合作、共赢的历史潮流更加强劲。同时，人类正处在一个挑战层出不穷、风险日益增多的时代，世界进入新的动荡变革期。必须深刻认识到，和平是人类共同愿望和崇高目标，安全和稳定是国家发展的首要前提，经济全球化是历史大势，文明交流互鉴是推动人类社会进步的动力和世界和平的纽带，建设美丽家园是人类的共同梦想。只有为建设持久和平的世界增加稳定因素，为建设普遍安全的世界扩大防护屏障，为建设共同繁荣的世界注入发展动力，为建设开放包容的世界增添多彩活力，为建设清洁美丽的世界注入强大信心，才能让我们这个星球越来越美好。

世界好，中国才能好；中国好，世界才更好。作为世界最大发展中国家，中国保持经济社会健康稳定发展，集中力量办好自己的事，让国家更富强、人民更幸福，本身也是对世界的重大贡献。面对"世界怎么了、我们怎么办"的时代之问，习近平总书记站在人类历史发展进程的高度，以大国领袖的责任担当，正确把握国际形势的深刻变化，提出一系列重大倡议，为共建美好世界不断贡献中国智慧、中国主张。提出全球发展倡议，呼吁国际社会关注发展中国家面临的紧迫问题，旨在推动联合国2030年可持续发展议程再出发，推动实现更加强劲、绿色、健康的全球发展，构建全球发展共同体；提出全球安全倡议，立足人类是不可分割的安全共同体，走出一条对话而不对抗、结伴而不结盟、共赢而非零和的新型安全之路；提出全球文明倡议，倡导尊重世界文明多样性、弘扬全人类共同价值、重视文明传承和创新、加强国际人文交流合作，为开创世界各国人文交流、文化交融、民心相通新局面提供了中国方案……这些重大倡议意蕴深刻、内涵丰富、体系完整，顺应世界发展大势和时代潮流，符合各国人民追求更美好生活的强烈愿望，为构建人类命运共同体进一步明确了实践路径。

习近平总书记深刻指出："只要是对全人类有益的事情，中国就应该义不容辞地做，并且做好。"新时代以来，中国秉持公道正义，倡导以对话增互信、以对话解纷争、以对话促安全，为世界和平发展增加更多稳定性和正能量；致力于加强全球安全治理，秉持共同、综合、合作、可持续安全观，为建设普遍安全的世界发挥不可替代的作用；坚定不移推动构建开放型世界经济，畅通全球产业链供应链大动脉，构建并不断扩大面向全球的高标准自由贸易区网络，推动建设共同繁荣的世界；搭建文化相知的桥梁，拉紧民心相亲的纽带，推动不同文明包容共存、交流互鉴；既加强自身生态文明建设，主动承担应对气候变化的国际责任，又同世界各国一道，努力呵护好全人类共同的地球家园，推动构建公平合理、合作共赢的全球环境治理体系，为建设清洁美丽的世界贡献力量。事实充分证明，建设持久和平、普遍安全、共同繁荣、开放包容、清洁美丽的世界，反映了人类社会共同价值追求，符合中国人民和世界人民的根本利益。一个为人类谋进步、为世界谋大同的中国，必将为全球发展提供更多机遇，为国际合作注入更强动力，为促进人类和平与发展事业作出更大贡献。

人类和平与发展的事业是崇高的事业，也是充满挑战的事业。面对共同挑战，任何人任何国家都无法独善其身，人类只有和衷共济、和合共生这一条出路。人类命运共同体理念以和平发展超越冲突对抗，以共同安全取代绝对安全，以互利共赢摒弃零和博弈，以交流互鉴防止文明冲突，以绿色发展呵护地球家园，顺应了世界大势和人心所向。要相互尊重、平等协商，坚决摒弃冷战思维和强权政治，走对话而不对抗、结伴而不结盟的国与国交往新路，建设持久和平的世界。要坚持以对话解决争端、以协商化解分歧，统筹应对传统和非传统安全威胁，反对一切形式的恐怖主义，建设普遍安全的世界。要同舟共济，促进贸易和投资自由化便利化，推动经济全球化朝着更加开放、包容、普惠、平衡、共赢的方向发展，建设共同繁荣的世界。要尊重世界文明多样性，以文明交流超越文明隔阂、文明互鉴超越文明冲突、文明包容超越文明优越，建设开放包容的世界。要坚持环境友好，合作应对气候变化，保护好人类赖以生存的地球家园，建设清洁美丽的世界。

党的二十大擘画了全面建设社会主义现代化国家、以中国式现代化全面推进中华民族伟大复兴的宏伟蓝图，提出"中国人民愿同世界人民携手开创人类更加美好的未来"。中国式现代化不走殖民掠夺的老路，不走国强必霸的歪路，走的是和平发展的人间正道。在强国建设、民族复兴的新征程，我们始终把自身命运同各国人民的命运紧紧联系在一起，努力以中国式现代化新成就为世界发展提供新机遇，为人类对现代化道路的探索提供新助力，为人类社会现代化理论和实践创新作出新贡献。我们坚定站在历史正确的一边、站在人类文明进步的一边，高举和平、发展、合作、共赢旗帜，奉行独立自主的和平外交政策，坚持走和平发展道路，推动共建"一带一路"高质量发展，推动建设开放型世界经济，推动落实全球发展倡议、全球安全倡议、全球文明倡议，积极参与全球治理体系改革和建设，推动构建人类命运共同体，为世界和平发展增加更多稳定性和正能量。

习近平总书记强调："历史接力棒已经传到我们这一代人手中，我们必须作出无愧于人民、无愧于历史的抉择。"世界各国团结起来，共行天下大道，向着构建人类命运共同体的正确方向，携手同心、行而不辍，汇聚起合作共赢的伟力，战胜前进道路上的各种挑战，就一定能建设一个持久和平、普遍安全、共同繁荣、开放包容、清洁美丽的世界，共同创造人类更加美好的未来。

（2023年03月25日　01版）

奋力谱写中华民族伟大复兴西藏篇章

——写在西藏民主改革六十四周年之际

雄伟的喜马拉雅山见证沧桑巨变，奔腾的雅鲁藏布江奏响恢弘乐章。今年是西藏民主改革和百万农奴解放64周年，也是"西藏百万农奴解放纪念日"设立14周年。64年前，民主改革废除了政教合一的封建农奴制度，开启了西藏历史上最伟大最深刻的社会变革。在中国共产党的坚强领导下，西藏社会实现了由封建农奴制度向社会主义制度的历史性飞跃，西藏发展实现了由贫穷落后向文明进步的伟大跨越。

64年来，中国共产党团结带领西藏各族人民创造了彪炳千秋、利泽万代、亘古未有的历史功绩，西藏从黑暗走向光明、从落后走向进步、从贫穷走向富裕、从专制走向民主、从封闭走向开放，社会制度实现历史性跨越，经济社会实现全面发展，人民生活极大改善，城乡面貌今非昔比。特别是党的十八大以来，在以习近平同志为核心的党中央坚强领导下，在全国人民大力支持下，西藏各族干部群众艰苦奋斗、顽强拼搏，西藏步入发展最好、变化最大、群众得实惠最多的新时代。今天的西藏，政治安定、社会稳定、经济发展、民族团结、宗教和睦、边防巩固、人民安居乐业，呈现出一派欣欣向荣的景象，充分彰显了社会主义制度的无比优越性。

经过民主改革，西藏各族人民早已成为国家的主人，不断享有日益丰富的现代文明成果。民主改革使西藏百万农奴和奴隶在政治、经济和社会

116

生活多方面实现了翻身解放，有效促进了西藏社会生产力的发展，为西藏的现代化建设开辟了光明大道。历史和现实充分证明，民主改革是真正造福西藏各族人民的伟大壮举。正是有了民主改革，才有了西藏社会制度的历史性变迁，才有了西藏与时俱进的发展，才有了西藏各族人民幸福美好新生活，才有了西藏各族人民权利的充分保障。

党的二十大擘画了全面建设社会主义现代化国家、以中国式现代化全面推进中华民族伟大复兴的宏伟蓝图。全面建设社会主义现代化国家，一个民族都不能少。当前，我国发展面临新的战略机遇、新的战略任务、新的战略阶段、新的战略要求、新的战略环境。新征程是充满光荣和梦想的远征，西藏经济社会发展也站在新的历史起点上。"治国必治边、治边先稳藏"，西藏实现持续稳定和快速发展是对党和国家工作大局的重要贡献。

新时代新征程，要全面贯彻新时代党的治藏方略，坚持稳中求进工作总基调，立足新发展阶段，完整、准确、全面贯彻新发展理念，服务和融入新发展格局，推动高质量发展，加强边境地区建设，抓好稳定、发展、生态、强边四件大事，在推动青藏高原生态保护和可持续发展上不断取得新成就，奋力谱写雪域高原长治久安和高质量发展新篇章。要坚持以维护祖国统一、加强民族团结为着眼点和着力点，多谋长久之策，多行固本之举，不断增强各族群众对伟大祖国、中华民族、中华文化、中国共产党、中国特色社会主义的认同，打牢民族团结的思想基础。要坚持所有发展都要赋予民族团结进步的意义，都要赋予改善民生、凝聚人心的意义，都要有利于提升各族群众获得感、幸福感、安全感，走出一条符合西藏实际的高质量发展之路。

同心共筑中国梦，雪域高原换新颜。在强国建设、民族复兴的新征程，更加紧密地团结在以习近平同志为核心的党中央周围，全面贯彻习近平新时代中国特色社会主义思想，深刻领悟"两个确立"的决定性意义，增强"四个意识"、坚定"四个自信"、做到"两个维护"，团结一心、踔厉奋发、勇毅前行，为谱写中华民族伟大复兴中国梦西藏篇章而努力奋斗，西藏的明天必将更加辉煌灿烂，西藏人民的生活必将更加幸福美好。

（2023年03月28日　01版）

谱写具有澳门特色"一国两制"成功实践新篇章

　　1993年3月31日，全国人民代表大会正式通过并颁布《中华人民共和国澳门特别行政区基本法》。伴随着1999年12月20日澳门特别行政区成立，澳门基本法正式实施。在亿万人民奋进强国建设、民族复兴新征程之际，隆重纪念澳门基本法颁布30周年，总结澳门基本法实施20多年来的成功经验，对进一步坚定践行"一国两制"伟大事业的决心和信心，不断谱写具有澳门特色"一国两制"成功实践新篇章，具有重要意义。

　　法者，治之端也。30年来，在宪法和澳门基本法的有力保障下，澳门实现了平稳过渡和顺利回归，特别是党的十八大以来，澳门在经济发展、民生改善、社会稳定等各方面取得了长足的进步，开创了澳门历史上最好的发展局面。以宪法和澳门基本法为基础的特别行政区宪制秩序牢固确立，治理体系日益完善，特别行政区民主政制有序发展，澳门居民依法享有的广泛权利和自由得到充分保障；经济实现跨越发展，居民生活持续改善，澳门居民获得感、幸福感越来越强；社会保持稳定和谐，多元文化交相辉映，国际影响力不断提升……澳门基本法的成功实施雄辩地证明，"一国两制"是中国特色社会主义的伟大创举，是澳门回归后保持长期繁荣稳定的最佳制度安排，是行得通、办得到、得人心的。根据宪法制定的澳门基本法符合国家根本利益，符合澳门实际情况，是一部经得起实践检验的好法律。

宪法和澳门基本法共同构成特别行政区的宪制基础，依法治澳首先是依照宪法和基本法治澳，自觉维护宪法和基本法权威。30年来，从1999年的"午夜立法"，到2009年完成基本法第23条本地立法，再到2018年成立维护国家安全委员会，维护国家主权、安全、发展利益的宪制责任有效落实，同"一国两制"方针和澳门基本法实施相适应的法律和制度体系不断完善。从建立起协调统一的宪法和基本法宣传教育体系，到要求公职人员必须了解和掌握基本法，再到连续举办国家宪法日系列活动，宪法和澳门基本法权威牢固树立。澳门基本法的成功实践充分证明：只有在全社会形成广泛的国家认同，全面准确实施宪法和基本法，才能切实维护国家主权、安全、发展利益，保持澳门长期繁荣稳定。

党的二十大擘画了全面建设社会主义现代化国家、以中国式现代化全面推进中华民族伟大复兴的宏伟蓝图，明确了新时代新征程党和国家事业发展的目标任务，围绕坚持和完善"一国两制"作出战略部署。习近平总书记强调："推进强国建设，离不开香港、澳门长期繁荣稳定。"新征程上，我们要全面准确、坚定不移贯彻"一国两制"、"澳人治澳"、高度自治的方针，坚持依法治澳，支持澳门特别行政区发展经济、改善民生，更好融入国家发展大局，不断开创具有澳门特色的"一国两制"实践新局面。要严格依照宪法和澳门基本法实施治理，落实中央对澳门特别行政区的全面管治权，落实"爱国者治澳"原则，继续健全特别行政区维护国家安全的法律制度和执行机制，确保宪法和澳门基本法全面准确有效实施，确保"一国两制"事业行稳致远。

澳门基本法实施以来的20多年，是澳门历史上经济发展最快、民生改善最大的时期，也是澳门同胞共享伟大祖国尊严和荣耀感最强的时期。现在，中华民族迎来了从站起来、富起来到强起来的伟大飞跃，这是中华民族大发展大作为的时代，也是澳门与祖国内地共繁荣共奋进的时代。始终坚定制度自信、准确把握正确方向，坚持依法治澳，坚定不移维护宪法和基本法确定的特别行政区宪制秩序，就一定能够确保"一国两制"事业始终沿着正确轨道前进，澳门与祖国内地同发展、共繁荣的道路必将越走越宽广！

（2023年03月31日　01版）

努力创造新时代高质量发展的标杆

"从来没见过这样编制一座城市的规划""从来没见过一座新城这样重视优秀传统文化传承""从来没见过地上、地下、'云'上'三城'一体规划和建设""从来没见过这样大力度治理白洋淀""从来没见过建设一座承接北京非首都功能的新城",河北雄安新区设立 6 年来,每一天都有新变化,每一年都有大进步,一座高水平的社会主义现代化城市正在拔节生长。

丹青妙手舒画卷,山河万里起宏图。设立雄安新区,是以习近平同志为核心的党中央深入推进京津冀协同发展作出的重大决策部署,是继深圳经济特区和上海浦东新区之后又一具有全国意义的新区。习近平总书记指出"建设雄安新区是千年大计",强调"必须坚持'世界眼光、国际标准、中国特色、高点定位'理念,努力打造贯彻新发展理念的创新发展示范区",要求"全面贯彻新发展理念,坚持高质量发展要求,努力创造新时代高质量发展的标杆"。习近平总书记的一系列重要论述,为雄安新区高起点规划、高标准建设、高质量发展指明了前进方向、提供了重要遵循。

千年大计,只争朝夕;国家大事,必作于细。从编制《河北雄安新区规划纲要》到出台《关于支持河北雄安新区全面深化改革和扩大开放的指导意见》,一系列顶层设计高水平完成;从白洋淀生态环境治理到地下综合管廊建设,一批批重大项目全面推进;从京雄城际铁路到北京支持雄安新区的"三校"项目,一个个标志性工程陆续投入使用……6年来,在"一张白纸"上绘就壮美图画,从平地上建设现代化新城,雄安新区规划建设取得重要阶段性成果。实践证明,着眼建设北京非首都功能疏解集中承载地,创造"雄安质量"和成为推动高质量发展的全国样板,建设现代化经济体系的新引擎,有利于有效缓解北京"大城市病",探索人口经济密集地区优化开发新模式,有利于加快补齐区域发展短板,提升区域经济社会发展质量和水平,推动雄安新区实现更高水平、更有效率、更加公平、更可持续发展,建设成为绿色生态宜居新城区、创新驱动发展引领区、协调发展示范区、开放发展先行区。

党的二十大报告对深入实施区域重大战略作出重要部署,明确提出"高标准、高质量建设雄安新区"。习近平总书记强调:"雄安新区不同于一般意义上的新区,其定位首先是疏解北京非首都功能集中承载地"。今天,雄安新区进入承接北京非首都功能疏解和大规模建设同步推进的重要阶段,各项疏解工作正在稳妥进行。高标准、高质量建设雄安新区,要深入贯彻落实习近平总书记重要讲话、重要指示精神和党中央决策部署,完整、准确、全面贯彻新发展理念,始终牢牢把握疏解北京非首都功能这个"牛鼻子",始终坚持打造北京非首都功能集中承载地的定位和方向,紧紧围绕承接北京非首都功能这个目标开展城市建设、谋划项目推进,构建符合高质量发展要求和未来发展方向的价值导向、制度体系、发展模式,努力创造新时代高质量发展的标杆。

在强国建设、民族复兴新征程,雄安新区建设大有可为。"把每一寸土地都规划得清清楚楚再开始建设""精心推进不留历史遗憾""尊重城市开发建设规律,合理把握开发节奏,稳扎稳打,一茬接着一茬干"……习近平总书记一系列重要论述,为有计划分步骤推动新区建设领航指路、把脉定向。建设雄安新区是一项历史性工程,是我们这代人留给子孙后代的历史遗产，尤其需要保持历史耐心，增强战略定力，激发实干自觉。要坚持以规划为引领，保持规划的严肃性和约束性，严格按照规划推进项目建设，努力创造出经得起实践、人民、历史检验的实绩。

时间属于奋进者！历史属于奋进者！新征程上，在以习近平同志为核心的党中央坚强领导下，坚持以习近平新时代中国特色社会主义思想为指导，一张蓝图绘到底，一茬接着一茬干，雄安新区一定能不断谱写高质量发展新篇章，展现全面建设社会主义现代化国家的新气象！

（2023年04月01日　02版）

为奋进新征程凝心聚力

——论学习贯彻习近平总书记在主题教育工作会议上重要讲话

根据党的二十大部署，以县处级以上领导干部为重点，在全党深入开展学习贯彻习近平新时代中国特色社会主义思想主题教育，用党的创新理论统一思想、统一意志、统一行动，弘扬伟大建党精神，牢记"三个务必"，推动全党为全面建设社会主义现代化国家、全面推进中华民族伟大复兴而团结奋斗。

4月3日，学习贯彻习近平新时代中国特色社会主义思想主题教育工作会议在北京召开，习近平总书记出席会议并发表重要讲话。习近平总书记从新时代新征程党和国家事业发展全局的战略高度，深刻阐述开展主题教育的重大意义和目标要求，对主题教育各项工作作出全面部署。习近平总书记的重要讲话高屋建瓴、视野宏阔、思想深邃、内涵丰富，具有很强的政治性、思想性、指导性，为全党开展主题教育提供了根本遵循，是一篇马克思主义纲领性文献。

习近平新时代中国特色社会主义思想是当代中国马克思主义、二十一世纪马克思主义，是中华文化和中国精神的时代精华，是党和人民实践经验和集体智慧的结晶，是中国特色社会主义理论体系的重要组成部分，是全党全国各族人民为实现中华民族伟大复兴而奋斗的行动指南，必须长期坚持并不断发展。党的理论创新每前进一步，理论武装就要跟进一步。新时代十年来，我们坚持不懈用这一创新理论武装头脑、指导实践、推动工作，为新时代党和国家事业发展提供了根本遵循。新时代十年伟大变革，是全党全国各族人民一道拼出来、干出来、奋斗出来的，最根本在于有习近平总书记掌舵领航，有习近平新时代中国特色社会主义思想科学指引。实践充分证明，"两个确立"是党在新时代取得的重大政治成果，是推动党和国家事业取得历史性成就、发生历史性变革的决定性因素，是战胜一切艰难险阻、应对一切不确定性的最大确定性、最大底气、最大保证，对新时代党和国家事业发展、对推进中华民族伟大复兴历史进程具有决定性意义。实践充分证明，拥有马克思主义科学理论指导是我们党坚定信仰信念、把握历史主动的根本所在，学习贯彻习近平新时代中国特色社会主义思想是新时代新征程开创事业发展新局面的根本要求。

在全党深入开展学习贯彻习近平新时代中国特色社会主义思想主题教育，是党中央为全面贯彻党的二十大精神、动员全党同志为完成党的中心任务而团结奋斗所作的重大部署，是深入推进新时代党的建设新的伟大工程的重大部署。新时代新征程，面对错综复杂的国际国内形势、艰巨繁重的改革发展稳定任务、各种不确定难预料的风险挑战，要实现党的二十大确定的战略目标，迫切需要广大党员、干部特别是各级领导干部进一步深入学习贯彻习近平新时代中国特色社会主义思想，这是党中央确定在全党开展这次主题教育的主要考量。全党必须深刻认识到，开展这次主题教育，是统一全党思想意志行动、始终保持党的强大凝聚力、战斗力的必然要求，是推动全党积极担当作为、不断开创事业发展新局面的必然要求，是深入推进全面从严治党、以党的自我革命引领社会革命的必然要求。开展这次主题教育，推动全党特别是领导干部不断把学习贯彻习近平新时代中国特色社会主义思想引向深入，对于统一全党思想、解决党内存在的突出问题、始终保持党同人民群众血肉联系、推动党和国家事业发展，具有重要意义。

马克思主义是我们立党立国、兴党兴国的根本指导思想。实践告诉我们，中国共产党为什么能，中国特色社会主义为什么好，归根到底是马克思主义行，是中国化时代化的马克思主义行。开展这次主题教育，就是要用习近平新时代中国特色社会主义思想凝心铸魂，推动全党更加自觉深刻领悟"两个确立"的决定性意义，增强"四个意识"、坚定"四个自信"、做到"两个维护"，始终在思想上政治上行动上同以习近平同志为核心的党中央保持高度一致；就是要全面学习、全面把握、全面落实党的二十大精神，贯彻新发展理念、构建新发展格局、推动高质量发展，推进中国式现代化；就是要推进党的自我革命、时刻保持解决大党独有难题的清醒和坚定，始终与人民同心，保持党的先进性和纯洁性，使全党更加紧密地团结在以习近平同志为核心的党中央周围，为奋进新征程、建功新时代提供坚强有力的政治引领和政治保障。这次主题教育，要在推动学习贯彻习近平新时代中国特色社会主义思想走深走实上下功夫，教育引导党员、干部从思想上正本清源、固本培元，不断提高政治判断力、政治领悟力、政治执行力，做到心往一处想、劲往一处使，共同把党锻造成一块攻无不克、战无不胜的坚硬钢铁。要教育引导广大党员、干部学思想、见行动，树立正确的权力观、政绩观、事业观，增强责任感和使命感，不断提高推动高质量发展本领、服务群众本领、防范化解风险本领，加强斗争精神和斗争本领养成，提振锐意进取、担当有为的精气神。要教育引导各级党组织和广大党员、干部突出问题导向，查不足、找差距、明方向，接受政治体检，打扫政治灰尘，纠正行为偏差，解决思想不纯、组织不纯方面存在的突出问题，不断增强党的自我净化、自我完善、自我革新、自我提高能力，使我们党始终充满蓬勃生机和旺盛活力，始终成为中国特色社会主义事业的坚强领导核心。

党的二十大擘画了全面建设社会主义现代化国家、以中国式现代化全

面推进中华民族伟大复兴的宏伟蓝图，吹响了奋进新征程的时代号角。"强国建设、民族复兴的宏伟目标令人鼓舞、催人奋进，我们这一代共产党人使命光荣、责任重大。"习近平总书记强调，"我们要以这次主题教育为契机，加强党的创新理论武装，不断提高全党马克思主义水平，不断提高党的执政能力和领导水平，为奋进新征程凝心聚力，踔厉奋发、勇毅前行，为全面建设社会主义现代化国家、全面推进中华民族伟大复兴而团结奋斗。"在以习近平同志为核心的党中央坚强领导下，坚持用习近平新时代中国特色社会主义思想武装全党，坚定历史自信，增强历史主动，坚持守正创新，保持战略定力，发扬斗争精神，勇于攻坚克难，就一定能在新征程上作出无负时代、无负历史、无负人民的业绩，为推进强国建设、民族复兴作出我们这一代人的应有贡献！

（2023年04月05日　01版）

牢牢把握"学思想、强党性、重实践、建新功"的总要求

——论学习贯彻习近平总书记在主题教育工作会议上重要讲话

　　"这次主题教育要牢牢把握'学思想、强党性、重实践、建新功'的总要求。"在学习贯彻习近平新时代中国特色社会主义思想主题教育工作会议上，习近平总书记对开展主题教育的总要求作出深刻阐释。学思想、强党性、重实践、建新功，体现了我们党认识与实践相结合、理论与实际相联系、改造主观世界与改造客观世界相统一的一贯要求，是一个紧密联系、相互贯通、内在统一的整体，要把这一总要求贯穿这次主题教育全过程。

　　党的理论创新每前进一步，理论武装就要跟进一步。习近平新时代中国特色社会主义思想，实现了马克思主义中国化时代化新的飞跃，开辟了马克思主义中国化时代化新境界，内容涵盖改革发展稳定、内政外交国防、治党治国治军等方方面面，构成一个完整的科学体系。党的二十大报告明确指出，"十个明确"、"十四个坚持"、"十三个方面成就"概括了这一思想的主要内容。党的二十大报告提出了继续推进理论创新的科学方法，即必须坚持人民至上、必须坚持自信自立、必须坚持守正创新、必须坚持问题导向、必须坚持系统观念、必须坚持胸怀天下。这"六个必须坚持"，是习近平新时代中国特色社会主义思想的立场观点方法的重要体现。学思想，就是要全面学习领会习近平新时代中国特色社会主义思想，

129

全面系统掌握这一思想的基本观点、科学体系，把握好这一思想的世界观、方法论，坚持好、运用好贯穿其中的立场观点方法，不断增进对党的创新理论的政治认同、思想认同、理论认同、情感认同，真正把马克思主义看家本领学到手，自觉用习近平新时代中国特色社会主义思想指导各项工作。

为政之道，修身为本。党性是党员、干部立身、立业、立言、立德的基石。政治上的坚定、党性上的坚定，都离不开理论上的坚定。党员、干部要成长起来，必须加强马克思主义理论武装。习近平新时代中国特色社会主义思想，不仅包含着党治国理政的重要思想，也贯穿着中国共产党人的政治品格、价值追求、精神境界、作风操守的要求。强党性，就是要自觉用习近平新时代中国特色社会主义思想改造主观世界，深刻领会这一思想关于坚定理想信念、提升思想境界、加强党性锻炼等一系列要求，始终保持共产党人的政治本色。

马克思主义理论来自实践又指导实践。学习习近平新时代中国特色社会主义思想的目的全在于运用，在于把这一思想变成改造主观世界和客观世界的强大思想武器。党员、干部特别是各级领导干部只有把这一思想的世界观、方法论和贯穿其中的立场观点方法转化为自己的思想武器，内化于心、外化于行，才能不断开创事业发展新局面。重实践，就是要自觉践行习近平新时代中国特色社会主义思想，用以改造客观世界、推动事业发展，用以观察时代、把握时代、引领时代，积极识变应变求变，解决经济社会发展和党的建设中存在的各种矛盾问题，防范化解重大风险，推动中国式现代化取得新进展新突破。

当代中国正在经历人类历史上最为宏大而独特的实践创新，改革发展稳定任务之重、矛盾风险挑战之多、治国理政考验之大都前所未有。我们要赢得优势、赢得主动、赢得未来，必须不断提高运用马克思主义分析和解决实际问题的能力，不断提高运用习近平新时代中国特色社会主义思想指导我们应对重大挑战、抵御重大风险、克服重大阻力、化解重大矛盾、解决重大问题的能力。建新功，就是要从习近平新时代中国特色社会主义思想中汲取奋发进取的智慧和力量，熟练掌握其中蕴含的领导方法、思想方法、工作方法，不断提高履职尽责的能力和水平，凝心聚力促发展，驰而不息抓落实，立足岗位作贡献，努力创造经得起历史和人民检验的实绩。

坚持用马克思主义中国化时代化最新成果武装全党、指导实践、推动工作，是我们党创造历史、成就辉煌的一条重要经验。深入开展学习贯彻习近平新时代中国特色社会主义思想主题教育，牢牢把握"学思想、强党性、重实践、建新功"的总要求，把党的创新理论运用到贯彻落实党的二十大提出的重大战略部署中去，推动主题教育取得实实在在的成效，为奋进新征程凝心聚力，踔厉奋发、勇毅前行，我们就一定能不断为强国建设、民族复兴伟业添砖加瓦、增光添彩！

（2023 年 04 月 06 日　　01 版）

紧紧锚定开展主题教育的目标任务

——论学习贯彻习近平总书记在主题教育工作会议上重要讲话

我们这么大一个党，领导着这么大一个国家，肩负着带领全国各族人民实现国家强盛、民族复兴这个艰巨任务，必须坚持用党的创新理论武装全党，用以统一思想、统一意志、统一行动。在学习贯彻习近平新时代中国特色社会主义思想主题教育工作会议上，习近平总书记强调开展这次主题教育"根本任务是坚持学思用贯通、知信行统一，把新时代中国特色社会主义思想转化为坚定理想、锤炼党性和指导实践、推动工作的强大力量，使全党始终保持统一的思想、坚定的意志、协调的行动、强大的战斗力，努力在以学铸魂、以学增智、以学正风、以学促干方面取得实实在在的成效"，并明确提出了具体要达到的5个方面目标。

习近平新时代中国特色社会主义思想内容涵盖改革发展稳定、内政外交国防、治党治国治军等方方面面，构成一个完整的科学体系。我们既要全面系统地学习掌握这一思想的主要内容，又要整体把握这一思想的科学体系，做到融会贯通。习近平新时代中国特色社会主义思想是改造主观世界和客观世界的强大思想武器，只有把这一思想的世界观、方法论和贯穿其中的立场观点方法转化为自己的思想武器，用以改造客观世界、推动事业发展，用以观察时代、把握时代、引领时代，才能解决经济社会发展和党的建设中存在的各种矛盾问题，努力创造经得起历史和人民检验的实绩。紧紧锚定开展主题教育的根本任务，具体达到凝心铸魂筑牢根本、锤炼品格强化忠诚、实干担当促进发展、践行宗旨为民造福、廉洁奉公树立新风的目标，着力解决理论学习、政治素质、能力本领、担当作为、工作作风、廉洁自律等6个方面的问题，才能不断把学习贯彻习近平新时代中国特色社会主义思想引向深入，推动主题教育取得实实在在的成效。

理想信念是中国共产党人的精神支柱和政治灵魂，也是保持党的团结统一的思想基础。凝心铸魂筑牢根本，就要全面、系统、深入学习习近平新时代中国特色社会主义思想，完整准确掌握这一思想的主要内容，全面把握这一思想的世界观、方法论和贯穿其中的立场观点方法，深刻理解这一思想的道理学理哲理，推动党员、干部真学真懂真信真用，推动学习往深里走、往实里走、往心里走。要教育引导广大党员、干部经受思想淬炼、精神洗礼，坚定对马克思主义的信仰、对中国特色社会主义的信念、对实现中华民族伟大复兴中国梦的信心，弘扬伟大建党精神，务必不忘初心、牢记使命，务必谦虚谨慎、艰苦奋斗，务必敢于斗争、善于斗争，筑牢信仰之基、补足精神之钙、把稳思想之舵。

对党忠诚，是中国共产党人首要的政治品质。锤炼品格强化忠诚，就要深刻领悟"两个确立"的决定性意义，增强忠诚核心、拥戴核心、维护核心、捍卫核心的政治自觉、思想自觉、行动自觉，不断提高政治判断力、政治领悟力、政治执行力。要教育引导广大党员、干部锤炼政治品格，以党的旗帜为旗帜、以党的意志为意志、以党的使命为使命，始终忠诚于党、忠诚于人民、忠诚于马克思主义，真心爱党、时刻忧党、坚定护党、全力兴党。

奋斗创造历史，实干成就未来。实干担当促进发展，就要突出实践导向，牢固树立正确的权力观、政绩观、事业观，增强责任感和使命感，不断提高推动高质量发展本领、服务群众本领、防范化解风险本领，敢于斗争、勇于负责。要教育引导广大党员、干部胸怀"国之大者"，紧紧围绕新时代新征程党的中心任务，真抓实干、务求实效，聚焦问题、知难而进，以时时放心不下的责任感、积极担当作为的精气神为党和人民履好职、尽好责，以新气象新作为推动高质量发展取得新成效，依靠顽强斗争打开事业发展新天地。

人民是历史的创造者，是决定党和国家前途命运的根本力量。践行宗旨为民造福，就要坚持人民至上，把为民办实事作为重要内容，以群众满意不满意作为根本评判标准，紧紧抓住人民群众最关心最直接最现实的利益问题，让现代化建设成果更多更公平惠及全体人民。要教育引导广大党员、干部牢固树立以人民为中心的发展思想，坚持一切为了人民、一切依靠人民，自觉问计于民、问需于民，始终同人民同呼吸、共命运、心连心，着力解决人民群众急难愁盼问题，把惠民生、暖民心、顺民意的工作做到群众心坎上，增强人民群众获得感、幸福感、安全感。

党风问题关系执政党的生死存亡，反腐败是最彻底的自我革命。廉洁奉公树立新风，就要坚持以党性立身做事，践行"三严三实"，严格落实中央八项规定及其实施细则精神，坚决反对特权思想和特权现象，树立求真务实、团结奋斗的时代新风。要教育引导广大党员、干部增强纪律意识、规矩意识，持续纠治"四风"，把纠治形式主义、官僚主义摆在更加突出的位置，做到公正用权、依法用权、为民用权、廉洁用权，推动形成清清爽爽的同志关系、规规矩矩的上下级关系、亲清统一的新型政商关系，当好良好政治生态和社会风气的引领者、营造者、维护者。

从现在起到本世纪中叶，全面建成社会主义现代化强国、全面推进中华民族伟大复兴，是全党全国人民的中心任务。以这次主题教育为契机，坚持不懈用习近平新时代中国特色社会主义思想武装头脑、指导实践、推动工作，凝聚起奋进新征程、建功新时代的磅礴伟力，踔厉奋发、勇毅前行、团结奋斗，我们就一定能胜利推进强国建设、民族复兴的历史伟业。

（2023年04月07日　03版）

把理论学习、调查研究、推动发展、检视整改贯通起来

——论学习贯彻习近平总书记在主题教育工作会议上重要讲话

"这次主题教育不划阶段、不分环节",在学习贯彻习近平新时代中国特色社会主义思想主题教育工作会议上,习近平总书记对全面落实重点措施提出明确要求,强调"要把理论学习、调查研究、推动发展、检视整改贯通起来,有机融合、一体推进"。

理论学习,就是要坚持读原著学原文悟原理,坚持多思多想、学深悟透,全面学习领会习近平新时代中国特色社会主义思想的科学体系、精髓要义、实践要求,做到整体把握、融会贯通。必须深刻认识到,学习贯彻习近平新时代中国特色社会主义思想是新时代新征程开创事业发展新局面的根本要求。要大力弘扬马克思主义学风,坚持全面系统、及时跟进,坚持知行合一、学以致用,坚持联系实际、立足岗位,从事什么工作就重点学什么,做到知其言更知其义、知其然更知其所以然,在深学细照笃行中提高理论素养、坚定理想信念、升华觉悟境界、增强能力本领,夯实坚定拥护"两个确立"、坚决做到"两个维护"的思想根基。

调查研究,就是要按照党中央关于在全党大兴调查研究的工作方案,组织广大党员、干部特别是各级领导干部扑下身子、沉到一线,深入农村、社区、企业、医院、学校、"两新"组织等基层单位,把脉问诊、解剖麻雀,进行问题梳理、难题排查,运用党的创新理论研究新情况、解决

新问题。调查研究是谋事之基、成事之道。要掌握真实情况和民情民意，在调查研究中加深对习近平新时代中国特色社会主义思想的理解，使调查研究的过程成为理论学习向实践运用转化的过程，成为转变作风、增进同群众感情的过程，成为提高履职本领、增强责任担当的过程。

推动发展，就是要紧紧围绕高质量发展这个全面建设社会主义现代化国家的首要任务，以强化理论学习指导发展实践，以深化调查研究推动解决发展难题，把学习和调研落实到完成党的二十大部署的各项任务中去，以推动高质量发展的新成效检验主题教育成果。发展是党执政兴国的第一要务，没有坚实的物质技术基础，就不可能全面建成社会主义现代化强国。要破难题、促发展，保持战略清醒、战略自信、战略主动，形成共促高质量发展的强大合力；要办实事、解民忧，牢固树立以人民为中心的发展思想，解决群众急难愁盼的具体问题。

检视整改，就是要坚持边学习、边对照、边检视、边整改，把问题整改贯穿主题教育始终，让人民群众切实感受到解决问题的实际成效。敢于直面问题、勇于修正错误是我们党的显著特点和优势。要发扬刀刃向内的自我革命精神，坚持分类整改与集中整治相结合，深入查摆不足，列出问题清单，抓好突出问题的整改整治，确保取得实际成效。要坚持"当下改"与"长久立"相结合，对主题教育中学习贯彻习近平新时代中国特色社会主义思想的好做法好经验，及时以制度形式固定下来。

习近平新时代中国特色社会主义思想是改造主观世界和客观世界的强大思想武器，把理论学习、调查研究、推动发展、检视整改贯通起来，就要把党的创新理论运用到贯彻落实党的二十大提出的重大战略部署中去。要善于运用这一思想观察时代、把握时代、引领时代，更好统筹中华民族伟大复兴战略全局和世界百年未有之大变局，深刻洞察时与势、危与机，积极识变应变求变；善于运用这一思想推进中国式现代化取得新进展、新突破，强化政治领导，丰富战略支撑，拓展实践路径，破解发展难题，激发动力活力，使中国式现代化的中国特色更加鲜明、优势更加彰显、前景更加光明；善于运用这一思想解决经济社会发展中的各种矛盾和问题，完整、准确、全面贯彻新发展理念，加快构建新发展格局，推动高质量发展，促进共同富裕；善于运用这一思想防范化解重大风险，增强忧患意识，坚持底线思维，居安思危、未雨绸缪，时刻保持箭在弦上的备战姿态，下好先手棋，打好主动仗，对各种风险见之于未萌、化之于未发，坚决防范各种风险失控蔓延，坚决防范系统性风险；善于运用这一思想深入推进全面从严治党，时刻保持解决大党独有难题的清醒和坚定，既注重解决好出现的新问题，又注重解决好存在的深层次问题，确保党永远不变质、不变色、不变味。

我们党百年奋斗的伟大成就都是党团结带领全国各族人民拼出来、干出来的，要把党的二十大描绘的宏伟蓝图变成现实，仍然要靠拼、要靠干。坚持学思用贯通、知信行统一，以学铸魂、以学增智、以学正风、以学促干，把习近平新时代中国特色社会主义思想转化为坚定理想、锤炼党性和指导实践、推动工作的强大力量，使全党始终保持统一的思想、坚定的意志、协调的行动、强大的战斗力，我们就一定能在强国建设、民族复兴新征程上创造新的更大奇迹。

（2023年04月08日　01版）

把主题教育谋划好、组织好、落实好

——论学习贯彻习近平总书记在主题教育工作会议上重要讲话

"这次主题教育是一件事关全局的大事，时间紧、任务重、要求高。"在学习贯彻习近平新时代中国特色社会主义思想主题教育工作会议上，习近平总书记对主题教育各项工作作出全面部署、提出明确要求，强调"各级党委（党组）要扛起主体责任，把主题教育谋划好、组织好、落实好"。

开展任何一项工作，首先看态度，关键看行动，最终看效果。在全党深入开展学习贯彻习近平新时代中国特色社会主义思想主题教育，是党中央为全面贯彻党的二十大精神、动员全党同志为完成党的中心任务而团结奋斗所作的重大部署，是深入推进新时代党的建设新的伟大工程的重大部署，对于统一全党思想、解决党内存在的突出问题、始终保持党同人民群众血肉联系、推动党和国家事业发展，意义重大、影响深远。我们要深刻认识开展这次主题教育的重大意义，牢牢把握"学思想、强党性、重实践、建新功"的总要求，紧紧锚定目标任务，全面落实重点措施，切实加强对主题教育的领导，确保圆满完成主题教育各项任务。

学习贯彻习近平新时代中国特色社会主义思想是新时代新征程开创事业发展新局面的根本要求。各级党委（党组）要高度重视、精心组织，把主题教育谋划好、组织好、落实好，加强党的创新理论掌握运用，抓好调查研究成果转化，解决群众急难愁盼问题，专项整治突出问题，最终以群众满意不满意作为根本评判标准。要坚持求真务实、真抓实干，坚决反对和防止形式主义，务求取得实效。要把习近平总书记提出的明确要求落到实处，党委（党组）主要负责同志要切实履行第一责任人职责，亲自谋划、靠前指挥、督促指导；中央派出指导组，对主题教育开展情况进行督促指导；省区市党委和行业系统主管部门党组（党委）派出巡回指导组，加强对所属地区、部门和单位的督促指导；各地区各部门各单位要坚持围绕中心、服务大局，把开展主题教育同贯彻落实党中央各项决策部署结合起来，同推动本地区本部门本单位的中心工作结合起来，做到两手抓、两促进，推动党员、干部将焕发出来的学习、工作热情转化为攻坚克难、干事创业的强大动力。

领导干部在各个方面坚持以身作则、以上率下是一种有效的领导方法和工作方法。习近平总书记在中共中央政治局第四次集体学习时指出"这次主题教育，中央政治局的同志要以更高标准、更严要求、更实措施，为全党作示范、立标杆、带好头"，强调："要带头抓好理论学习，引导和推动全党把学习贯彻新时代中国特色社会主义思想引向深入。要带头抓好调查研究，深入实际、深入群众，增强问题意识，真正把情况摸清、把问题找准、把对策提实，提出解决问题的新思路新办法，引导和推动全党大兴调查研究之风。要带头抓好问题检视和整改，紧密结合新形势新任务新职责，把学、查、改有机贯通起来，全面查找自身不足和工作偏差，正确对待和自觉接受党内外监督，认真开展批评和自我批评，着力从思想根源和制度机制上解决问题，带动全党深查实改，以整改的实际成效取信于民。要带头抓好所在地区、分管领域的主题教育，压实领导责任，全程掌握进展情况，着力发现和解决各种苗头性、倾向性问题，把工作抓实、抓深，确保方向不偏、力度不减，推动主题教育扎实开展，努力取得实实在在的成效。"这对于全党扎实开展主题教育，以学铸魂、以学增智、以学正风、以学促干，具有重要示范作用。在主题教育中，各级领导干部要坚持以身作则、以上率下，全面加强理论武装，坚持不懈用习近平新时代中国特色社会主义思想凝心铸魂；大兴调查研究之风，运用党的创新理论研究新情况、解决新问题、总结新经验；把问题整改贯穿主题教育始终，奔着问题去、带着问题学、对着问题改；扑下身子真抓实干，推动高质量发展取得新成效；走好新时代党的群众路线，坚持开门搞教育，解决群众急难愁盼问题，着力让群众得实惠。

征程万里风正劲，重任千钧再出发。奋进强国建设、民族复兴新征程，我们比历史上任何时期都更接近、更有信心和能力实现中华民族伟大复兴的目标，同时必须准备付出更为艰巨、更为艰苦的努力。让我们更加紧密地团结在以习近平同志为核心的党中央周围，把习近平新时代中国特色社会主义思想转化为坚定理想、锤炼党性和指导实践、推动工作的强大力量，始终保持统一的思想、坚定的意志、协调的行动、强大的战斗力，弘扬伟大建党精神，牢记"三个务必"，踔厉奋发、勇毅前行，为全面建设社会主义现代化国家、全面推进中华民族伟大复兴而团结奋斗！

（2023年04月09日　01版）

以新安全格局保障新发展格局

——写在全民国家安全教育日

　　国家安全是民族复兴的根基。今年4月15日是我国第八个全民国家安全教育日，活动主题是"贯彻总体国家安全观，增强全民国家安全意识和素养，夯实以新安全格局保障新发展格局的社会基础"。从线下的展览、论坛、现场宣讲，到线上的短视频、微动漫、网络直播，连日来，各地各部门结合实际，举办形式多样的国家安全宣传教育活动，引导全社会牢固树立总体国家安全观，营造国家安全人人有责的浓厚氛围，推动大安全理念深入人心。

　　"保证国家安全是头等大事"。党的十八大以来，习近平总书记以统揽全局的战略思维和宽广的世界眼光深刻把握国家安全问题，以强烈的忧患意识和责任担当谋划国家安全工作，创造性提出总体国家安全观，擘画了维护国家安全的整体布局，为做好新时代国家安全工作指明了前进方向、提供了根本遵循。以习近平同志为核心的党中央加强对国家安全工作的集中统一领导，把坚持总体国家安全观纳入坚持和发展中国特色社会主义基本方略，从全局和战略高度对国家安全作出一系列重大决策部署，强化国家安全工作顶层设计，完善各重要领域国家安全政策，健全国家安全法律法规，国家安全得到全面加强，经受住了来自政治、经济、意识形态、自然界等方面的风险挑战考验，为党和国家兴旺发达、长治久安提供了有力保证。

"安全是发展的基础，稳定是强盛的前提。"党的二十大擘画了全面建设社会主义现代化国家、以中国式现代化全面推进中华民族伟大复兴的宏伟蓝图。"推进中国式现代化是一个系统工程，需要统筹兼顾、系统谋划、整体推进"，习近平总书记对推进中国式现代化需要处理好的若干重大关系作出深刻阐释、提出明确要求，强调"要统筹发展和安全，贯彻总体国家安全观，健全国家安全体系，增强维护国家安全能力，坚定维护国家政权安全、制度安全、意识形态安全和重点领域安全"。加快构建新发展格局，是以习近平同志为核心的党中央立足实现第二个百年奋斗目标、统筹发展和安全作出的战略决策，是为了在各种可以预见和难以预见的狂风暴雨、惊涛骇浪中增强我国的生存力、竞争力、发展力、持续力。必须深刻认识到，我国发展进入战略机遇和风险挑战并存、不确定难预料因素增多的时期，各种"黑天鹅""灰犀牛"事件随时可能发生。只有更好统筹发展和安全，坚持发展和安全并重，在发展中更多考虑安全因素，下好先手棋、打好主动仗，有效防范化解各类风险挑战，守住新发展格局的安全底线，实现高质量发展和高水平安全的良性互动，才能始终把我国发展进步的命运牢牢掌握在自己手中。

党的二十大报告提出了二〇三五年国家安全总体目标和未来五年国家安全目标任务，并设专章部署国家安全工作，明确要求"以新安全格局保障新发展格局"。在强国建设、民族复兴的新征程，必须坚定不移贯彻总体国家安全观，把维护国家安全贯穿党和国家工作各方面全过程，同经济社会发展一起谋划、一起部署，为全面建设社会主义现代化国家、全面推进中华民族伟大复兴提供坚强保障。要推进国家安全体系和能力现代化，坚持以人民安全为宗旨、以政治安全为根本、以经济安全为基础、以军事科技文化社会安全为保障、以促进国际安全为依托，统筹外部安全和内部安全、国土安全和国民安全、传统安全和非传统安全、自身安全和共同安全，统筹维护和塑造国家安全，夯实国家安全和社会稳定基层基础，完善参与全球安全治理机制，建设更高水平的平安中国。要把构建新安全格局作为当前和今后一个时期国家安全工作的主要任务，坚持以新安全格局保障新发展格局，实现两个新格局相互协调、相互促进。

国泰民安是人民群众最基本、最普遍的愿望，国家安全工作归根结底是保障人民利益。要坚持国家安全一切为了人民、一切依靠人民，以全民国家安全教育日为契机，引导广大干部群众深入学习贯彻总体国家安全观，增强全民国家安全意识和素养，提高各级领导干部统筹发展和安全的能力，汇聚起维护国家安全的强大力量，筑牢国家安全的社会基础。新征程上，更好统筹发展和安全，同心共筑国家安全的钢铁长城，不断夯实我国经济发展的根基、增强发展的安全性稳定性，牢牢掌握我国发展和安全主动权，全力战胜各种困难和挑战，中华民族伟大复兴号巨轮就一定能乘风破浪、行稳致远。

（2023年04月15日 04版）

牢固树立和践行正确政绩观

业绩都是干出来的，真干才能真出业绩、出真业绩。以真干创造的实绩，才能真正经得起历史和人民的检验。

"学思想、见行动"。在学习贯彻习近平新时代中国特色社会主义思想主题教育工作会议上，习近平总书记对广大党员、干部树立正确政绩观提出明确要求。在主题教育中，从牢牢把握总要求，学思想、强党性、重实践、建新功，到紧紧锚定目标任务，凝心铸魂筑牢根本、锤炼品格强化忠诚、实干担当促进发展、践行宗旨为民造福、廉洁奉公树立新风，再到全面落实重点措施，强化理论学习、深入调查研究、推动高质量发展、抓好检视整改，努力在以学铸魂、以学增智、以学正风、以学促干方面取得实实在在的成效，都充分体现了树立和践行正确政绩观的要求。

我们党百年奋斗的伟大成就都是党团结带领全国各族人民拼出来、干出来的，要把党的二十大描绘的宏伟蓝图变成现实，仍然要靠拼、要靠干。必须深刻认识到，奋进在充满光荣和梦想的新征程上，推进着前无古人的开创性事业，必然会遇到大量从未出现过的全新课题、遭遇各种艰难险阻、经受许多风高浪急甚至惊涛骇浪的重大考验。唯有始终保持锐意进取、敢为人先、迎难而上的奋斗姿态，积极担当作为、敢于善于斗争，不断作出新业绩、新贡献，才能胜利推进强国建设、民族复兴的历史伟业。总体来看，现在广大党员、干部的能力素质和精神状态是好的，但也要清醒看到，干部队伍中不愿担当、不敢担当、不善担当的问题还比较突出。

这些问题尽管存在于少数党员、干部身上，但任其发展，就会损害党的形象、贻误党的事业，必须认真加以解决。在向第二个百年奋斗目标进军的重大历史节点上开展主题教育，就是要推动广大党员、干部以满腔热忱奋进新征程、建功新时代，以"时时放心不下"的责任感、积极担当作为的精气神为党和人民履好职、尽好责，依靠顽强斗争打开事业发展新天地。

习近平总书记强调："共产党人必须牢记，为民造福是最大政绩。"党员、干部特别是领导干部要清醒认识到，党把干部放在各个岗位上是要大家担当干事，而不是做官享福。我们谋划推进工作，必须坚持全心全意为人民服务的根本宗旨，坚持以人民为中心的发展思想，坚持发展为了人民、发展依靠人民、发展成果由人民共享，把好事实事做到群众心坎上。为老百姓做了多少好事实事是检验政绩的重要标准，但什么是好事实事，要从群众切身需要来考量，不能主观臆断，不能简单化、片面化。哪里有人民需要，哪里就能做出好事实事，哪里就能创造业绩。业绩好不好，要看群众实际感受，由群众来评判。有些事情是不是好事实事，不能只看群众眼前的需求，还要看是否会有后遗症，是否会"解决一个问题，留下十个遗憾"。不慕虚荣，不务虚功，不图虚名，不搞劳民伤财的形象工程、政绩工程，做到"民之所好好之，民之所恶恶之"，着力解决人民群众急难愁盼问题，不断增进民生福祉，才能让人民群众获得感、幸福感、安全感更加充实、更有保障、更可持续。

树立和践行正确政绩观，起决定性作用的是党性。党员、干部只有党性坚强，摒弃私心杂念，才能保证政绩观不出偏差。广大党员、干部要坚持不懈用习近平新时代中国特色社会主义思想凝心铸魂，把这一思想转化为坚定理想、锤炼党性和指导实践、推动工作的强大力量，紧紧围绕新时代新征程党的中心任务，牢牢把握高质量发展这个首要任务，真抓实干、务求实效，聚焦问题、知难而进。各级领导班子要牢记党和人民嘱托，坚持一张蓝图绘到底，对已有的部署和规划，只要是科学的、切合新的实践要求的、符合人民群众愿望的，就要坚持，一茬接着一茬干，防止出现政绩冲动、盲目蛮干、大干快上以及"换赛道""留痕迹"等现象，坚决杜绝虚报浮夸，搞"数字政绩""虚假政绩"。要坚持实事求是、求真务实，从实际出发谋划事业和工作，使提出的点子、政策、方案符合实际情况、符合客观规律、符合科学精神，把急功近利、急于出成绩等浮躁心理、急躁心态都压下来，扎扎实实、踏踏实实地推进中国式现代化建设。

"任何时候我们都不能走那种急就章、竭泽而渔、唯GDP的道路。这就是为什么要树牢新发展理念。树立正确的政绩观也就在这里，功成不必在我、功成必定有我。"今年全国两会上，习近平总书记参加江苏代表团审议时的一席话令人警醒。奋斗创造历史，实干成就未来。我们要自觉用习近平新时代中国特色社会主义思想武装头脑、指导实践、推动工作，发扬功成不必在我、功成必定有我的精神，牢固树立和践行正确政绩观，一件事情接着一件事情办，一年接着一年干，在新征程上创造新的更大奇迹。

（2023年05月11日　04版）

携手建设中国—中亚命运共同体

——论习近平主席在中国—中亚峰会上的主旨讲话

"中国同中亚国家关系有着深厚的历史渊源、广泛的现实需求、坚实的民意基础，在新时代焕发出勃勃生机和旺盛活力。"5月19日，习近平主席主持首届中国—中亚峰会并发表主旨讲话。习近平主席深情回顾中国同中亚国家源远流长的友好情谊，着眼世界大势和时代潮流，就建设一个什么样的中亚提出"四点主张"，就如何建设中国—中亚命运共同体提出"四个坚持"，就中国同中亚国家合作提出"八点建议"，为建设中国—中亚命运共同体指明了努力方向，为地区和世界和平稳定、发展繁荣，推动构建人类命运共同体注入了信心和动力。

中国同中亚国家是友好邻邦和全面战略伙伴。2013年，习近平主席出访中亚，提出共建"丝绸之路经济带"倡议。10年来，中国同中亚国家携手推动丝绸之路全面复兴，倾力打造面向未来的深度合作，将双方关系带入一个崭新时代。2022年，六国元首共同宣布建设中国—中亚命运共同体，这是在新的时代背景下，着眼各国人民根本利益和光明未来，作出的历史性选择。今天，中国同中亚五国政治互信不断深化，务实合作提质升级，国际协作走深走实，实现了全面战略伙伴关系全覆盖和双边层面践行人类命运共同体全覆盖。这次峰会六国元首出席，共商中国同中亚五国合作大计，共同签署了《中国—中亚峰会西安宣言》，通过了峰会成果清单，擘画了未来中国—中亚关系发展蓝图。这次峰会的成功举办，为中国同中亚合作搭建了新平台，开辟了新前景，在中国同中亚国家关系发展史上具有里程碑意义。

当前，百年变局加速演进，世界之变、时代之变、历史之变正以前所未有的方式展开，国际和地区形势正在发生深刻复杂变化。面对充满不稳定性、不确定性的国际形势，世界需要一个什么样的中亚？习近平主席在主旨讲话中给出了深刻回答：稳定的中亚、繁荣的中亚、和谐的中亚、联通的中亚。必须深刻认识到，中亚是亚欧大陆的中心，处在联通东西、贯穿南北的十字路口。只有维护中亚国家主权、安全、独立、领土完整，尊重中亚人民自主选择的发展道路，支持中亚地区致力于和平、和睦、安宁的努力，才能为中亚稳定奠定基础；中亚只有充满活力、蒸蒸日上，保持繁荣发展，才能实现地区各国人民对美好生活的向往，为世界经济复苏发展注入强劲动力；只有追求团结、包容、和睦，反对任何人在中亚制造不和、对立，从中谋取政治私利，为人民安居乐业创造条件，才能实现中亚和谐；只有发挥得天独厚的地理优势，成为亚欧大陆重要的互联互通枢纽，才能为世界商品交换、文明交流、科技发展作出中亚贡献。

"坚持守望相助""坚持共同发展""坚持普遍安全""坚持世代友好"，习近平主席在主旨讲话中提出的"四个坚持"，对于携手建设中国—中亚命运共同体意义重大、影响深远。坚持守望相助，就是要深化战略互信，在涉及主权、独立、民族尊严、长远发展等核心利益问题上，始终给予彼此明确、有力支持。坚持共同发展，就是要继续在共建"一带一路"合作方面走在前列，推动落实全球发展倡议，充分释放经贸、产能、能源、交通等传统合作潜力，打造金融、农业、减贫、绿色低碳、医疗卫生、数字创新等新增长点。坚持普遍安全，就是要共同践行全球安全倡议，坚决反对外部势力干涉地区国家内政、策动"颜色革命"，保持对"三股势力"零容忍，着力破解地区安全困境。坚持世代友好，就是要践行全球文明倡议，赓续传统友谊，密切人员往来，加强治国理政经验交流，深化文明互鉴，增进相互理解，筑牢中国同中亚国家人民世代友好的基石。实践告诉我们并将继续证明，朝着建设中国—中亚命运共同体方向，各国携手并肩，团结奋斗，做到"四个坚持"，积极推进共同发展、共同富裕、共同繁荣，一定能建设一个守望相助、团结互信的共同体，一个合作共赢、相互成就的共同体，一个远离冲突、永沐和平的共同体，一个相知相亲、同心同德的共同体。

深化中国—中亚合作，是着眼未来作出的战略抉择，顺应世界大势，符合人民期盼。在主旨讲话中，习近平主席从将中国—中亚合作规划好、建设好、发展好的全局出发，明确提出"加强机制建设""拓展经贸关系""深化互联互通""扩大能源合作""推进绿色创新""提升发展能力""加强文明对话""维护地区和平"等"八点建议"，郑重宣布一系列深化合作的切实举措，强调"我们愿同中亚国家加强现代化理念和实践交流，推进发展战略对接，为合作创造更多机遇，协力推动六国现代化进程"，这充分彰显了推动构建人类命运共同体的大国担当，充分体现了推进中国同中亚国家合作共赢的坚定决心和务实行动。实践充分证明，无论国际风云如何变幻，无论未来中国发展到什么程度，中国都始终是中亚国家值得信任和倚重的好邻居、好伙伴、好朋友、好兄弟，始终是世界和平的建设者、全球发展的贡献者、国际秩序的维护者、公共产品的提供者。

历史告诉我们，拥抱世界，才能拥抱明天；携手共进，才能行稳致远。中国式现代化既造福中国人民、又促进世界共同发展，是我们强国建设、民族复兴的康庄大道，也是中国谋求人类进步、世界大同的必由之路。面向未来，中国坚定站在历史正确一边、站在人类文明进步一边，继续以中国的新发展为世界提供新机遇，诚挚欢迎中亚国家搭乘中国发展快车。在大家共同努力下，构建更加紧密的中国—中亚命运共同体，中国同中亚国家关系的航船一定能够乘风破浪、勇毅前行，为六国发展振兴增添新助力，为地区和平稳定注入强大正能量，共同开创中国—中亚合作更加美好的明天。

（2023年05月20日　03版）

开创西藏更加美好的未来

——写在西藏和平解放七十二周年之际

沧海变桑田，高原今胜昔。今天是西藏和平解放72周年纪念日。从金沙江边到狮泉河畔，从雅江谷地到藏北高原，360多万高原儿女共同庆祝这一重要时刻。

在庆祝西藏和平解放70周年之际，习近平总书记在西藏考察时强调："当前，全面建设社会主义现代化国家的新征程已经开启，西藏发展也站在了新的历史起点上，只要跟中国共产党走、坚定走中国特色社会主义道路，同心协力，加强民族团结，我们就一定能够如期实现第二个百年奋斗目标，实现中华民族伟大复兴的中国梦。"习近平总书记的重要讲话，鼓舞和激励西藏各族干部群众在党中央坚强领导下，同心协力，砥砺前进，奋力建设团结富裕文明和谐美丽的社会主义现代化新西藏。

1951年5月23日，中央人民政府和西藏地方政府在北京签订《关于和平解放西藏办法的协议》，宣告西藏和平解放。这是西藏历史上具有划时代意义的转折点，不仅彻底驱逐了帝国主义势力，沉重打击了各种分裂势力，有力推进了中国人民解放事业，坚决捍卫了国家主权和领土完整，坚定维护了国家统一和民族团结，而且开辟了百万农奴翻身解放的道路，开启了西藏繁荣进步的光明前程。从此，西藏人民在中国共产党领导下，在社会主义祖国大家庭里，走上了团结进步发展的康庄大道。

72年来，中国共产党团结带领西藏各族人民，创造了彪炳千秋、利泽万代、亘古未有的历史功绩，西藏社会制度实现历史性跨越，经济社会实现全面发展，人民生活极大改善，城乡面貌今非昔比。特别是党的十八大以来，在以习近平同志为核心的党中央坚强领导下，在全国人民大力支持下，西藏各族干部群众艰苦奋斗、顽强拼搏，西藏步入发展最好、变化最大、群众得实惠最多的新时代——经济年均增速位居全国前列，农村居民人均可支配收入增速连续多年位居全国第一，城镇化率稳步提升。今天的西藏，政治安定、社会稳定、经济发展、民族团结、宗教和睦、边防巩固、人民安居乐业，呈现出一派欣欣向荣的景象。

七十二载波澜壮阔，从黑暗走向光明、从落后走向进步、从贫穷走向富裕、从专制走向民主、从封闭走向开放，西藏实现了"短短几十年，跨越上千年"的沧桑巨变。历史充分证明：没有中国共产党就没有新中国，也就没有新西藏，党中央关于西藏工作的方针政策是完全正确的。只有坚持中国共产党领导，坚持中国特色社会主义制度，坚持民族区域自治制度，坚持新时代党的治藏方略，才能实现西藏繁荣进步，才能开创西藏更加美好的未来！

党的二十大擘画了全面建设社会主义现代化国家、以中国式现代化全面推进中华民族伟大复兴的宏伟蓝图。全面建设社会主义现代化国家，一个民族都不能少。站在新的历史起点上，要全面贯彻新时代党的治藏方略，坚持稳中求进工作总基调，立足新发展阶段，完整、准确、全面贯彻新发展理念，服务和融入新发展格局，推动高质量发展，加强边境地区建设，抓好稳定、发展、生态、强边四件大事，在推动青藏高原生态保护和可持续发展上不断取得新成就，多谋长久之策，多行固本之举，不断增强各族群众对伟大祖国、中华民族、中华文化、中国共产党、中国特色社会主义的认同，走出一条符合西藏实际的高质量发展之路，奋力谱写雪域高原长治久安和高质量发展新篇章。

西藏和平解放的辉煌成就已经载入史册，西藏更加美好的明天需要砥砺奋斗。在强国建设、民族复兴的新征程上，更加紧密地团结在以习近平同志为核心的党中央周围，全面贯彻习近平新时代中国特色社会主义思想，深刻领悟"两个确立"的决定性意义，增强"四个意识"、坚定"四个自信"、做到"两个维护"，团结一心、锐意进取，为谱写中华民族伟大复兴中国梦西藏篇章而努力奋斗，西藏必将迎来更加繁荣、更加进步、更加美好的明天。

（2023年05月23日　01版）

努力建设中华民族现代文明

——论学习贯彻习近平总书记在文化传承发展座谈会上重要讲话

"在新的起点上继续推动文化繁荣、建设文化强国、建设中华民族现代文明，是我们在新时代新的文化使命。"6月2日，习近平总书记在北京出席文化传承发展座谈会并发表重要讲话，从党和国家事业发展全局战略高度，对中华文化传承发展的一系列重大理论和现实问题作了全面系统深入阐述。习近平总书记的重要讲话，具有很强的政治性、思想性、战略性、指导性，为坚定文化自信自强，更好担负起新时代新的文化使命，扎实推进中华民族现代文明和社会主义文化强国建设，指明了前进方向、提供了根本遵循。

文化兴则国家兴，文化强则民族强。党的十八大以来，以习近平同志为核心的党中央坚持马克思主义在意识形态领域的指导地位，把文化建设摆在全局工作的重要位置，坚守中华文化立场，传承中华文化基因，坚持以社会主义核心价值观引领文化建设，在守正创新中构筑中华文化新气象、激扬中华文明新活力，为新时代坚持和发展中国特色社会主义、开创党和国家事业全新局面提供了强大正能量。今天，中华优秀传统文化得到创造性转化、创新性发展，中华文化绽放出新的时代光彩、展现出新的蓬勃生机，中华文明的影响力和感召力显著提升，全党全国各族人民文化自信明显增强、精神面貌更加奋发昂扬，焕发出前所未有的历史主动精神、历史创造精神，正在信心百倍书写着新时代中国发展的伟大历史。

新时代我国文化建设取得历史性成就、发生历史性变革，根本在于有习近平总书记作为党中央的核心、全党的核心掌舵领航，在于有习近平新时代中国特色社会主义思想科学指引。在领导党和人民推进治国理政的实践中，习近平总书记准确把握世界范围内思想文化相互激荡、我国社会思想观念深刻变化的趋势，不断深化对文化建设的规律性认识，提出了一系列新思想新观点新论断。强调"意识形态工作是为国家立心、为民族立魂的工作"，提出文化自信"是更基础、更广泛、更深厚的自信""是一个国家、一个民族发展中最基本、最深沉、最持久的力量"，指出"没有高度的文化自信，没有文化的繁荣兴盛，就没有中华民族伟大复兴"……习近平总书记关于文化建设的新思想新观点新论断，是新时代党领导文化建设实践经验的理论总结，是做好宣传思想文化工作的根本遵循，必须长期坚持贯彻、不断丰富发展。我们要深入学习领会，坚持学以致用，做到学思用贯通、知信行统一。

党的二十大擘画了全面建设社会主义现代化国家、以中国式现代化全面推进中华民族伟大复兴的宏伟蓝图，围绕"推进文化自信自强，铸就社会主义文化新辉煌"作出重大部署。必须深刻认识到，中国式现代化是物质文明和精神文明相协调的现代化，深深植根于中华优秀传统文化，是一种全新的人类文明形态。只有继续推动文化繁荣、建设文化强国、建设中华民族现代文明，才能不断满足人民日益增长的精神文化需求，促进物的全面丰富和人的全面发展，扎实推进中国式现代化建设。当前，我国发展进入战略机遇和风险挑战并存、不确定难预料因素增多的时期，必须准备经受风高浪急甚至惊涛骇浪的重大考验。坚定文化自信自强，担负起新的文化使命，赓续历史文脉、谱写当代华章，才能不断增强实现中华民族伟大复兴的精神力量。

习近平总书记强调："要坚定文化自信、担当使命、奋发有为，共同努力创造属于我们这个时代的新文化，建设中华民族现代文明。"肩负新使命、奋进新征程，我们要把思想和行动统一到习近平总书记重要讲话精神上来，全面落实党的二十大关于宣传思想文化工作的各项战略部署，以更加坚定的信念、更加务实的作风、更加有力的举措，扎实推进中华民族现代文明和社会主义文化强国建设。要坚定文化自信，坚持中国特色社会主义文化发展道路，深刻认识中华文明具有突出的连续性、突出的创新性、突出的统一性、突出的包容性、突出的和平性，立足中华民族伟大历史实践和当代实践，用中国道理总结好中国经验，把中国经验提升为中国理论。要增强文化自觉，深刻理解把马克思主义基本原理同中国具体实际、同中华优秀传统文化相结合的重大意义，围绕举旗帜、聚民心、育新人、兴文化、展形象建设社会主义文化强国，发展面向现代化、面向世界、面向未来的，民族的科学的大众的社会主义文化，不断提升国家文化软实力和中华文化影响力。

当代中国，江山壮丽，人民豪迈，前程远大。吸吮着五千多年中华民族漫长奋斗积累的文化养分，我们坚持走自己的路，具有无比广阔的时代舞台，具有无比深厚的历史底蕴，具有无比强大的前进动力。让我们更加紧密地团结在以习近平同志为核心的党中央周围，全面贯彻习近平新时代中国特色社会主义思想，深刻领悟"两个确立"的决定性意义，增强"四个意识"、坚定"四个自信"、做到"两个维护"，以只争朝夕、奋发有为的奋斗姿态更好担负起新的文化使命，以守正创新的正气和锐气努力建设中华民族现代文明，不断铸就中华文化新辉煌、谱写民族复兴新华章。

（2023年06月05日　01版）

157

深刻把握中华文明的突出特性

——论学习贯彻习近平总书记在文化传承发展座谈会上重要讲话

"只有全面深入了解中华文明的历史，才能更有效地推动中华优秀传统文化创造性转化、创新性发展，更有力地推进中国特色社会主义文化建设，建设中华民族现代文明。"在文化传承发展座谈会上，习近平总书记深刻指出"中华优秀传统文化有很多重要元素，共同塑造出中华文明的突出特性"，深入阐释中华文明具有突出的连续性、突出的创新性、突出的统一性、突出的包容性、突出的和平性，对于我们全面深入了解中华文明的历史，更好担负起新的文化使命，共同努力创造属于我们这个时代的新文化，具有重大指导意义。

源浚者流长，根深者叶茂。中华民族是世界上古老而伟大的民族，有着5000多年源远流长的文明历史，是世界上唯一自古延续至今、从未中断的文明，形成了独具特色、博大精深的价值观念和文明体系。今天我们使用的汉字同甲骨文没有根本区别，老子、孔子、孟子、庄子等先哲归纳的一些观念也一直延续到现在。这种几千年连贯发展至今的文明，在世界各民族中是不多见的。习近平总书记强调："如果不从源远流长的历史连续性来认识中国，就不可能理解古代中国，也不可能理解现代中国，更不可能理解未来中国。"历史和实践充分证明，中华文明具有突出的连续性，从根本上决定了中华民族必然走自己的路。

革故鼎新、与时俱进是中华文明永恒的精神气质。几千年前，中华民族的先民们就秉持"周虽旧邦，其命维新"的精神，开启了缔造中华文明的伟大实践。自古以来，中华文明在继承创新中不断发展，在应时处变中不断升华，积淀着中华民族最深沉的精神追求，是中华民族生生不息、发展壮大的丰厚滋养。以数千年大历史观之，变革和开放总体上是中国的历史常态。历史和实践充分证明，中华文明具有突出的创新性，从根本上决定了中华民族守正不守旧、尊古不复古的进取精神，决定了中华民族不惧新挑战、勇于接受新事物的无畏品格。

一部中国史，就是一部各民族交融汇聚成多元一体中华民族的历史，就是各民族共同缔造、发展、巩固统一的伟大祖国的历史。各民族之所以团结融合，多元之所以聚为一体，源自各民族文化上的兼收并蓄、经济上的相互依存、情感上的相互亲近，源自中华民族追求团结统一的内生动力。历史和实践充分证明，中华文明具有突出的统一性，从根本上决定了中华民族各民族文化融为一体、即使遭遇重大挫折也牢固凝聚，决定了国土不可分、国家不可乱、民族不可散、文明不可断的共同信念，决定了国家统一永远是中国核心利益的核心，决定了一个坚强统一的国家是各族人民的命运所系。

文明因多样而交流，因交流而互鉴，因互鉴而发展。中华文明自古就以开放包容闻名于世，在同其他文明的互通有无、交流互鉴中不断焕发新的生命力，向世界贡献了深刻的思想体系、丰富的科技文化艺术成果、独特的制度创造，深刻影响了世界文明进程。万物并育而不相害，道并行而不相悖。共建"一带一路"倡议正是源于中华文化"天下大同"的理念，致力于促进不同国家之间交流合作。历史和实践充分证明，中华文明具有突出的包容性，从根本上决定了中华民族交往交流交融的历史取向，决定了中国各宗教信仰多元并存的和谐格局，决定了中华文化对世界文明兼收并蓄的开放胸怀。

和平、和睦、和谐的追求深深植根于中华民族的精神世界之中，深深溶化在中国人民的血脉之中。"以和为贵""和而不同""化干戈为玉帛""国泰民安"等理念世代相传。中国历史上曾经长期是世界上最强大的国家之一，但没有留下殖民和侵略他国的记录。600多年前郑和下西洋率领的是当时世界最庞大的舰队，带去的是丝绸、茶叶和瓷器，而不是战争，沿途没有占领一寸土地。历史和实践充分证明，中华文明具有突出的和平性，从根本上决定了中国始终是世界和平的建设者、全球发展的贡献者、国际秩序的维护者，决定了中国不断追求文明交流互鉴而不搞文化霸权，决定了中国不会把自己的价值观念与政治体制强加于人，决定了中国坚持合作、不搞对抗，决不搞"党同伐异"的小圈子。

文化兴则国运兴，文化强则民族强。中国特色社会主义是全面发展、全面进步的伟大事业，没有社会主义文化繁荣发展，就没有社会主义现代化。党的二十大对全面建成社会主义现代化强国两步走战略安排进行了宏观展望，明确了2035年建成文化强国、国家文化软实力显著增强的发展目标。在新的起点上继续推动文化繁荣、建设文化强国、建设中华民族现代文明，我们要全面深入了解中华文明5000多年发展史，深刻把握中华文明的突出特性，更好认识和认同中华文明，增强历史自觉、坚定文化自信，推动中华优秀传统文化创造性转化、创新性发展，不断铸就中华文化新辉煌。

博大精深的中华文明是中华民族独特的精神标识。面向未来，时与势在我们一边，这是我们定力和底气所在，也是我们的决心和信心所在。在以习近平同志为核心的党中央坚强领导下，始终立足自身国情和实践，从中华文明中汲取智慧，不断激发全民族文化创新创造活力，在实践创造中进行文化创造，在历史进步中实现文化进步，我们就一定能赓续历史文脉、谱写当代华章，增强实现中华民族伟大复兴的精神力量。

（2023年06月06日　01版）

深刻理解"两个结合"的重大意义

——论学习贯彻习近平总书记在文化传承发展座谈会上重要讲话

中华优秀传统文化是我们党创新理论的"根","两个结合"是推进马克思主义中国化时代化的根本途径。习近平总书记在文化传承发展座谈会上发表重要讲话,深入阐释"两个结合"的重大意义,对于我们更好担负起新的文化使命,不断推进马克思主义中国化时代化,在新的历史起点上继续推动文化繁荣、建设文化强国、建设中华民族现代文明,意义重大,影响深远。

马克思主义深刻改变了中国,中国也极大丰富了马克思主义。我们党之所以能够领导人民在一次次求索、一次次挫折、一次次开拓中完成中国其他各种政治力量不可能完成的艰巨任务,根本在于坚持把马克思主义基本原理同中国具体实际相结合、同中华优秀传统文化相结合,不断推进马克思主义中国化时代化。特别是新时代以来,我们党坚持"两个结合",勇于进行理论探索和创新,以全新的视野深化对共产党执政规律、社会主义建设规律、人类社会发展规律的认识,取得重大理论创新成果,集中体现为习近平新时代中国特色社会主义思想。在以习近平同志为核心的党中央坚强领导下,在习近平新时代中国特色社会主义思想科学指引下,我们党团结带领全国各族人民创造了新时代的伟大成就,实现中华民族伟大复兴进入了不可逆转的历史进程,社会主义中国以更加雄伟的身姿屹立于世界东方。历史和实践充分表明,在五千多年中华文明深厚基础上开辟和发展中国特色社会主义，把马克思主义基本原理同中国具体实际相结合、同中华优秀传统文化相结合是必由之路。习近平总书记深刻指出："这是我们在探索中国特色社会主义道路中得出的规律性的认识，是我们取得成功的最大法宝。"

习近平总书记强调："我们的社会主义为什么不一样？为什么能够生机勃勃充满活力？关键就在于中国特色，中国特色的关键就在于'两个结合'。"要深刻认识到，"结合"的前提是彼此契合。尽管马克思主义和中华优秀传统文化来源不同，但中华优秀传统文化中蕴含的天下为公、民为邦本、为政以德、革故鼎新、任人唯贤、天人合一、自强不息、厚德载物、讲信修睦、亲仁善邻等，同科学社会主义价值观主张具有高度契合性。相互契合才能有机结合。要深刻认识到，"结合"的结果是互相成就。"结合"不是拼盘，不是简单的物理反应，而是深刻的化学反应，造就了一个有机统一的新的文化生命体，让马克思主义成为中国的，中华优秀传统文化成为现代的，让经由"结合"而形成的新文化成为中国式现代化的文化形态。要深刻认识到，"结合"筑牢了道路根基。只有立足波澜壮阔的中华五千多年文明史，才能真正理解中国道路的历史必然、文化内涵与独特优势。"结合"让中国特色社会主义道路有了更加宏阔深远的历史纵深，拓展了中国特色社会主义道路的文化根基。中国式现代化赋予中华文明以现代力量，中华文明赋予中国式现代化以深厚底蕴。要深刻认识到，"结合"打开了创新空间。"结合"本身就是创新，同时又开启了广阔的理论和实践创新空间，让我们掌握了思想和文化主动，并有力地作用于道路、理论和制度。更重要的是，"第二个结合"是又一次的思想解放，让我们能够在更广阔的文化空间中，充分运用中华优秀传统文化的宝贵资源，探索面向未来的理论和制度创新。要深刻认识到,"结合"巩固了文化主体性。马克思主义的中国篇章是中国共产党人依靠自身力量实践出来的。历史和实践告诉我们,只有植根本国、本民族历史文化沃土,马克思主义真理之树才能根深叶茂。创立习近平新时代中国特色社会主义思想就是这一文化主体性的最有力体现。

不断谱写马克思主义中国化时代化新篇章,是当代中国共产党人的庄严历史责任。习近平新时代中国特色社会主义思想,科学回答了中国之问、世界之问、人民之问、时代之问,是当代中国马克思主义、二十一世纪马克思主义,是中华文化和中国精神的时代精华,实现了马克思主义中国化时代化新的飞跃。习近平新时代中国特色社会主义思想,坚持把马克思主义基本原理同中国具体实际相结合、同中华优秀传统文化相结合,坚定历史自信、文化自信,坚持古为今用、推陈出新,把马克思主义思想精髓同中华优秀传统文化精华贯通起来、同人民群众日用而不觉的共同价值观念融通起来,赋予了科学理论鲜明的中国特色,夯实了马克思主义中国化时代化的历史基础和群众基础。实践充分证明,"第二个结合"是我们党对马克思主义中国化时代化历史经验的深刻总结,是对中华文明发展规律的深刻把握,表明我们党对中国道路、理论、制度的认识达到了新高度,表明我们党的历史自信、文化自信达到了新高度,表明我们党在传承中华优秀传统文化中推进文化创新的自觉性达到了新高度。

当代中国正在经历人类历史上最为宏大而独特的实践创新,改革发展稳定任务之重、矛盾风险挑战之多、治国理政考验之大都前所未有,世界百年未有之大变局深刻变化前所未有,提出了大量亟待回答的理论和实践课题。我们要更好把坚持马克思主义和发展马克思主义统一起来,坚持用马克思主义之"矢"去射新时代中国之"的"，继续推进马克思主义基本原理同中国具体实际相结合、同中华优秀传统文化相结合，使马克思主义呈现出更多中国特色、中国风格、中国气派，续写马克思主义中国化时代化新篇章，让马克思主义在中国大地上展现出更强大、更有说服力的真理力量。

（2023年06月07日　01版）

更好担负起新的文化使命

——论学习贯彻习近平总书记在文化传承发展座谈会上重要讲话

新时代，新征程，新使命。

"要坚定文化自信、担当使命、奋发有为，共同努力创造属于我们这个时代的新文化，建设中华民族现代文明。"在文化传承发展座谈会上，习近平总书记深刻阐明我们在新时代新的文化使命，对努力建设中华民族现代文明提出明确要求，对于更好担负起新的文化使命，全面落实党的二十大关于宣传思想文化工作的各项战略部署，扎实推进中华民族现代文明和社会主义文化强国建设，具有重大指导意义。

强调"只有坚持从历史走向未来，从延续民族文化血脉中开拓前进，我们才能做好今天的事业"，指出"一个国家、一个民族的强盛，总是以文化兴盛为支撑的，中华民族伟大复兴需要以中华文化发展繁荣为条件"，明确"全面建设社会主义现代化国家，必须坚持中国特色社会主义文化发展道路，增强文化自信"……党的十八大以来，以习近平同志为核心的党中央在领导党和人民推进治国理政的实践中，把文化建设摆在全局工作的重要位置，推动我国文化建设取得历史性成就、发生历史性变革。习近平总书记准确把握世界范围内思想文化相互激荡、我国社会思想观念深刻变化的趋势，不断深化对文化建设的规律性认识，提出了一系列新思想新观点新论断，是新时代党领导文化建设实践经验的理论总结，是做好宣传思想文化工作的根本遵循，必须长期坚持贯彻、不断丰富发展。我们要深入学习领会，坚持学以致用，更好担负起新的文化使命，在新的历史起点上继续推动文化繁荣、建设文化强国、建设中华民族现代文明。

更好担负起新的文化使命，就要坚定文化自信。习近平总书记强调："我们要坚定文化自信，增强做中国人的自信心和自豪感。"当今世界，要说哪个政党、哪个国家、哪个民族能够自信的话，那中国共产党、中华人民共和国、中华民族是最有理由自信的。站立在960多万平方公里的广袤土地上，吸吮着中华民族漫长奋斗积累的文化养分，拥有14亿多中国人民聚合的磅礴之力，我们坚持走自己的路，具有无比广阔的舞台，具有无比深厚的历史底蕴，具有无比强大的前进定力。新征程上，要坚定文化自信，坚持中国特色社会主义文化发展道路，立足中华民族伟大历史实践和当代实践，用中国道理总结好中国经验，把中国经验提升为中国理论，实现精神上的独立自主，为民族复兴立根铸魂，不断增强实现中华民族伟大复兴的精神力量。

更好担负起新的文化使命，就要秉持开放包容。习近平总书记指出："中华文明自古就以开放包容闻名于世，在同其他文明的交流互鉴中不断焕发新的生命力。"中华文明在长期演进过程中，创造了博大精深的优秀传统文化，也铸就了博采众长的文化自信。中华文化既是历史的、也是当代的，既是民族的、也是世界的。今天，我们要铸就中华文化新辉煌，就要以更加博大的胸怀，更加广泛地开展同各国的文化交流，更加积极主动地学习借鉴世界一切优秀文明成果。新征程上，要秉持开放包容，坚持马克思主义中国化时代化，传承发展中华优秀传统文化，坚持不忘本来、吸收外来、面向未来，在继承中转化，在学习中超越，促进外来文化本土化，不断培育和创造新时代中国特色社会主义文化。

更好担负起新的文化使命，就要坚持守正创新。"守正才能不迷失方向、不犯颠覆性错误，创新才能把握时代、引领时代。"习近平总书记强调："每一种文明都延续着一个国家和民族的精神血脉，既需要薪火相传、代代守护，更需要与时俱进、勇于创新。"新时代以来，我们党坚持把马克思主义基本原理同中国具体实际相结合、同中华优秀传统文化相结合，不断推动马克思主义中国化时代化，创造性转化、创新性发展了中华优秀传统文化。新征程上，要坚持守正创新，更好把坚持马克思主义和发展马克思主义统一起来，继续推进"两个结合"，以守正创新的正气和锐气，赓续历史文脉、谱写当代华章。

没有高度的文化自信，没有文化的繁荣兴盛，就没有中华民族伟大复兴。习近平总书记指出："中华民族创造了源远流长的中华文化，中华民族也一定能够创造出中华文化新的辉煌。"奋进新征程，坚持以习近平新时代中国特色社会主义思想为指导，认真学习贯彻习近平总书记关于文化建设的新思想新观点新论断，坚定文化自信，增强文化自觉，以文弘业、以文培元，以文立心、以文铸魂，激扬自信自强的精神力量，展现更加积极的历史担当，我们一定能够更好担负起新的文化使命，用自强不息、厚德载物的文化创造，铸就中华文化新辉煌，在文化的繁荣兴盛中实现中华民族伟大复兴。

（2023年06月08日　01版）

共创中华民族绵长福祉，
共享民族复兴伟大荣光

"两岸同胞通过海峡论坛交流交友交心，厚植情谊、增进福祉，越走越近、越走越亲"，习近平总书记向第十五届海峡论坛致贺信，强调"希望海峡论坛为扩大两岸民间交流、深化两岸融合发展不断增添生机活力""希望两岸同胞共同把握历史大势，坚守民族大义，为推动两岸关系和平发展、推进祖国统一大业作出贡献，共创中华民族绵长福祉，共享民族复兴伟大荣光"。

两岸一家亲，共筑中国梦。党的十八大以来，以习近平同志为核心的党中央提出新时代解决台湾问题的总体方略，提供了新时代做好对台工作的根本遵循和行动指南。我们坚持一个中国原则和"九二共识"，推动两岸关系和平发展，促进两岸交流合作，造福两岸同胞，牢牢把握两岸关系发展主导权和主动权。作为两岸规模最大、范围最广、影响最深的民间交流盛会，海峡论坛始终坚持"民间性、草根性、广泛性"的定位，成为促进两岸各界广泛交往、推动两岸民间交流合作的重要平台。本届海峡论坛延续"扩大民间交流、深化融合发展"主题，彰显两岸交流强大民意基础，将促进民间合作取得丰硕成果，推动两岸融合发展道路越走越宽广。事实充分证明，秉持互利双赢，深化两岸经济社会融合发展，符合两岸同胞共同利益。两岸同胞对更加美好生活的共同追求，对两岸关系走近走好的一致向往，任何人都阻挡不了。

习近平总书记强调："中国式现代化新征程前景光明，国家好，民族好，两岸同胞才会好。我们将一如既往尊重、关爱、造福台湾同胞，持续促进两岸经济文化交流合作，深化两岸各领域融合发展，共同弘扬中华文化，促进两岸同胞心灵契合。"深化两岸融合发展，根本目的是要增进两岸同胞的亲情和福祉，实现两岸同胞对美好生活的向往。从不断提升两岸经贸合作畅通、基础设施联通、能源资源互通、行业标准共通，到持续完善保障台湾同胞福祉的制度和政策，努力为台湾同胞特别是台湾青年来大陆学习、就业、创业、生活创造良好条件，再到持续举办海峡青年节、海峡两岸民俗文化节、海峡旅游博览会等多种交流活动……在一系列以通促融、以惠促融、以情促融的政策举措推动下，两岸交流合作更加深入，共同利益更加广泛，掀开两岸融合发展新篇章。

大道之行、人心所向，势不可挡。习近平总书记指出："只要是有利于增进台湾同胞福祉的事，只要是有利于推动两岸关系和平发展的事，只要是有利于维护中华民族整体利益的事，我们会尽最大努力办好，使广大台湾同胞在两岸关系和平发展中更多受益，让我们所有中国人都过上更加美好的生活。"面向未来，我们推动两岸关系和平发展的方针政策不会改变，促进两岸交流合作、互利共赢的务实举措不会改变，团结台湾同胞共同奋斗的真诚热情不会减弱，制止"台独"分裂图谋的坚定意志不会动摇。两岸中国人、海内外中华儿女把握历史大势，坚守民族大义，相向而行、携手并进，共同推动两岸关系和平发展、推进祖国统一大业，定能共创中华民族绵长福祉，共享民族复兴伟大荣光。

中华民族伟大复兴进入了不可逆转的历史进程，实现祖国完全统一是全体中华儿女的共同愿望，是民族复兴的题中之义。"和平统一、一国两制"方针是实现两岸统一的最佳方式，对两岸同胞和中华民族最有利。新征程上，我们坚持团结广大台湾同胞，坚定支持岛内爱国统一力量，坚决反对"台独"分裂和外来干涉，维护两岸关系和平发展和台海和平稳定，持续扩大两岸交流合作，不断深化两岸融合发展，推动两岸同胞携手奋斗，共创祖国统一和民族复兴的美好未来。

（2023年06月18日　01版）

让农民就地过上现代文明生活

院落干净、村巷整洁，村容村貌焕然一新；文化广场欢乐热闹，农民文化生活丰富多彩；特色文旅项目精彩纷呈，乡村旅游新业态蓬勃发展……之江大地，山乡巨变、向美而行，见证"千村示范、万村整治"工程成效显著。

2003年6月，时任浙江省委书记习近平同志在广泛深入调查研究基础上，审时度势，高瞻远瞩，作出了实施"千村示范、万村整治"工程（以下简称"千万工程"）的重要决策。20年来，浙江持之以恒实施"千万工程"，探索出一条加强农村人居环境整治、全面推进乡村振兴、建设美丽中国的科学路径，造就了万千美丽乡村，造福了万千农民群众，促进了美丽生态、美丽经济、美好生活有机融合，逐步形成了"千村向未来、万村奔共富、城乡促融合、全域创和美"的生动局面。

改善农村人居环境，建设美丽宜居乡村，是实施乡村振兴战略的一项重要任务。习近平总书记强调"要认真总结浙江省开展'千村示范万村整治'工程的经验并加以推广"，指出"农村环境整治这个事，不管是发达地区还是欠发达地区都要搞，但标准可以有高有低"，要求"提高乡村基础设施完备度、公共服务便利度、人居环境舒适度，让农民就地过上现代文明生活"……党的十八大以来，习近平总书记高度重视农村人居环境整治，始终将其作为建设美丽乡村、美丽中国的重要内容来抓。党的二十大报告对全面推进乡村振兴作出重大部署，提出"建设宜居宜业和美乡村"。必须深刻认识到，农村现代化是建设农业强国的内在要求和必要条件，建设宜居宜业和美乡村是农业强国的应有之义。要切实把"千万工程"经验总结推广好、学习运用好，以更有力的举措汇聚更强大的力量，加快农业农村现代化步伐，促进农业高质高效、乡村宜居宜业、农民富裕富足。

让老百姓过上好日子，是我们党一切工作的出发点和落脚点。浙江在推进"千万工程"中，始终把实现好、维护好、发展好农民群众的福祉作为根本出发点，不断提高农民群众生活质量和健康水平。习近平总书记提出，"建设好生态宜居的美丽乡村，让广大农民在乡村振兴中有更多获得感、幸福感"。要始终坚持以人民为中心的发展思想，坚持民有所呼、我有所应，不断改善农村生产生活条件，不断解决好农业农村发展最迫切、农民反映最强烈的实际问题，让农民腰包越来越鼓、日子越过越红火，推动农民农村共同富裕取得更为明显的实质性进展。

贯彻新发展理念是新时代我国发展壮大的必由之路。"千万工程"实施前后农村面貌的鲜明反差、推进落实带来生产生活的巨大变化，根本上反映的是发展理念的变革、发展方式的转变。习近平总书记指出："良好生态环境是农村最大优势和宝贵财富，以绿色发展引领乡村振兴是一场深刻革命。"要以新发展理念为统领，统筹谋划，科学推进，扎实推动乡村产业、人才、文化、生态、组织振兴，确保农业强、农村美、农民富的目标不断实现。

真抓才能攻坚克难，实干才能梦想成真。浙江始终把"千万工程"作为"一把手"工程，保持战略定力，一任接着一任干，实现一个阶段性目标，又奔向新的目标，积小胜为大胜。习近平总书记强调："乡村建设要抓紧干起来，稳扎稳打、久久为功。"拿出愚公移山的志气，磨炼滴水穿石的毅力，一件事情接着一件事情办，脚踏实地，埋头苦干，我们就一定能有更大作为、更大收获，创造经得起历史和人民检验的实绩。

全面建设社会主义现代化国家，最艰巨最繁重的任务仍然在农村。习近平总书记指出："没有农业农村现代化，社会主义现代化就是不全面的。"奋进强国建设、民族复兴的新征程，在以习近平同志为核心的党中央坚强领导下，坚持以习近平新时代中国特色社会主义思想为指导，深入贯彻落实习近平总书记关于"三农"工作的重要论述，坚定信心，铆足干劲，切实抓好以乡村振兴为重心的"三农"各项工作，大力推进农业农村现代化，我们就一定能建设好宜居宜业和美乡村，让农民就地过上现代文明生活，促进乡村全面振兴，为全面建设社会主义现代化国家开好局起好步打下坚实基础。

（2023年06月25日　01版）

深入学习贯彻习近平总书记
关于党的建设的重要思想

——论贯彻落实全国组织工作会议精神

这次全国组织工作会议，是在全面建设社会主义现代化国家开局起步关键时刻召开的一次重要会议。习近平总书记专门作出重要指示，提出明确要求。会议全面深入学习贯彻习近平新时代中国特色社会主义思想和党的二十大精神，总结新时代十年党的建设和组织工作重大成就，对当前和今后一个时期工作任务作出部署。各级党委及其组织部门要深入贯彻会议精神，提高政治站位、强化政治担当，不折不扣把党中央决策部署落到实处。

旗帜指引方向，思想凝聚力量。系统阐述习近平总书记关于党的建设的重要思想，是这次会议的灵魂所在、精髓所在。党的十八大以来，习近平总书记围绕建设什么样的长期执政的马克思主义政党、怎样建设长期执政的马克思主义政党的重大时代课题，突出全面从严治党这个主题主线，提出一系列管党治党、兴党强党的新理念新思想新战略，指引我们党成功开辟了百年大党自我革命新境界。坚持和加强党的全面领导，坚持以党的自我革命引领社会革命，坚持以党的政治建设统领党的建设各项工作，坚持江山就是人民、人民就是江山，坚持思想建党、理论强党，坚持严密党的组织体系，坚持造就忠诚干净担当的高素质干部队伍，坚持聚天下英才而用之，坚持持之以恒正风肃纪，坚持一体推进不敢腐、不能腐、不想腐，坚持完善党和国家监督体系，坚持制度治党、依规治党，坚持落实全面从严治党政治责任，这"十三个坚持"集中概括了习近平总书记关于党的建设的重要思想，深刻阐明了党的建设的根本原则、科学布局、价值追求、重点任务。习近平总书记关于党的建设的重要思想，博大精深、内涵丰富，以一系列原创性成果极大丰富和发展了马克思主义建党学说，标志着我们党对马克思主义执政党建设规律的认识达到了新高度，为深入推进新时代党的建设新的伟大工程、做好新时代组织工作提供了根本遵循。新征程上推动党的建设和组织工作高质量发展，最紧要的是把这一重要思想领会深、把握准、落到位。要充分认识这一重要思想的重大意义，深刻领会其鲜明的理论原创性、强大的实践引领力、系统的科学方法论，认真做好学习宣传研究工作，引导党员干部学深悟透用好，不断增进党员干部群众的思想认同和理论认同。要经常对标对表，把这一重要思想转化为具体政策、具体任务、具体措施，一项一项抓落地、抓到位、抓见效，确保沿着正确方向前进。

深入学习贯彻习近平总书记关于党的建设的重要思想，做好新时代新征程党的组织工作，必须紧紧围绕贯彻落实党的二十大战略部署，在党和国家工作大局中精准定位、积极作为。要在加强党的领导中充分发挥职能作用，把坚持和加强党的全面领导和党中央集中统一领导作为首要政治任务来抓，落实到党的组织建设实践之中，教育引导广大党员干部深刻领悟"两个确立"的决定性意义，增强"四个意识"、坚定"四个自信"、做到"两个维护"，确保全党在政治立场、政治方向、政治原则、政治道路上同党中央保持高度一致。要在推进党的事业中充分发挥职能作用，聚焦强国建设、民族复兴伟业，通过建强组织、配强班子、用好干部、盘活人才，把党员干部和各方面人才有效组织起来，把广大人民群众广泛凝聚起来，把组织力量、组织优势有效转化为发展动力、发展优势。要在全面从严治党中充分发挥职能作用，围绕健全全面从严治党体系，着力健全上下贯通、执行有力的组织体系，素质培养、知事识人、选拔任用、从严管理、正向激励的干部工作体系，严把入口、优化结构、提高质量、发挥作用的党员管理体系，科学规范、开放包容、运行高效的人才发展治理体系，党的组织工作制度规范体系，全面从严治党责任体系，推动新时代党的建设新的伟大工程向纵深发展。

要高质量完成好组织工作各项重点任务。完善党员干部理论教育培训长效机制，坚持不懈用习近平新时代中国特色社会主义思想凝心铸魂。适应党和国家事业发展需要，建设堪当民族复兴重任的高素质干部队伍。着眼实现高水平科技自立自强，强化现代化建设人才支撑。围绕推动高质量发展、创新社会治理，增强基层党组织政治功能和组织功能。坚持从严管理党员，全面提高党员队伍素质。

新思想引领新时代，新征程呼唤新担当。各级组织部门和广大组工干部要带头深入学习领会习近平总书记关于党的建设的重要思想，以坚持和加强党中央集中统一领导为最高原则，以忠诚为党护党、全力兴党强党为根本使命，以解决大党独有难题、健全全面从严治党体系为重大任务，努力走好第一方阵，自觉做坚定拥护"两个确立"、坚决做到"两个维护"的排头兵，锐意进取、真抓实干，不断提高党的建设和组织工作质量，为推进强国建设、民族复兴伟业作出新的更大贡献。

（2023年07月01日　02版）

深入学习贯彻习近平总书记
关于网络强国的重要思想

——论贯彻落实全国网络安全和信息化工作会议精神

网络安全和信息化事关党的长期执政，事关国家长治久安，事关经济社会发展和人民群众福祉。7月14日至15日，全国网络安全和信息化工作会议在北京召开。习近平总书记对网络安全和信息化工作作出重要指示，鲜明提出网信工作的使命任务，明确"十个坚持"重要原则，并对网信工作提出要求，具有很强的政治性、战略性、指导性，为做好新时代新征程网信工作指明了前进方向、提供了根本遵循。

党的十八大以来，以习近平同志为核心的党中央高度重视网络安全和信息化工作，明确提出网络强国建设的战略目标，统筹推进网络安全和信息化工作，不断推进理论创新和实践创新，作出一系列重大决策、提出一系列重大举措，推动我国网络安全和信息化事业取得重大成就。经过不懈努力，党对网信工作的领导全面加强，网络空间主流思想舆论巩固壮大，网络综合治理体系基本建成，网络安全保障体系和能力持续提升，网信领域科技自立自强步伐加快，信息化驱动引领作用有效发挥，网络空间法治化程度不断提高，网络空间国际话语权和影响力明显增强，网络强国建设迈出新步伐。这些重大成就的取得，最根本在于有习近平总书记领航掌舵，有习近平新时代中国特色社会主义思想科学指引，充分彰显了"两个确立"的决定性意义。

思想之光照亮奋进之路，伟大实践展现思想伟力。指出"过不了互联网这一关，就过不了长期执政这一关"，强调"网络空间是亿万民众共同的精神家园""让互联网更好造福国家和人民"……习近平总书记站在人类历史发展、党和国家事业全局高度，从信息化发展大势和国内国际大局出发，提出一系列新思想新观点新论断，形成了习近平总书记关于网络强国的重要思想。坚持党管互联网，坚持网信为民，坚持走中国特色治网之道，坚持统筹发展和安全，坚持正能量是总要求、管得住是硬道理、用得好是真本事，坚持筑牢国家网络安全屏障，坚持发挥信息化驱动引领作用，坚持依法管网、依法办网、依法上网，坚持推动构建网络空间命运共同体，坚持建设忠诚干净担当的网信工作队伍……习近平总书记关于网络强国的重要思想，科学回答了网信事业发展的一系列重大理论和实践问题，把党对网信工作的规律性认识提升到全新高度，是习近平新时代中国特色社会主义思想的重要组成部分，是新时代新征程引领网信事业高质量发展、建设网络强国的行动指南，必须切实贯彻到网信工作全过程。

当前，全球新一轮科技革命和产业变革深入推进，网络信息技术日新月异，深刻改变着全球经济格局、利益格局、安全格局，互联网成为影响世界的重要力量，信息化为中华民族带来了千载难逢的机遇。必须深刻认识到，没有网络安全就没有国家安全，就没有经济社会稳定运行；网信事业代表着新的生产力和新的发展方向，没有信息化就没有现代化。新征程上，要深入学习贯彻习近平总书记关于网络强国的重要思想，切实肩负起举旗帜聚民心、防风险保安全、强治理惠民生、增动能促发展、谋合作图共赢的使命任务，牢牢把握"十个坚持"的重要原则，大力推动网信事业高质量发展，为强国建设、民族复兴伟业提供坚实支撑。

党的二十大擘画了全面建设社会主义现代化国家、以中国式现代化全面推进中华民族伟大复兴的宏伟蓝图，明确提出加快建设网络强国，对网信工作作出战略部署。要把思想和行动统一到习近平总书记重要指示精神和党中央决策部署上来，牢记使命任务，细化任务举措，着力推动落实。按照全国网络安全和信息化工作会议部署要求，要加强网上正面宣传引导，防范网络意识形态风险，提高网络综合治理效能，形成良好网络生态，牢牢掌握网络意识形态工作领导权；统筹发展与安全，实施网络安全重大战略和任务，构建大网络安全工作格局，筑牢国家网络安全屏障；坚持创新驱动、自立自强、赋能发展、普惠公平，攻克短板不足，发挥信息化驱动引领作用；加强网络立法执法司法普法，推进网络空间法治化进程；深化网信领域国际交流与务实合作；坚持党管互联网，加强党对网信工作的全面领导，中央网信委及成员单位、各级党委（党组）及网信部门要落实主体责任，形成合力推动网信工作的生动局面。

强国建设、民族复兴的宏伟目标令人鼓舞、催人奋进。"新时代新征程，网信事业的重要地位作用日益凸显。"让我们更加紧密地团结在以习近平同志为核心的党中央周围，坚持以习近平新时代中国特色社会主义思想为指导，全面贯彻落实党的二十大精神，深入学习贯彻习近平总书记关于网络强国的重要思想，深刻领悟"两个确立"的决定性意义，增强"四个意识"、坚定"四个自信"、做到"两个维护"，以更加奋发有为的精神状态切实肩负起使命任务，以一往无前、时不我待的奋进姿态推动网信事业高质量发展，以网络强国建设新成效为全面建设社会主义现代化国家、全面推进中华民族伟大复兴作出新贡献。

（2023 年 07 月 17 日　　01 版）

谱写新时代生态文明建设新篇章

——论学习贯彻习近平总书记在全国生态环境保护大会上重要讲话

"必须以更高站位、更宽视野、更大力度来谋划和推进新征程生态环境保护工作，谱写新时代生态文明建设新篇章。"在全国生态环境保护大会上，习近平总书记从新时代坚持和发展中国特色社会主义，实现强国建设、民族复兴宏伟目标的战略高度，全面总结我国生态文明建设取得的举世瞩目的巨大成就，深入分析当前生态文明建设面临的形势，深刻阐述新征程上推进生态文明建设需要处理好的重大关系，系统部署了全面推进美丽中国建设的战略任务和重大举措。习近平总书记的重要讲话，高屋建瓴、视野宏阔、思想深邃、内涵丰富，具有很强的政治性、思想性、指导性、针对性，为进一步加强生态环境保护、推进生态文明建设提供了方向指引和根本遵循。

党的十八大以来，以习近平同志为核心的党中央把生态文明建设作为统筹推进"五位一体"总体布局和协调推进"四个全面"战略布局的重要内容，把坚持人与自然和谐共生纳入新时代坚持和发展中国特色社会主义基本方略，全方位、全地域、全过程加强生态环境保护，决心之大、力度之大、成效之大前所未有。经过顽强努力，我国生态文明建设实现由重点整治到系统治理的重大转变、由被动应对到主动作为的重大转变、由全球环境治理参与者到引领者的重大转变、由实践探索到科学理论指导的重大转变，我国天更蓝、地更绿、水更清，万里河山更加多姿多彩。习近平总书记深刻指出："新时代生态文明建设的成就举世瞩目，成为新时代党和国家事业取得历史性成就、发生历史性变革的显著标志。"

新时代生态文明建设从理论到实践都发生了历史性、转折性、全局性变化，美丽中国建设迈出重大步伐，最根本在于有习近平总书记领航掌舵，有习近平新时代中国特色社会主义思想科学指引，充分彰显了"两个确立"的决定性意义。指出"人与自然是生命共同体。生态环境没有替代品，用之不觉，失之难存"，强调"生态环境问题归根结底是发展方式和生活方式问题，要从根本上解决生态环境问题，必须贯彻创新、协调、绿色、开放、共享的发展理念"……习近平总书记深刻把握生态文明建设在新时代中国特色社会主义事业中的重要地位和战略意义，坚持把马克思主义基本原理同中国实际相结合、同中华优秀传统文化相结合，大力推进生态文明理论创新、实践创新、制度创新，提出一系列新理念新思想新战略，形成了习近平生态文明思想。这一重要思想，系统回答了建设什么样的生态文明、怎样建设生态文明等重大理论和实践问题，把我们党对生态文明建设规律的认识提升到新高度。

生态文明建设是关系中华民族永续发展的根本大计。党的二十大擘画了全面建设社会主义现代化国家、以中国式现代化全面推进中华民族伟大复兴的宏伟蓝图，提出到2035年"广泛形成绿色生产生活方式，碳排放达峰后稳中有降，生态环境根本好转，美丽中国目标基本实现"的目标任务，围绕"推动绿色发展，促进人与自然和谐共生"作出重大部署。要深刻认识到，中国式现代化是人与自然和谐共生的现代化，尊重自然、顺应自然、保护自然是全面建设社会主义现代化国家的内在要求。同时必须清醒看到，我国生态环境保护结构性、根源性、趋势性压力尚未根本缓解。我国经济社会发展已进入加快绿色化、低碳化的高质量发展阶段，生态文明建设仍处于压力叠加、负重前行的关键期。只有坚持以习近平生态文明思想为指导，站在人与自然和谐共生的高度谋划发展，像保护眼睛一样保护自然和生态环境，坚定不移走生产发展、生活富裕、生态良好的文明发展道路，才能实现中华民族永续发展。

习近平总书记强调，"今后5年是美丽中国建设的重要时期"。我们要把思想和行动统一到习近平总书记重要讲话精神和党中央决策部署上来，正确处理好高质量发展和高水平保护的关系、重点攻坚和协同治理的关系、自然恢复和人工修复的关系、外部约束和内生动力的关系、"双碳"承诺和自主行动的关系，把建设美丽中国摆在强国建设、民族复兴的突出位置，以高品质生态环境支撑高质量发展，加快推进人与自然和谐共生的现代化，谱写新时代生态文明建设新篇章。

生态文明建设功在当代、利在千秋。让我们更加紧密地团结在以习近平同志为核心的党中央周围，坚持以习近平新时代中国特色社会主义思想为指导，全面贯彻党的二十大精神，深入贯彻习近平生态文明思想，深刻领悟"两个确立"的决定性意义，增强"四个意识"、坚定"四个自信"、做到"两个维护"，奋力拼搏、砥砺前行，全面推进美丽中国建设，为全面建成富强民主文明和谐美丽的社会主义现代化强国而不懈奋斗！

（2023年07月20日　01版）

继续推进生态文明建设要正确处理几个重大关系

——论学习贯彻习近平总书记在全国生态环境保护大会上重要讲话

"总结新时代十年的实践经验，分析当前面临的新情况新问题，继续推进生态文明建设，必须以新时代中国特色社会主义生态文明思想为指导，正确处理几个重大关系。"在全国生态环境保护大会上，习近平总书记深刻阐述了新征程上推进生态文明建设需要处理好的五个重大关系，充分体现了马克思主义唯物辩证的思想方法，是我们党对生态文明建设规律性认识的进一步深化。

党的二十大擘画了全面建设社会主义现代化国家、以中国式现代化全面推进中华民族伟大复兴的宏伟蓝图，作出"推动绿色发展，促进人与自然和谐共生"的重大部署。要深刻认识到，建设美丽中国是全面建设社会主义现代化国家的重要目标，促进人与自然和谐共生是中国式现代化的一项本质要求。正确处理好高质量发展和高水平保护的关系、重点攻坚和协同治理的关系、自然恢复和人工修复的关系、外部约束和内生动力的关系、"双碳"承诺和自主行动的关系，对于我们完整、准确、全面贯彻新发展理念，以更高站位、更宽视野、更大力度来谋划和推进新征程生态环境保护工作，全面推进美丽中国建设，加快推进人与自然和谐共生的现代化，具有十分重要的意义。

处理好发展和保护的关系，是一个世界性难题，也是人类社会发展面临的永恒课题。党的二十大报告提出："推动经济社会发展绿色化、低碳化是实现高质量发展的关键环节。"高质量发展和高水平保护是相辅相成、相得益彰的。在中国式现代化建设全过程中，我们都要把握好高质量发展和高水平保护的辩证统一关系。要牢固树立和践行绿水青山就是金山银山的理念，站在人与自然和谐共生的高度谋划发展，通过高水平环境保护，不断塑造发展的新动能、新优势，着力构建绿色低碳循环经济体系，有效降低发展的资源环境代价，持续增强发展的潜力和后劲，以高品质生态环境支撑高质量发展。

生态环境治理是一项系统工程，需要统筹考虑环境要素的复杂性、生态系统的完整性、自然地理单元的连续性、经济社会发展的可持续性。处理好重点攻坚和协同治理的关系，就要坚持系统观念，抓住主要矛盾和矛盾的主要方面，对突出生态环境问题采取有力措施，以重点突破带动全局工作提升，同时强化目标协同、多污染物控制协同、部门协同、区域协同、政策协同，不断增强各项工作的系统性、整体性、协同性。要统筹兼顾，推动局部和全局相协调、治标和治本相贯通、当前和长远相结合，既持续深入打好污染防治攻坚战，又协同推进降碳、减污、扩绿、增长，全方位、全地域、全过程开展生态文明建设。

自然生态系统是一个有机生命躯体，有其自身发展演化的客观规律，具有自我调节、自我净化、自我恢复的能力。要充分尊重和顺应自然，遵循生态系统内在的机理和规律，坚持自然恢复为主的方针，给自然生态留下休养生息的时间和空间，着力提高生态系统自我恢复能力和稳定性。同时，自然恢复的局限和极限，对人工修复提出了更高的要求，也留下了积极作为的广阔天地。要把自然恢复和人工修复有机统一起来，坚持山水林田湖草沙一体化保护和系统治理，构建从山顶到海洋的保护治理大格局，综合运用自然恢复和人工修复两种手段，因地因时制宜、分区分类施策，努力找到生态保护修复的最佳解决方案。

生态环境没有替代品，用之不觉，失之难存。防止过度索取、肆意破坏，做到取用有节、行止有度，离不开强有力的外部约束。早在2013年中共中央政治局第六次集体学习时，习近平总书记就强调："在生态环境保护问题上，就是要不能越雷池一步，否则就应该受到惩罚。"处理好外部约束和内生动力的关系，必须始终坚持用最严格制度最严密法治保护生态环境，保持常态化外部压力，让制度成为刚性的约束和不可触碰的高压线。同时，要激发起全社会共同呵护生态环境的内生动力，弘扬生态文明理念，培育生态文化，把建设美丽中国转化为全体人民自觉行动，让绿色低碳生活方式成风化俗。

推进碳达峰碳中和，是以习近平同志为核心的党中央经过深思熟虑作出的重大战略决策，是我们对国际社会的庄严承诺，也是推动经济结构转型升级、形成绿色低碳产业竞争优势，实现高质量发展的内在要求。这不是别人让我们做，而是我们自己必须要做。我们承诺的"双碳"目标是确定不移的，但达到这一目标的路径和方式、节奏和力度则应该而且必须由我们自己作主，决不受他人左右。实现"双碳"目标是一场广泛而深刻的变革，不是轻轻松松就能实现的。要坚持全国统筹、节约优先、双轮驱动、内外畅通、防范风险的原则，处理好发展和减排、整体和局部、长远目标和短期目标、政府和市场等关系，积极稳妥推进碳达峰碳中和。

建设生态文明，关系人民福祉，关乎民族未来。新征程上，深入贯彻习近平生态文明思想，把建设美丽中国摆在强国建设、民族复兴的突出位置，坚定不移走生态优先、绿色发展之路，携手同心、不懈奋斗，我们一定能建成青山常在、绿水长流、空气常新的美丽中国，实现人与自然和谐共生的现代化。

（2023年07月21日　01版）

全面推进美丽中国建设，加快推进
人与自然和谐共生的现代化

——论学习贯彻习近平总书记在全国生态环境保护大会上重要讲话

"建设美丽中国是全面建设社会主义现代化国家的重要目标"。在全国生态环境保护大会上，习近平总书记从党和国家事业发展全局的高度，系统部署了全面推进美丽中国建设的战略任务和重大举措，强调"把建设美丽中国摆在强国建设、民族复兴的突出位置"，要求"以高品质生态环境支撑高质量发展，加快推进人与自然和谐共生的现代化"。

良好的生态环境是最公平的公共产品，是最普惠的民生福祉。新时代以来，在以习近平同志为核心的党中央坚强领导下，在习近平生态文明思想的科学指引下，生态文明建设从理论到实践都发生了历史性、转折性、全局性变化，万里河山更加多姿多彩。同时，也必须清醒看到，我国生态环境保护结构性、根源性、趋势性压力尚未根本缓解，生态环境稳中向好的基础还不稳固，生态环境质量同人民群众对美好生活的期盼相比，同建设美丽中国的目标相比，同构建新发展格局、推动高质量发展、全面建设社会主义现代化国家的要求相比，都还有较大差距，生态文明建设仍处于压力叠加、负重前行的关键期。在强国建设、民族复兴的新征程上，必须深入贯彻习近平生态文明思想，坚持以人民为中心，牢固树立和践行绿水青山就是金山银山的理念，保持战略定力，增强历史主动，全面推进美丽中国建设，加快推进人与自然和谐共生的现代化，这样才能让中华大地蓝天永驻、青山常在、绿水长流。

今后5年是美丽中国建设的重要时期。必须把思想和行动统一到习近平总书记重要讲话精神和党中央决策部署上来，深刻领悟"两个确立"的决定性意义，坚决做到"两个维护"，牢记"国之大者"，进一步激发做好生态环境保护工作的强大动力，聚焦问题、知难而进，以"时时放心不下"的责任感、积极担当作为的精气神，扎实推进生态文明建设，加快建设美丽中国。必须深刻认识到，只有持续深入打好污染防治攻坚战，加快推动发展方式绿色低碳转型，着力提升生态系统多样性、稳定性、持续性，积极稳妥推进碳达峰碳中和，守牢美丽中国建设安全底线，健全美丽中国建设保障体系，推动城乡人居环境明显改善、美丽中国建设取得显著成效，才能以高品质生态环境支撑高质量发展。

全面推进美丽中国建设，就要不折不扣贯彻落实党中央决策部署。持续深入打好污染防治攻坚战，要坚持精准治污、科学治污、依法治污，保持力度、延伸深度、拓展广度，深入推进蓝天、碧水、净土三大保卫战，持续改善生态环境质量。加快推动发展方式绿色低碳转型，要坚持把绿色低碳发展作为解决生态环境问题的治本之策，加快形成绿色生产方式和生活方式，厚植高质量发展的绿色底色。着力提升生态系统多样性、稳定性、持续性，要加大生态系统保护力度，切实加强生态保护修复监管，拓宽绿水青山转化金山银山的路径，为子孙后代留下山清水秀的生态空间。积极稳妥推进碳达峰碳中和，要坚持全国统筹、节约优先、双轮驱动、内外畅通、防范风险的原则，落实好碳达峰碳中和"1+N"政策体系，构建清洁低碳安全高效的能源体系，加快构建新型电力系统，提升国家油气安全保障能力。守牢美丽中国建设安全底线，要贯彻总体国家安全观，积极有效应对各种风险挑战，切实维护生态安全、核与辐射安全等，保障我们赖以生存发展的自然环境和条件不受威胁和破坏。健全美丽中国建设保障体系，要统筹各领域资源，汇聚各方面力量，强化法治保障，完善绿色低碳发展经济政策，推动有效市场和有为政府更好结合，加强科技支撑，打好法治、市场、科技、政策"组合拳"，为美丽中国建设提供基础支撑和有力保障。

环境就是民生，青山就是美丽，蓝天也是幸福。真抓才能攻坚克难，实干才能梦想成真。新征程上，坚持以习近平新时代中国特色社会主义思想为指导，全面贯彻党的二十大精神，深入贯彻习近平生态文明思想，全面推进美丽中国建设，加快推进人与自然和谐共生的现代化，坚持不懈、奋发有为，确保党中央决策部署落到实处、见到实效，我们就一定能绘出美丽中国的更新画卷，让天更蓝、山更绿、水更清、环境更优美。

（2023年07月22日　01版）

加强党对生态文明建设的全面领导

——论学习贯彻习近平总书记在全国生态环境保护大会上重要讲话

　　坚持党对生态文明建设的全面领导，是我国生态文明建设的根本保证。在全国生态环境保护大会上，习近平总书记强调："建设美丽中国是全面建设社会主义现代化国家的重要目标，必须坚持和加强党的全面领导。"

　　党的十八大以来，以习近平同志为核心的党中央加强党对生态文明建设的全面领导，把生态文明建设摆在全局工作的突出位置，作出一系列重大战略部署。在"五位一体"总体布局中，生态文明建设是其中一位；在新时代坚持和发展中国特色社会主义的基本方略中，坚持人与自然和谐共生是其中一条；在新发展理念中，绿色是其中一项；在三大攻坚战中，污染防治是其中一战；在到本世纪中叶建成社会主义现代化强国目标中，美丽中国是其中一个。这充分体现了党中央对生态文明建设的高度重视，明确了生态文明建设在党和国家事业发展全局中的重要地位。新时代以来，我们之所以取得生态文明建设巨大成就，美丽中国建设迈出重大步伐，实现"四个重大转变"，根本在于以习近平同志为核心的党中央坚强领导，在于习近平新时代中国特色社会主义思想特别是习近平生态文明思想的科学指引。

　　党的二十大作出"推动绿色发展，促进人与自然和谐共生"的重大部署，对生态文明建设和生态环境保护工作提出了新的更高要求。党中央、国务院近期将对全面推进美丽中国建设作出系统部署。各地区各部门要不断增强责任感、使命感，不折不扣贯彻落实党中央决策部署。必须深刻认识到，生态环境是关系党的使命宗旨的重大政治问题，也是关系民生的重大社会问题；我国生态环境保护结构性、根源性、趋势性压力尚未根本缓解，生态文明建设仍处于压力叠加、负重前行的关键期。要坚决扛起美丽中国建设的政治责任，紧紧抓住今后5年这个美丽中国建设的重要时期，深入贯彻习近平生态文明思想，坚持以人民为中心，推动城乡人居环境明显改善、美丽中国建设取得显著成效，不断满足人民日益增长的优美生态环境需要。

生态环境保护能否落到实处，关键在领导干部。要抓紧研究制定地方党政领导干部生态环境保护责任制，建立覆盖全面、权责一致、奖惩分明、环环相扣的责任体系。要认真落实生态文明建设责任清单，形成齐抓共管的强大合力。要健全科学合理的考核评价体系，充分发挥考核指挥棒作用。各级领导干部要不断增强生态文明建设的实际本领。

习近平总书记指出："要继续发挥中央生态环境保护督察利剑作用。"开展环境保护督察，是党中央、国务院为加强环境保护工作采取的一项重大举措，对加强生态文明建设、解决人民群众反映强烈的环境污染和生态破坏问题具有重要意义。实践充分证明，中央生态环境保护督察制度建得好、用得好，敢于动真格，不怕得罪人，咬住问题不放松，成为推动地方党委和政府及其相关部门落实生态环境保护责任的硬招实招，成为推进生态文明建设的重要抓手。要总结运用中央生态环境保护督察制度建立实施以来的成果和经验，围绕中心、服务大局，始终坚持问题导向，把握重点和关键，推动中央生态环境保护督察工作不断向纵深发展。要压紧压实全面从严治党主体责任，持续强化督察队伍建设，为做好中央生态环境保护督察工作提供坚强保障。各级党委和政府要关心、支持生态环境保护队伍，主动为他们排忧解难、撑腰打气。

生态文明建设是关系中华民族永续发展的根本大计。奋进强国建设、民族复兴的新征程，更加紧密地团结在以习近平同志为核心的党中央周围，坚持以习近平新时代中国特色社会主义思想为指导，全面贯彻党的二十大精神，深入贯彻习近平生态文明思想，深刻领悟"两个确立"的决定性意义，增强"四个意识"、坚定"四个自信"、做到"两个维护"，确保党中央决策部署落到实处、见到实效，踔厉奋发、笃行不怠，我们就一定能不断推动生态文明建设迈上新台阶，加快推进人与自然和谐共生的现代化。

（2023年07月23日　01版）

向世界奉献一场独具魅力别样精彩的青春盛会

——热烈祝贺第三十一届世界大学生夏季运动会开幕

盛夏的蓉城，郁郁葱葱，生机勃发。7月28日晚，第三十一届世界大学生夏季运动会在四川省成都市隆重开幕。这是党的二十大后我国举办的首个重大国际体育赛事。来自世界各地的大学生运动员相聚于此，共赴青春之约、共谱青春华章。

体育承载着国家民族强盛的梦想，青年代表着未来和希望。大运会是规模仅次于奥运会的综合性世界运动会，代表世界大学生最高竞技水平，举办60多年来，见证了一个又一个顽强拼搏、奋勇争先的精彩瞬间，记录了一段又一段超越自我、实现梦想的青春故事。成都大运会致力打造公平竞技、沟通交流、增进了解、发展友谊的平台，必将向世界奉献一场独具魅力、别样精彩的青春盛会。

这是一次来之不易的大运盛会。在以习近平同志为核心的党中央坚强领导下，在中央和国家机关有关部门的大力支持下，四川省和成都市努力克服疫情等不利因素影响，因势而动，攻坚克难，有力有序推动各项筹备工作。从品质卓越的场馆设施，到温馨舒适的大运村；从兢兢业业的赛会志愿者，到丰富多彩的文体交流活动……美丽的成都，向世界敞开怀抱。按照"简约、安全、精彩"的办赛要求，成都大运会不仅将呈现一届具有中国特色、彰显时代风采、展现巴蜀韵味的体育盛会，也将让世界再次看到一个阳光、富强、开放、充满希望的新时代中国。

"成都成就梦想"，奋斗创造佳绩。习近平总书记曾深情寄语运动员："人生能有几回搏，拼搏是值得的。不经一番寒彻骨，怎得梅花扑鼻香？"大运会赛场是体育竞技的场所，也是体育健儿展示拼搏精神、展现青春力量的舞台。成都大运会共设18个大项269个小项，来自世界各地的大学生运动员将向奖牌发起冲击。挑战极限、突破自我，是赛场上体育健儿的不懈追求；挥洒汗水、激扬青春，必将成为大运会赛场内外的动人风景。此次成都大运会，中国派出由700余人组成的代表团，参加全部18个大项的角逐，实现了"满项报名"的目标。弘扬中华体育精神，不畏强手、顽强拼搏、勇敢逐梦，我国体育健儿定能以优秀的运动成绩和精神文明，为祖国争光、为人生添彩。

大运会是精彩纷呈的体育盛会，也是欢乐祥和的人文盛会。成都大运会以赛为媒，在赛会期间开展丰富多彩的文化活动，促进青年人沟通交流。从以"青春梦想"为主基调的开幕式，到收到论文数量创历届大运会新高的国际大体联世界学术大会；从"汉语桥"、全球Z世代体育论坛等系列体育文化交流活动，到赛会运行期间推出的艺术主题晚会、中国非遗文化体验、公园城市主题艺术展等活动……以体育传递友谊、以文化凝聚力量、以交流共筑和平，成都大运会将为世界青年施展才华、追求梦想、共同成长提供契机和舞台，为推动构建人类命运共同体贡献青春力量。

"九天开出一成都，万户千门入画图。"当青春与梦想相遇，当体育与古城相融，一届"注定不同、必定精彩"的青春盛会，必将在大运会历史上留下浓墨重彩的一笔。

预祝第三十一届世界大学生夏季运动会圆满成功！

（2023年07月28日　01版）

增强全民生态环境保护的思想自觉和行动自觉

——写在首个全国生态日

　　共促生态文明建设，共绘美丽中国画卷。在全面贯彻党的二十大精神的开局之年，在全党深入开展学习贯彻习近平新时代中国特色社会主义思想主题教育之际，我们迎来了首个全国生态日。全国生态日的设立，充分体现了以习近平同志为核心的党中央对生态文明建设的高度重视，有利于更好学习宣传贯彻习近平生态文明思想，深化习近平生态文明思想的大众化传播，增强全民生态环境保护的思想自觉和行动自觉，推动我国生态文明建设不断取得新成效。

　　生态兴则文明兴。党的十八大以来，以习近平同志为核心的党中央把生态文明建设作为关系中华民族永续发展的根本大计，全方位、全地域、全过程加强生态环境保护，开展一系列根本性、开创性、长远性工作，推动我国生态文明建设实现由重点整治到系统治理的重大转变、由被动应对到主动作为的重大转变、由全球环境治理参与者到引领者的重大转变、由实践探索到科学理论指导的重大转变，我国天更蓝、地更绿、水更清，万里河山更加多姿多彩。新时代我国生态文明建设从理论到实践都发生历史性、转折性、全局性变化，美丽中国建设迈出重大步伐，最根本在于有习近平总书记领航掌舵，有习近平新时代中国特色社会主义思想科学指引，充分彰显了"两个确立"的决定性意义。

　　习近平总书记强调，"生态文明是人民群众共同参与共同建设共同享有的事业，要把建设美丽中国转化为全体人民自觉行动。每个人都是生态环境的保护者、建设者、受益者"。在新时代生态文明建设取得举世瞩目成就的进程中，人与自然和谐共生成为全党全社会的共同认识，绿水青山就是金山银山成为亿万人民的共同理念，绿色循环低碳发展成为各地区各部门的共同行动。这充分表明，只要我们坚持以习近平生态文明思想为指导，把每个人的积极性主动性创造性充分调动起来，激发起全社会共同呵护生态环境的内生动力，不断增强全民生态环境保护的思想自觉和行动自觉，就一定能够汇聚全面推进美丽中国建设的强大合力，谱写新时代生态文明建设新篇章。

生态环境修复和改善，是一个需要付出长期艰苦努力的过程，不可能一蹴而就，必须坚持不懈、奋发有为。当前，我国生态环境保护结构性、根源性、趋势性压力尚未根本缓解。我国经济社会发展已进入加快绿色化、低碳化的高质量发展阶段，生态文明建设仍处于压力叠加、负重前行的关键期。党的二十大提出了到2035年"广泛形成绿色生产生活方式，碳排放达峰后稳中有降，生态环境根本好转，美丽中国目标基本实现"的目标任务。在全国生态环境保护大会上，习近平总书记系统部署了全面推进美丽中国建设的战略任务和重大举措。我们要深入贯彻习近平生态文明思想，全面落实党的二十大部署，把建设美丽中国摆在强国建设、民族复兴的突出位置，坚持节约优先、保护优先、自然恢复为主的方针，坚定不移走生产发展、生活富裕、生态良好的文明发展道路，以高品质生态环境支撑高质量发展，加快推进人与自然和谐共生的现代化。

全面推进美丽中国建设，必须紧紧依靠人民、始终为了人民，动员全体人民一起来想、一起来干。以全国生态日为契机，通过多种形式开展生态文明宣传教育活动，就是要在全社会播撒生态文明的种子，提高全社会生态文明意识，增强全民节约意识、环保意识、生态意识，推动形成节约适度、绿色低碳、文明健康的生活方式和消费模式，形成全社会共同参与的良好风尚。我们每个人都要做习近平生态文明思想的积极传播者和模范践行者，做生态文明建设的实践者、推动者，身体力行、实干为要、久久为功，以实际行动为生态环境保护作出贡献，为子孙后代留下天蓝、地绿、水清的美丽家园。

（2023年08月15日　01版）

在主题教育中学习运用好"浦江经验"

"变群众上访为领导下访，深入基层，联系群众，真下真访民情，实心实意办事"。

今天，本报全文刊发题为《扑下身子"迎考" 沉到一线"解题"——解码"浦江经验"》的报道，深情回顾时任浙江省委书记的习近平同志亲自倡导并带头到基层接访群众形成的"浦江经验"，生动展现"浦江经验"的主要内容、丰富内涵和有益启示，对广大党员、干部学思践悟习近平新时代中国特色社会主义思想具有十分重要的意义。

习近平总书记始终高度重视信访工作。在福建宁德工作时，习近平同志推动建立了地、县、乡三级领导干部下访制度，把领导下访日变成群众服务日。在浙江工作时，习近平同志第一次下访就选择到情况最复杂、矛盾最尖锐的浦江县，亲自接待9批20余名来访群众，解决了一批久拖不决的难题。20年来，浙江坚持一张蓝图绘到底、一任接着一任干，持续丰富和发展"浦江经验"，推动广大党员、干部直奔基层、直面群众、直击矛盾、直接解决问题，实实在在为群众解决难题、为基层化解矛盾。实践证明，"浦江经验"充分体现了我们党的根本宗旨、人民立场、群众观点，在新时代新征程彰显出历久弥新、弥足珍贵的时代价值。

当前，全党正在深入开展学习贯彻习近平新时代中国特色社会主义思想主题教育。习近平总书记强调："改进调研方式，力戒形式主义、官僚主义，多到困难多、群众意见集中、工作打不开局面的地方和单位调研。

善于换位思考，走进群众，真诚倾听群众呼声、真实反映群众愿望、真情关心群众疾苦，准确了解群众的所忧所盼。"要在主题教育中学习运用好"浦江经验"，从习近平新时代中国特色社会主义思想中汲取奋发进取的智慧和力量，熟练掌握其中蕴含的领导方法、思想方法、工作方法，推动主题教育取得实实在在的成效。

保有一以贯之的为民情怀。制定领导干部定期接待群众来访、党员干部直接联系群众等制度，开展"大走访大调研大服务大解题"活动，对群众的反映"件件有回音、事事有结果"……"浦江经验"面对面听民声、心连心解民忧、实打实惠民生，及时有效把群众的操心事、烦心事、揪心事办成放心事、舒心事、幸福事。习近平总书记强调，"中国共产党把为民办事、为民造福作为最重要的政绩"。广大党员、干部要牢固树立以人民为中心的发展思想，始终同人民同呼吸、共命运、心连心，以群众满意不满意作为根本评判标准，自觉问计于民、问需于民，紧紧抓住人民群众最关心最直接最现实的利益问题，把惠民生、暖民心、顺民意的工作做到群众心坎上，努力让群众看到变化、得到实惠。

树立实事求是的工作作风。"浦江经验"强化了下访接访、下沉一线的工作导向，要求党员干部用心用情用力解决群众关心的就业、教育、社保、医疗、住房、养老、食品安全、社会治安等实际问题。习近平总书记强调："坚持一切从实际出发，是我们想问题、作决策、办事情的出发点和落脚点。"广大党员、干部要把下访和调研结合起来，扑下身子、沉到一线，把脉问诊、解剖麻雀，进行问题梳理、难题排查，运用党的创新理论研究新情况、解决新问题，坚持问题导向，增强问题意识，敢于正视问题，善于发现问题，既看"高楼大厦"又看"背阴胡同"，真正把情况摸清、把问题找准、把对策提实，推动解决一批发展所需、改革所急、基层所盼、民心所向的问题。

发扬勇于担当的实干精神。"浦江经验"表明，下访接待群众是对广大党员、干部能力水平的考验，只有挑最重的担子、啃最硬的骨头，攻坚克难、勇往直前，矛盾和困难才可能得到解决。习近平总书记强调："凡是有利于党和人民的事，我们就要事不避难、义不逃责，大胆地干、坚决地干。"广大党员、干部要坚持不懈用习近平新时代中国特色社会主义思想凝心铸魂，把这一重要思想转化为坚定理想、锤炼党性和指导实践、推动工作的强大力量，紧紧围绕新时代新征程党的中心任务，牢牢把握高质量发展这个首要任务，真抓实干、务求实效，聚焦问题、知难而进，发扬功成不必在我、功成必定有我的精神，牢固树立正确的权力观、政绩观、事业观，坚持一张蓝图绘到底，一茬接着一茬干，以"时时放心不下"的责任感、积极担当作为的精气神为党和人民履好职、尽好责，以推动高质量发展的新成效检验主题教育成果。

学思想、见行动。在主题教育中学习运用好"浦江经验"，推动广大党员、干部到基层一线、矛盾最集中的现场了解实情、解决问题，做到为民解难、为党分忧，不断把学习贯彻习近平新时代中国特色社会主义思想引向深入，就一定能在强国建设、民族复兴的新征程上创造新业绩。

（2023 年 08 月 20 日　01 版）

推动人类发展的巨轮驶向更加光明的未来

——论习近平主席在2023年金砖国家工商论坛闭幕式上的致辞

"只要我们团结一心，加强合作，就无惧前进道路上的任何风险挑战，就一定能推动人类发展的巨轮驶向更加光明的未来！"在2023年金砖国家工商论坛闭幕式上，习近平主席发表题为《深化团结合作　应对风险挑战　共建更加美好的世界》的致辞，深刻洞察人类前途命运和世界发展大势，鲜明提出"促进共同发展繁荣""努力实现普遍安全""坚持文明交流互鉴"的三点主张，郑重宣示中国人民以中国式现代化全面推进中华民族伟大复兴、致力于推动构建人类命运共同体的坚定信心与务实行动。

当今世界变乱交织，百年变局加速演进，人类社会走到了关键当口。"是坚持合作与融合，还是走向分裂与对抗？是携手维护和平稳定，还是滑向'新冷战'的深渊？是在开放包容中走向繁荣，还是在霸道霸凌中陷入萧条？是在交流与互鉴中增进互信，还是让傲慢与偏见蒙蔽良知？"习近平主席深刻指出，"历史的钟摆朝向何方，取决于我们的抉择。"实践充分证明，人类是休戚与共的命运共同体，面对共同挑战，只有和衷共济、和合共生这一条出路。各国人民企盼的，不是"新冷战"，不是"小圈子"，而是一个持久和平、普遍安全的世界，一个共同繁荣、开放包容、清洁美丽的世界。10年前，习近平主席提出构建人类命运共同体，推动各国把我们共同生活的地球建成一个和睦的大家庭。实践告诉我们，各国人民对美好生活的向往就是我们的追求，和平、发展、合作、共赢的时代潮流不可阻挡。只有把构建人类命运共同体的理念转化为行动、愿景转化为现实，才能推动人类发展的巨轮驶向更加光明的未来。

当今世界一荣俱荣、一损俱损，构建人类命运共同体的历史远见和时代意义更加凸显。习近平主席在致辞中提出的三点主张，为各国深化团结合作、应对风险挑战贡献了中国智慧，为共建更加美好的世界注入了中国力量。必须清醒认识到，每个国家都有发展的权利，各国人民都有追求幸福生活的自由，我们要加快推进全球发展倡议合作，应对共同挑战，增进各国人民福祉；只有坚持共同、综合、合作、可持续的新安全观，才能走出一条普遍安全之路，我们要推动全球安全倡议落地生根，坚持对话而不对抗、结伴而不结盟、共赢而非零和，携手打造安全共同体；多姿多彩是人类文明的本色，各国积极参与全球文明倡议合作，促进不同文明百家争鸣、百花齐放，打破交流壁垒，赓续人类文明的薪火，才能让世界文明百花园姹紫嫣红、生机盎然。

中华民族有着5000多年文明史，历来反对穷兵黩武、恃强凌弱、国强必霸，中国坚定站在历史正确一边，坚定奉行"大道之行，天下为公"。习近平主席强调："作为发展中国家、'全球南方'的一员，我们始终同其他发展中国家同呼吸、共命运，坚定维护发展中国家共同利益，推动增加新兴市场国家和发展中国家在全球事务中的代表性和发言权。"中国式现代化创造了人类文明新形态，展现出现代化的新图景。在推进中国式现代化的新征程上，中国将牢牢把握高质量发展这个首要任务，贯彻新发展理念，构建新发展格局，以中国新发展为世界带来新机遇，为动荡的世界提供更多稳定性和确定性；中国将始终向世界敞开怀抱，坚定推进高水平开放，持续优化营商环境，继续推进生态文明建设，让开放为全球发展带来新的光明前程，让发展成果更多更公平惠及各国人民。我们坚信，随着中国14亿多人口整体迈进现代化，中国必将对世界经济作出更大贡献。

大道不孤，众行致远。世界各国团结起来、共行天下大道，携手同心、行而不辍，汇聚起合作共赢的磅礴伟力，就一定能战胜前进道路上的各种挑战，谱写推动构建人类命运共同体新篇章，迎来人类发展更加美好的明天。

（2023年08月24日　02版）

共同分享全球服务贸易发展的历史机遇

"让我们共同维护来之不易的自由贸易和多边贸易体制，共同分享全球服务贸易发展的历史机遇，为开创世界更加美好繁荣的未来共同努力。"

9月2日上午，习近平主席在北京向2023年中国国际服务贸易交易会全球服务贸易峰会发表视频致辞。习近平主席科学把握世界经济发展的历史大势和全球服务贸易发展的历史机遇，着眼于携手推动世界经济走上持续复苏轨道，郑重宣布了一系列促进全球服务业和服务贸易发展的重大举措，强调"中国愿同各国各方一道，以服务开放推动包容发展，以服务合作促进联动融通，以服务创新培育发展动能，以服务共享创造美好未来"。

服务贸易是国际贸易的重要组成部分，服务业是国际经贸合作的重要领域。近年来新一轮科技革命和产业变革孕育兴起，带动数字技术强势崛起，促进了产业深度融合，引领了服务经济蓬勃发展。数据显示，2022年全球服务贸易总额达7万亿美元，同比增长15%。中国服务贸易保持较快增长，展现较强韧性。2022年服务进出口总额近6万亿元人民币，同比增长12.9%，规模创历史新高，连续第九年位居全球第二。事实充分表明，尽管世界经济复苏动力不足，但全球服务贸易和服务业合作深入发展，数字化、智能化、绿色化进程不断加快，新技术、新业态、新模式层出不穷，为推动经济全球化、恢复全球经济活力、增强世界经济发展韧性注入了强大动力。

当前，百年变局加速演进，多重挑战和危机交织叠加。世界经济复苏艰难，促进复苏需要共识与合作。历史一再证明，世界经济开放则兴，封闭则衰。越是道阻且长、困难重重，越要秉持开放包容、合作共赢的理念，以开放纾发展之困、以开放汇合作之力、以开放聚创新之势、以开放谋共享之福，紧紧把握全球服务贸易发展的历史机遇，坚定不移推动建设开放型世界经济，让发展成果更多更公平惠及各国人民。自2012年创办以来，服贸会累计吸引196个国家和地区的60余万展客商参展参会。本届服贸会以"开放引领发展 合作共赢未来"为主题，就是要用好全球服务贸易发展的历史机遇，持续发挥扩大开放、深化合作、引领创新的重要平台作用，为全球服务业和服务贸易的发展凝聚共识、增强信心、汇聚合力。

"打造更加开放包容的发展环境""拉紧互利共赢的合作纽带""强化创新驱动的发展路径""共享中国式现代化建设成果"，习近平主席在视频致辞中宣布四个方面的重大举措，充分体现了中国扩大高水平对外开放的坚定决心，充分彰显了不断以中国新发展为世界提供新机遇的大国担当。新征程上，我们将扩大面向全球的高标准自由贸易区网络，提升服务贸易标准化水平，稳步扩大制度型开放，加强同各国的发展战略和合作倡议对接，培育更多经济合作增长点，加快培育服务贸易数字化新动能，支持服务业在绿色发展中发挥更大作用，推动服务贸易与现代服务业、高端制造业、现代农业融合发展，加快建设强大国内市场，主动扩大优质服务进口，以中国大市场机遇为世界提供新的发展动力，以高质量发展为全球提供更多更好的中国服务。我们坚信，各国各方同中国一道携手，以服务开放推动包容发展、以服务合作促进联动融通、以服务创新培育发展动能、以服务共享创造美好未来，为全球服务贸易发展注入新动能、作出新贡献，就一定能共同推动世界经济复苏进程走稳走实。

今年是中国改革开放45周年。回顾过往，在历史前进的逻辑中前进，在时代发展的潮流中发展，中国不断扩大开放，激活了中国发展的澎湃春潮，也激活了世界经济的一池春水；展望未来，中国将坚持推进高水平对外开放，以高质量发展全面推进中国式现代化，为各国开放合作提供新机遇。"孤举者难起，众行者易趋。"让我们共行天下大道，共享服务贸易发展机遇，共促世界经济复苏和增长，共建开放型世界经济，共同开创世界更加美好繁荣的未来。

（2023年09月03日　01版）

为新疆高质量发展提供坚实水支撑

　　奔腾的塔里木河浇灌广袤绿洲和良田，壮美的博斯腾湖吸引来自四面八方的游客，千年坎儿井借助文旅融合发展绽放新活力……近年来，新疆维吾尔自治区以水资源可持续利用支撑经济社会可持续发展，绘就了一幅人水和谐的大美画卷。

　　水是经济社会发展的命脉，是基础性自然资源和战略性经济资源，水资源利用效率有多高，经济社会发展空间就有多大。长期以来，新疆水资源时空分布不均衡，结构性缺水矛盾突出。党的十八大以来，习近平总书记从实现中华民族永续发展的战略高度，亲自擘画、亲自部署、亲自推动治水事业，发表了一系列重要讲话，作出了一系列重要指示批示，明确了治水思路，确立了国家"江河战略"，谋划了国家水网等重大水利工程，提出了一系列新理念新思路新战略，为新时代治水指明了前进方向、提供了根本遵循。这为科学精准做好新疆水资源管理利用工作、推进水资源高效配置和合理利用提供了科学指南和方法指引。

　　思路一变天地宽。从专门成立水资源管理委员会，到建立"提级管理、系统调配、每周调度、调出成效"的工作机制，推动形成统一管理、系统推进、集中高效的水资源管理体系；从制定"一库一策"蓄水方案，到科学实施塔河干流向开都—孔雀河"以丰补枯"等，构建丰枯调剂和多源互补的流域水网格局……新疆维吾尔自治区党委和政府深入贯彻习近平总书记关于治水的重要论述，统筹做好节水蓄水调水工作，着力解决新疆可持续发展的水资源约束瓶颈问题，推动水资源管理从粗放模式向精细化、科学化转变。2022年，新疆水库总数达671座，总蓄水量121.34亿立方米；累计供应农业用水542.7亿立方米，较上年增加49.54亿立方米；生态补水367亿立方米，较上年增加38.4亿立方米。得益于水资源的高效配置和合理利用，新疆生态环境持续改善，经济社会高质量发展动能更加充足，人民群众获得感、幸福感、安全感不断增强。

河湖兴则生态兴，生态兴则文明兴。大美河湖涵养一泓碧水，润泽新疆经济社会高质量发展的沃土，造福天山南北的各族人民群众。新疆水资源高效配置和合理利用的实践充分证明：只有坚持以习近平生态文明思想为指导，牢固树立和践行绿水青山就是金山银山的理念，坚持以人民为中心的发展思想，坚持山水林田湖草沙一体化保护和系统治理，坚持节水优先、空间均衡、系统治理、两手发力的治水思路，坚持以水定绿、以水定地、以水定人、以水定产，统筹水资源、水环境、水生态治理，走好水安全有效保障、水资源高效利用、水生态明显改善的集约节约发展之路，才能为全面建设社会主义现代化国家提供有力的水安全保障。

推进中国式现代化，必须把水资源问题考虑进去。前不久，习近平总书记在听取新疆维吾尔自治区党委和政府、新疆生产建设兵团工作汇报时，强调"加强水利设施建设和水资源优化配置，积极发展现代农业和光伏等产业园区，根据资源禀赋，培育发展新增长极"。新征程上，要完整、准确、全面贯彻新发展理念，立足资源禀赋、区位优势和产业基础，立足流域整体和水资源空间均衡配置，进一步提高水资源集约安全利用水平，切实发挥水利在加快构建新疆"八大产业集群"、支撑"一带一路"核心区和农业强区建设中的关键作用，充分发挥水资源在新疆经济、社会、生态建设中的关键作用，为新疆高质量发展提供坚实有力的水支撑。

"构建新发展格局、推动高质量发展、推进中国式现代化，新疆面临新机遇，要有新作为。"更加紧密地团结在以习近平同志为核心的党中央周围，全面贯彻习近平新时代中国特色社会主义思想，真抓实干、埋头苦干，久久为功、善作善成，就一定能推动新疆迈上高质量发展的轨道，在中国式现代化进程中更好建设团结和谐、繁荣富裕、文明进步、安居乐业、生态良好的美丽新疆。

（2023年09月08日　07版）

走出一条高质量发展、可持续振兴的新路子

——论学习贯彻习近平总书记在新时代推动东北全面振兴座谈会上重要讲话

"努力走出一条高质量发展、可持续振兴的新路子，奋力谱写东北全面振兴新篇章。"近日，习近平总书记在黑龙江省哈尔滨市主持召开新时代推动东北全面振兴座谈会并发表重要讲话，从党和国家事业发展全局的战略高度，深刻阐述东北地区肩负的重要使命，深入分析东北振兴面临新的重大机遇，对新时代新征程推动东北全面振兴作出部署，为东北走出一条高质量发展、可持续振兴的新路子指明了前进方向、提供了根本遵循。

东北地区是我国重要的工业和农业基地，维护国家国防安全、粮食安全、生态安全、能源安全、产业安全的战略地位十分重要，关乎国家发展大局。党的十八大以来，以习近平同志为核心的党中央高度重视东北老工业基地振兴发展，制定出台《关于全面振兴东北地区等老工业基地的若干意见》，实施深入推进东北振兴战略。2018年9月习近平总书记在沈阳主持召开深入推进东北振兴座谈会以来，东北三省及内蒙古在推动东北振兴方面取得新进展新成效，国家粮食安全"压舱石"作用进一步夯实，产业安全基础不断巩固，能源安全保障作用不断强化，生态安全屏障不断筑牢，国防安全保障能力稳步提升，改革开放呈现新气象。

党的二十大擘画了全面建设社会主义现代化国家、以中国式现代化全

209

面推进中华民族伟大复兴的宏伟蓝图，作出推动东北全面振兴取得新突破的重要部署。东北资源条件较好，产业基础比较雄厚，区位优势独特，发展潜力巨大。习近平总书记科学把握我国发展大势和推动东北全面振兴面临新的重大机遇，深刻指出"实现高水平科技自立自强，有利于东北把科教和产业优势转化为发展优势；构建新发展格局，进一步凸显东北的重要战略地位；推进中国式现代化，需要强化东北的战略支撑作用"。面向未来，牢牢把握东北在维护国家"五大安全"中的重要使命，牢牢把握高质量发展这个首要任务和构建新发展格局这个战略任务，统筹发展和安全，坚持目标导向和问题导向相结合，坚持锻长板、补短板相结合，坚持加大支持力度和激发内生动力相结合，抓住重大机遇、发挥突出优势，东北一定能在强国建设、民族复兴新征程中重振雄风、再创佳绩。

"以科技创新推动产业创新，加快构建具有东北特色优势的现代化产业体系""以发展现代化大农业为主攻方向，加快推进农业农村现代化""加快建设现代化基础设施体系，提升对内对外开放合作水平""提高人口整体素质，以人口高质量发展支撑东北全面振兴""进一步优化政治生态，营造良好营商环境"。习近平总书记对新时代推动东北全面振兴作出部署，既有高瞻远瞩的思想引领，又有高屋建瓴的方法指导。要认真学习贯彻习近平总书记重要讲话精神，深刻认识"推动东北全面振兴，根基在实体经济，关键在科技创新，方向是产业升级"，深刻把握"当好国家粮食稳产保供'压舱石'，是东北的首要担当"，深度融入共建"一带一路"，系统布局建设东北现代基础设施体系，提高人口整体素质、促进人口高质量发展，全面构建亲清统一的新型政商关系，推动东北全面振兴取得新突破，更好服务国家发展大局。

加强党的领导和党的建设，是东北全面振兴的根本保证。当前，第一批主题教育已经告一段落，第二批主题教育已经启动。要深化理论学习，用习近平新时代中国特色社会主义思想凝心铸魂，把党员、干部的思想和行动统一到党中央决策部署上来，增强信心、提振精神；大兴调查研究，提高党员、干部特别是领导干部科学谋划工作、解决实际问题、抓好工作落实能力；着眼推动高质量发展，教育引导党员、干部完整准确全面贯彻新发展理念，贯彻以人民为中心的发展思想，以科学态度和务实精神开创发展新局面；加强检视整改，督促党员、干部正视和解决党性党风党纪方面的问题，以新风正气振奋人民群众发展信心。

舵稳当奋楫，风劲好扬帆。新征程上，推动东北全面振兴使命在肩、责任重大、大有可为。让我们更加紧密地团结在以习近平同志为核心的党中央周围，坚持以习近平新时代中国特色社会主义思想为指导，全面贯彻落实党的二十大精神，咬定目标不放松，敢闯敢干加实干，奋力谱写东北全面振兴新篇章，为强国建设、民族复兴历史伟业作出新贡献。

（2023年09月11日　01版）

在探索海峡两岸融合发展
新路上迈出更大步伐

两岸关系和平发展、融合发展是通向和平统一的重要途径，是造福两岸同胞的康庄大道，需要凝聚两岸同胞力量共同推进。近日，《中共中央国务院关于支持福建探索海峡两岸融合发展新路　建设两岸融合发展示范区的意见》发布，对于深化两岸各领域融合发展、推进祖国和平统一进程具有十分重要的意义。

血脉相连，亲望亲好。党的十八大以来，我们秉持"两岸一家亲"理念，以两岸同胞福祉为依归，推动两岸关系和平发展、融合发展，完善促进两岸交流合作、保障台湾同胞福祉的制度和政策，持续率先同台湾同胞分享大陆发展机遇，广泛汇聚共同迈向和平统一的磅礴力量。两岸交流合作日益广泛，互动往来日益密切，给两岸同胞特别是台湾同胞带来实实在在的好处，充分说明两岸和则两利、合则双赢。此次发布的《意见》，坚持贯彻新时代党解决台湾问题的总体方略，突出以通促融、以惠促融、以情促融，努力在福建全域建设两岸融合发展示范区，是进一步推动两岸关系和平发展、深化两岸融合发展的重大举措，有利于充分发挥福建在对台工作全局中的独特作用，有利于帮助台胞台企获得更多发展机遇、更广发展空间，更好参与大陆高质量发展、融入新发展格局。

习近平总书记指出，"只要是有利于增进台湾同胞福祉的事，只要是有利于推动两岸关系和平发展的事，只要是有利于维护中华民族整体利益的事，我们会尽最大努力办好"。深化两岸融合发展，根本目的是要增进两岸同胞的亲情和福祉，促进产业融合和心灵契合，实现两岸同胞对美好生活的共同向往。要贯彻落实好《意见》，充分发挥福建对台工作的独特优势和先行示范作用，善用各方资源，深化融合发展；始终尊重、关爱、造福台湾同胞，完善增进台湾同胞福祉和享受同等待遇的政策制度；坚持问题导向，突出先行先试，扩大授权赋能，持续推进政策和制度创新；坚持先易后难、循序渐进、持续推进、久久为功，因时因地制宜，支持条件好、优势突出的地区率先试点、以点带面，引导其他地区找准定位、协同增效，努力建设台胞台企登陆第一家园、促进闽台经贸深度融合、促进福建全域融合发展、深化闽台社会人文交流，在探索海峡两岸融合发展新路上迈出更大步伐。

大道之行、人心所向，势不可挡。习近平总书记在党的二十大报告中强调，"深化两岸各领域融合发展，完善增进台湾同胞福祉的制度和政策，推动两岸共同弘扬中华文化，促进两岸同胞心灵契合。"畅通台胞往来通道、促进台生来闽求学研习、鼓励台胞来闽就业、优化涉台营商环境、深化产业合作、支持厦门与金门加快融合发展、支持福州与马祖深化融合发展、加快平潭综合实验区开放发展、扩大社会人文交流合作……把《意见》提出的21条具体措施落细落实，必将加快推动两岸融合发展示范区建设，提升两岸产业链供应链韧性和安全水平，进一步促进两岸同胞心灵契合。前进道路上，我们要在两岸关系和平发展进程中进一步深化两岸融合发展，密切两岸交流合作，拉紧同胞情感纽带和利益联结，增进两岸同胞对中华文化和中华民族的认同，铸牢两岸命运共同体意识，夯实祖国和平统一的基础。

解决台湾问题、实现祖国完全统一，是中国共产党矢志不渝的历史任务，是全体中华儿女的共同愿望，是实现中华民族伟大复兴的必然要求。

面向未来，两岸同胞共同把握历史大势，坚守民族大义，相向而行、携手并进，共同推动两岸关系和平发展、推进祖国统一大业，就一定能共创中华民族绵长福祉，共享民族复兴伟大荣光。

（2023年09月15日　01版）

为中国式现代化构筑强大物质技术基础

——论贯彻落实全国新型工业化推进大会精神

"新时代新征程，以中国式现代化全面推进强国建设、民族复兴伟业，实现新型工业化是关键任务。"9月22日至23日，全国新型工业化推进大会在北京召开。习近平总书记就推进新型工业化作出重要指示，深刻阐述了新时代新征程推进新型工业化的重大意义、重要原则、重点任务，具有很强的政治性、思想性、指导性，为做好相关工作指明了方向。

工业化是现代化的前提和基础。党的十八大以来，以习近平同志为核心的党中央从党和国家事业发展全局出发作出了推进新型工业化的重大战略部署，推动我国新型工业化迈出了坚实步伐。拥有41个工业大类、207个工业中类、666个工业小类，成为全世界唯一拥有联合国产业分类中全部工业门类的国家，制造业规模连续13年居世界首位，新能源汽车、光伏产量连续多年保持世界第一，培育了45个国家先进制造业集群，建成了全球规模最大、技术领先的移动通信网络……我国工业规模稳步壮大、产业结构持续优化、数字化绿色化转型不断推进，为中国经济强筋壮骨，不断培育起新的竞争力。

观大势、把方向、谋全局。指出"我国是个大国，必须发展实体经济，不断推进工业现代化、提高制造业水平""建设社会主义现代化强国、发展壮大实体经济，都离不开制造业，要在推动产业优化升级上继续下功夫"，强调"坚持把发展经济的着力点放在实体经济上，推进新型工业化""一手抓传统产业转型升级，一手抓战略性新兴产业发展壮大"，要求"继续做好信息化和工业化深度融合这篇大文章，推动制造业加速向数字化、网络化、智能化发展""推动互联网、大数据、人工智能和实体经济深度融合"……党的十八大以来，习近平总书记就新型工业化一系列重大理论和实践问题作出重要论述，极大丰富和发展了我们党对工业化的规律性认识，为我们推进新型工业化提供了根本遵循和行动指南。

没有坚实的物质技术基础，就不可能全面建成社会主义现代化强国。当前，经济社会数字化转型加速，信息技术、生物技术、制造技术创新活跃、加速演进，我们既面临难得历史机遇，又面临严峻挑战。必须深刻认识到，现代化产业体系是现代化国家的物质技术基础，加快建设以实体经济为支撑的现代化产业体系，关系我们在未来发展和国际竞争中赢得战略主动。新征程上，我们要学深悟透习近平总书记关于新型工业化的重要指示、重要论述，牢牢把握高质量发展这个首要任务和构建新发展格局这个战略任务，深刻把握推进新型工业化的基本规律，积极主动适应和引领新一轮科技革命和产业变革，抓紧抓实实现新型工业化这个关键任务，为中国式现代化构筑强大物质技术基础。

为中国式现代化构筑强大物质技术基础，要把高质量发展的要求贯穿新型工业化全过程，把建设制造强国同发展数字经济、产业信息化等有机结合。要完整、准确、全面贯彻新发展理念，统筹发展和安全，准确把握推进新型工业化的战略定位、阶段性特征以及面临环境条件变化，坚持走中国特色新型工业化道路，加快建设制造强国，更好服务构建新发展格局、推动高质量发展、实现中国式现代化。要适应时代要求和形势变化，突出重点、抓住关键，着力提升产业链供应链韧性和安全水平，加快提升产业创新能力，持续推动产业结构优化升级，大力推动数字技术与实体经济深度融合，全面推动工业绿色发展。要坚持深化改革、扩大开放，促进各类企业优势互补、竞相发展，发挥全国统一大市场支撑作用，以主体功能区战略引导产业合理布局，用好国内国际两个市场两种资源，不断增强推进新型工业化的动力与活力。

为中国式现代化构筑强大物质技术基础，要强化组织领导、政策支持和人才保障，汇聚起推进新型工业化的强大力量。习近平总书记指出："推进新型工业化是一个系统工程。"要坚持把党的全面领导贯穿推进新型工业化的全过程各方面，完善党委（党组）统一领导、政府负责落实、企业发挥主体作用、社会力量广泛参与的工作格局，做好各方面政策和要素保障，强化政治担当、树牢系统观念、发扬斗争精神，在强化科技创新、保障产业安全上持续用力，在优化产业结构、促进体系升级上持续用力，在推动工业数字化、绿色化转型上持续用力，在深化改革开放、增添动力活力上持续用力，扎实推进新型工业化各项重点任务落实。

党的二十大明确了到2035年"基本实现新型工业化"的目标，围绕建设现代化产业体系、推进新型工业化等作出重大部署。让我们更加紧密地团结在以习近平同志为核心的党中央周围，坚持以习近平新时代中国特色社会主义思想为指导，全面贯彻落实党的二十大精神，深刻领悟"两个确立"的决定性意义，增强"四个意识"、坚定"四个自信"、做到"两个维护"，开拓创新、担当作为，以新型工业化发展的新成效加快中国式现代化进程，为全面建成社会主义现代化强国作出新的更大贡献。

（2023年09月25日　01版）

共同创造人类更加美好的未来

人类命运休戚与共，世界成为你中有我、我中有你的地球村，任何国家都不能独善其身，构建人类命运共同体是世界各国人民前途所在。

9月26日，国务院新闻办公室发布《携手构建人类命运共同体：中国的倡议与行动》白皮书，全面介绍构建人类命运共同体的思想内涵和生动实践，展现中国积极推动构建人类命运共同体的行动和贡献，对于增进国际社会了解和理解，凝聚广泛共识，更好与各国携手构建人类命运共同体，具有重要意义。

站在历史的十字路口，如何抉择，关乎人类整体利益，也考验着各国的智慧。10年前，习近平主席提出构建人类命运共同体理念，深刻回答"人类向何处去"的世界之问、历史之问、时代之问，为彷徨求索的世界点亮前行之路，为各国人民走向携手同心共护家园、共享繁荣的美好未来贡献中国方案。从"五位一体"总体框架到"五个世界"总目标，基于深厚的中国文化底蕴，吸收借鉴人类社会优秀文明成果，构建人类命运共同体坚持开放包容，坚持互利共赢，坚持公道正义，既有目标方向，也有实现路径，是不同社会制度、不同意识形态、不同历史文化、不同发展水平的国家在国际事务中利益共生、权利共享、责任共担，这为国际关系确立新思路，为全球治理提供新智慧，为国际交往开创新格局，为美好世界描绘新愿景。

既是倡导者也是行动派，10年来中国用笃定的信念和扎实的行动，为构建人类命运共同体贡献中国力量。共建"一带一路"倡议是构建人类命运共同体的生动实践，是中国为世界提供的广受欢迎的国际公共产品和国际合作平台。中国提出全球发展倡议、全球安全倡议、全球文明倡议，从发展、安全、文明三个维度指明人类社会前进方向，彼此呼应、相得益彰，成为推动构建人类命运共同体的重要依托，是解答事关人类和平与发展重大问题的中国方案。中国提出一系列构建地区和双边层面命运共同体倡议，与有关各方共同努力，凝聚共识，拓展合作，为地区和平发展发挥建设性作用。面对肆虐全球的新冠疫情，中国提出构建人类卫生健康共同体；面对混乱失序的网络空间治理，中国提出构建网络空间命运共同体；面对核安全全球治理的根本性问题，中国提出打造核安全命运共同体；面对日益复杂的海上问题，中国提出构建海洋命运共同体；面对日益严峻的全球气候挑战，中国先后提出构建人与自然生命共同体、地球生命共同体等重要理念，为各领域国际合作注入强劲动力，为解决世界性难题作出了中国的独特贡献。

当前，世界之变、时代之变、历史之变正以前所未有的方式展开，我们所处的是一个充满挑战的时代，也是一个充满希望的时代，构建人类命运共同体的历史远见和时代意义更加凸显。习近平主席指出："在全球性危机的惊涛骇浪里，各国不是乘坐在190多条小船上，而是乘坐在一条命运与共的大船上。小船经不起风浪，巨舰才能顶住惊涛骇浪。"面对深刻而宏阔的百年大变局，各国坚持和睦相处、合作共赢，共同构建人类命运共同体，才能共渡难关、共创未来。

"浩渺行无极，扬帆但信风。"人类命运共同体理念的提出和实践，已经在国际上凝聚起团结合作的广泛共识，汇聚起应对挑战的强大合力。展望未来，这一理念必将为人类社会开辟共同发展、长治久安、持续繁荣的美好愿景。实现这个美好愿景，信心和决心是首要，格局与胸怀是基础，担当与行动是关键。只要各国团结起来，共行天下大道，向着构建人类命运共同体的正确方向不懈奋斗，就一定能建设一个持久和平、普遍安全、共同繁荣、开放包容、清洁美丽的世界，共同创造人类更加美好的未来。

（2023 年 09 月 27 日　03 版）

新征程上，我们的前途一片光明

——论学习贯彻习近平总书记在庆祝中华人民共和国成立74周年招待会上重要讲话

踏平坎坷成大道，接续奋斗开新篇。

"新征程上，我们的前途一片光明"，9月28日晚，习近平总书记出席庆祝中华人民共和国成立74周年招待会并发表重要讲话。习近平总书记从统筹中华民族伟大复兴战略全局和世界百年未有之大变局的高度，深情回顾74年来中国共产党团结带领全国各族人民艰苦奋斗取得的巨大成就，高度评价今年以来取得的来之不易、令人振奋的成绩，着眼于"前进道路上还面临很多风险挑战"，部署重大战略任务、提出明确工作要求，强调："我们要坚定信心，振奋精神，团结奋斗，继续爬坡过坎、攻坚克难，坚定不移朝着强国建设、民族复兴的宏伟目标奋勇前进！"

今年是贯彻落实党的二十大精神开局之年。国际环境风高浪急，国内改革发展稳定任务艰巨繁重，在以习近平同志为核心的党中央坚强领导下，我们牢牢掌握发展主动权，创造出了不起的成绩。从取得疫情防控重大决定性胜利，到经济恢复速度在全球主要经济体中处于领先地位，再到成都大运会成功举办、杭州亚运会精彩纷呈……我们统筹新冠疫情防控和经济社会发展，统筹发展和安全，积极推动经济持续复苏，有序推进党和国家机构改革，有效应对局部地区洪涝灾害，积极推进对外开放、科技创新、绿色发展，坚定维护国家主权、安全、发展利益。我国经济总体回升向好，在波浪式发展、曲折式前进中展现出巨大的韧性和潜力、长期向好的大势。中国特色社会主义事业航船劈波斩浪、一往无前，向着更加壮阔的航程行稳致远。

七十四载披荆斩棘，七十四载扬帆奋进，我国由一穷二白到全面小康，已踏上以中国式现代化全面推进强国建设、民族复兴的新征程。特别是新时代以来这些年，在党和国家发展进程中极不寻常、极不平凡。稳经济、促发展，战贫困、建小康，控疫情、抗大灾，应变局、化危机……以习近平同志为核心的党中央团结带领亿万人民攻克了一个个看似不可攻克的难关险阻，创造了一个个令人刮目相看的人间奇迹，成功推进和拓展了中国式现代化，推动党和国家事业取得举世瞩目的重大成就，为实现中华民族伟大复兴提供了更为完善的制度保证、更为坚实的物质基础、更为主动的精神力量。

事非经过不知难。在战风斗雨中成长壮大、在爬坡过坎中砥砺前行，新时代的伟大成就是党和人民一道拼出来、干出来、奋斗出来的，充分彰显了"两个确立"的决定性意义，深刻表明"两个确立"是战胜一切艰难险阻、应对一切不确定性的最大确定性、最大底气、最大保证。历史和现实雄辩地证明，只要党和人民始终站在一起、想在一起、干在一起，任何风浪都动摇不了我们的钢铁意志，任何困难都阻挡不了我们的铿锵步伐。

当前，世界之变、时代之变、历史之变正以前所未有的方式展开，我国发展进入战略机遇和风险挑战并存、不确定难预料因素增多的时期。新征程上，我们十分清醒，"脚下的路不会是一马平川"，必然会遇到各种可以预料和难以预料的风险挑战、艰难险阻甚至惊涛骇浪；我们更加坚定，推进强国建设、民族复兴伟业，具有无比广阔的时代舞台，具有无比深厚的历史底蕴，具有无比强大的前进定力。面向未来，我国具有社会主义市场经济的体制优势、超大规模市场的需求优势、产业体系配套完整的供给优势、大量高素质劳动者和企业家的人才优势，我国经济韧性强、潜力大、活力足，长期向好的基本面不会改变。只要贯彻落实好党中央决策部署，准确识变、科学应变、主动求变，就一定能够打开事业发展新天地，"中国号"巨轮就一定能劈波斩浪、胜利前行。

全面建设社会主义现代化国家，是一项伟大而艰巨的事业。越是前途光明、任重道远，越要坚定信心、振奋精神。新征程上，有习近平总书记作为党中央的核心、全党的核心领航掌舵，有习近平新时代中国特色社会主义思想科学指引，有全党全国各族人民团结一心、顽强奋斗，我们一定能够战胜一切困难挑战，在推进强国建设、民族复兴伟业中继续创造令人刮目相看的新的奇迹。

（2023年09月30日　01版）

团结就是力量，信心赛过黄金

——论学习贯彻习近平总书记在庆祝中华人民共和国成立74周年招待会上重要讲话

"团结就是力量，信心赛过黄金。"在庆祝中华人民共和国成立74周年招待会上，习近平总书记强调"要坚定信心，振奋精神，团结奋斗"，鼓舞和激励着亿万人民阔步新征程、昂首向未来。

新时代以来，我国改革发展稳定任务之重前所未有、矛盾风险挑战之多前所未有、治国理政考验之大前所未有。面对攻克贫中之贫、困中之困、坚中之坚的艰巨任务，我们举国同心、合力攻坚，实现了小康这个中华民族的千年梦想，处处呈现山乡巨变、山河锦绣的时代画卷；面对错综复杂的国际国内形势，我们同心同德、同向同行，以咬定青山不放松的执着奋力实现既定目标，谱写了"两大奇迹"新篇章；面对资源环境约束趋紧等问题，我们人人动手、人人尽责，万里河山更加多姿多彩，美丽中国建设迈出重大步伐……新时代的伟大成就和变革，是在以习近平同志为核心的党中央坚强领导下、在习近平新时代中国特色社会主义思想科学指引下全党全国各族人民团结奋斗取得的。实践充分证明，团结是中国人民和中华民族战胜前进道路上一切风险挑战、不断从胜利走向新的胜利的重要保证。只要14亿多中国人心往一处想、劲往一处使，同舟共济、众志成城，就没有干不成的事、迈不过的坎。

力量在坚定信心中汇聚，目标在凝心聚力中实现。今天的中国共产党、中华人民共和国、中华民族是最有理由自信的。世纪疫情来势汹汹，中国人民没有被吓倒，而是书写下可歌可泣、荡气回肠的壮丽篇章，极大增强了自信心和自豪感、凝聚力和向心力。经济工作千头万绪，各地区各部门深刻把握我国发展具有的战略性有利条件，从改善社会心理预期、提振发展信心入手，推动经济在高质量发展的轨道上行稳致远。特别是今年以来，我们克服黄淮罕见"烂场雨"、华北东北局地严重洪涝、西北局部干旱等灾害影响，全力战胜各种困难和挑战，牢牢把握发展主动权。今天的中国人民，前进动力更加强大、奋斗精神更加昂扬、必胜信念更加坚定。正如习近平总书记强调的："什么时候没有困难？一个一个过，年年过、年年好，中华民族5000多年来都是这样。爬坡过坎，关键是提振信心。"

走过千山万水，还要跋山涉水；跨过雄关险隘，还要闯关夺隘。宏伟蓝图不会轻松实现，前进道路必然风雨兼程，实现中华民族伟大复兴必须准备付出更为艰巨、更为艰苦的努力。无论风云如何变幻，无论挑战如何严峻，我们都要锚定新时代新征程全党全国人民的中心任务，牢牢把握团结奋斗的时代要求，增强历史自信、掌握历史主动，保持战略定力、坚定必胜信心，为推进强国建设、民族复兴作出我们这一代人的应有贡献。团结奋斗是中国人民创造历史伟业的必由之路。我们要在党的旗帜下团结成"一块坚硬的钢铁"，党政军民学劲往一处使，东西南北中拧成一股绳，凝聚各方面智慧和力量，围绕实现中华民族伟大复兴中国梦一起来想、一起来干。时与势在我们一边，这是我们定力和底气所在，也是我们的决心和信心所在。我们要葆有"不畏浮云遮望眼"的视野，涵养"任尔东西南北风"的定力，发扬"越是艰险越向前"的气概，不为任何风险所惧、不为任何干扰所惑，集中力量办好自己的事，一步一个脚印地把前无古人的伟大事业不断推向前进。

眺望前方的奋进路，神州大地欣欣向荣，亿万人民意气风发。更加紧密地团结在以习近平同志为核心的党中央周围，深刻领悟"两个确立"的决定性意义，坚决做到"两个维护"，坚定信心，振奋精神，团结奋斗，全面建成社会主义现代化强国的目标一定能够实现，中华民族伟大复兴的中国梦一定能够实现！

（2023年10月01日　02版）

努力实现全年经济社会发展目标

——论学习贯彻习近平总书记在庆祝中华人民共和国成立74周年招待会上重要讲话

"当前，世界百年变局加速演进，国际环境发生深刻变化，我们前进道路上还面临很多风险挑战。"在庆祝中华人民共和国成立74周年招待会上，习近平总书记强调，我们要"着力加大宏观调控，着力扩大国内有效需求，着力激发经营主体活力，不断推动经济运行持续好转、内生动力持续增强、社会预期持续改善，切实防范化解重大风险，努力实现全年经济社会发展目标"。

今年以来，在以习近平同志为核心的党中央坚强领导下，全国上下共同努力，我国经济总体回升向好，高质量发展扎实推进，粮食生产有望丰收，人民生活继续改善，社会大局保持稳定，为实现全年经济社会发展目标打下了良好基础。我国经济恢复速度在全球主要经济体中处于领先地位，仍是世界经济增长的主要动力。这些成绩，是在外部需求走弱、国际环境变化对我国不利影响加大，国内周期性结构性矛盾交织叠加、一些领域风险隐患逐步显现的情况下实现的，来之不易，令人振奋。

习近平总书记指出："团结就是力量，信心赛过黄金。"应当看到，疫情防控平稳转段后，经济恢复是一个波浪式发展、曲折式前进的过程，要用全面、辩证、长远的眼光看待中国经济发展。中国经济从来都是在战胜挑战中发展、在风雨洗礼中成长、在历经考验中壮大。坚持稳中求进、循序渐进、持续推进，当前中国经济稳的基础更加牢固，进的动能更加充沛。物价"稳"，拓展了"进"的空间；消费"稳"，增强了"进"的动力；就业稳，提升了"进"的成效。今天的中国经济，正坚定不移向高质量发展迈进，我们对中国发展前景充满信心。

这种信心正在于：我国经济韧性强、潜力大、活力足，长期向好的基本面不会改变，发展仍具有良好支撑基础和诸多有利条件。短期看，各有关方面加大宏观政策实施力度、延续优化一批阶段性政策，并研究出台一批针对性强的新举措、积极谋划推出一批储备政策，持续巩固经济回升向好势头。长期看，我国具有社会主义市场经济的体制优势、超大规模市场的需求优势、产业体系配套完整的供给优势、大量高素质劳动者和企业家的人才优势。综合看，把各方面的优势与活力充分激发出来，就能够推动经济结构持续向优、增长动能持续增强、发展态势持续向好，实现经济质的有效提升和量的合理增长。

今年是贯彻落实党的二十大精神开局之年，是实施"十四五"规划承前启后的关键之年。做好全年经济社会发展工作，推动经济运行整体好转，对于全面建设社会主义现代化国家开好局、起好步至关重要。围绕推动高质量发展，要完整、准确、全面贯彻新发展理念，加快构建新发展格局，着力加大宏观调控，着力扩大国内有效需求，着力激发经营主体活力，以新气象新作为推动高质量发展取得新成效。围绕推进高水平对外开放，要继续全面深化改革，稳步扩大规则、规制、管理、标准等制度型开放，推动共建"一带一路"高质量发展，畅通国内国际双循环，使经济发展更有韧性、更有活力。围绕满足人民日益增长的美好生活需要，要加大民生保障力度，着力扩大就业，解决好人民群众急难愁盼问题，不断增强人民群众获得感、幸福感、安全感。

　　空谈误国，实干兴邦；只争朝夕，时不我待。让我们更加紧密地团结在以习近平同志为核心的党中央周围，坚持以习近平新时代中国特色社会主义思想为指导，全面贯彻落实党的二十大精神，脚踏实地，埋头苦干，扎实做好经济社会发展各项工作，努力实现全年经济社会发展目标，为推进强国建设、民族复兴伟业作出新的更大贡献。

（2023年10月02日　01版）

深入学习贯彻习近平文化思想

——论贯彻落实全国宣传思想文化工作会议精神

一切伟大的实践，都需要科学理论的正确指引。宣传思想文化工作事关党的前途命运，事关国家长治久安，事关民族凝聚力和向心力，必须以科学理论为指导，加强理论思维，总结好、运用好党关于新时代文化建设的思想理论成果，更好指引新时代新征程宣传思想文化工作。

近日，习近平总书记对宣传思想文化工作作出重要指示。习近平总书记从全局和战略高度，充分肯定党的十八大以来宣传思想文化事业取得的历史性成就，深刻阐述宣传思想文化工作的重要地位作用，对全面贯彻党的二十大精神、担负起新的文化使命、做好新时代新征程宣传思想文化工作提出了明确要求。习近平总书记的重要指示高屋建瓴、精辟深邃，具有很强的政治性、思想性、指导性，为进一步做好宣传思想文化工作指明了方向。

10月7日至8日，全国宣传思想文化工作会议在北京召开。这是党中央决定召开的一次重要会议。这次会议最重要的成果，就是正式提出和系统阐述习近平文化思想，在党的宣传思想文化事业发展史上具有里程碑意义。

文化兴国运兴，文化强民族强。党的十八大以来，以习近平同志为核心的党中央把宣传思想文化工作摆在治国理政的重要位置，对宣传思想文化工作作出一系列重大决策部署，推动意识形态领域形势发生全局性、根本性转变。新时代党的创新理论深入人心，社会主义核心价值观广泛传播，中华优秀传统文化创造性转化、创新性发展不断推进，文化事业和文化产业日益繁荣，网络生态持续向好，全党全国各族人民文化自信明显增强、精神面貌更加奋发昂扬，焕发出更为强烈的历史自觉和主动精神，正在信心百倍书写着新时代中国发展的伟大历史。党的十八大以来，宣传思想文化工作之所以取得历史性成就，最根本就在于有习近平总书记领航掌舵，有习近平新时代中国特色社会主义思想科学指引。

举旗定向、谋篇布局，正本清源、守正创新，习近平总书记准确把握世界范围内思想文化相互激荡、我国社会思想观念深刻变化的趋势，提出了一系列新思想新观点新论断。新时代以来，围绕宣传思想文化工作，党中央召开的会议之密集、作出的决策部署之全面，习近平总书记论述之丰富系统、深刻厚重，在党的历史上是不多见的。习近平总书记先后两次出席全国宣传思想工作会议，就文艺工作、党的新闻舆论工作、网络安全和信息化工作、哲学社会科学工作、高校思想政治工作、文化传承发展等主持召开会议并发表一系列重要讲话，多次主持召开中央政治局常委会会议、中央政治局会议审议通过一系列宣传思想文化工作改革发展方面的规划和方案，在各地考察各类文化传承发展项目并提出一系列要求，在多个重大国际场合阐明对全球文化、文明发展和交流互鉴的一系列中国立场、中国方案。在2018年8月全国宣传思想工作会议上，习近平总书记用"九个坚持"高度概括了我们党对宣传思想工作的规律性认识；在今年6月文化传承发展座谈会上，明确了文化建设方面的"十四个强调"，鲜明提出坚持党的文化领导权、深刻理解"两个结合"、担负新的文化使命等重大创新观点，提出建设中华民族现代文明的重大任务；这次习近平总书记重要指示，又对宣传思想文化工作提出"七个着力"的要求。习近平总书记在新时代文化建设方面的新思想新观点新论断，内涵十分丰富、论述极为深刻，是新时代党领导文化建设实践经验的理论总结，丰富和发展了马克思主义文化理论，构成了习近平新时代中国特色社会主义思想的文化篇，形成了习近平文化思想。

习近平文化思想既有文化理论观点上的创新和突破，又有文化工作布局上的部署要求，明体达用、体用贯通，明确了新时代文化建设的路线图和任务书，标志着我们党对中国特色社会主义文化建设规律的认识达到了新高度，表明我们党的历史自信、文化自信达到了新高度，并在我国社会主义文化建设中展现出了强大伟力，为做好新时代新征程宣传思想文化工作、担负起新的文化使命提供了强大思想武器和科学行动指南。习近平文化思想是一个不断展开的、开放式的思想体系，必将随着实践深入不断丰富发展。

党的理论创新每前进一步，理论武装就要跟进一步。我们要认真学习领会习近平文化思想，深刻把握习近平文化思想的重大意义、丰富内涵和实践要求，坚持学以致用，做到学思用贯通、知信行统一。要持续加强对习近平文化思想的学习、研究、阐释，并自觉贯彻落实到宣传思想文化工作各方面和全过程。要深入贯彻习近平文化思想，全面贯彻落实党的二十大关于文化建设的战略部署，聚焦用党的创新理论武装全党、教育人民这个首要政治任务，围绕在新的历史起点上继续推动文化繁荣、建设文化强国、建设中华民族现代文明这一新的文化使命，切实增强做好新时代新征程宣传思想文化工作的责任感使命感，推动各项工作落地见效，为全面建设社会主义现代化国家、全面推进中华民族伟大复兴提供坚强思想保证、强大精神力量、有利文化条件。

宣传思想文化工作是一项极端重要的工作。新时代新征程，世界百年未有之大变局加速演进，中华民族伟大复兴进入关键时期，战略机遇和风险挑战并存，宣传思想文化工作面临新形势新任务，必须要有新气象新作为。让我们更加紧密地团结在以习近平同志为核心的党中央周围，坚持以习近平新时代中国特色社会主义思想为指导，全面贯彻党的二十大精神，深入学习贯彻习近平文化思想，深刻领悟"两个确立"的决定性意义，增强"四个意识"、坚定"四个自信"、做到"两个维护"，更好担负起新的文化使命，不断开创新时代宣传思想文化工作新局面，为强国建设、民族复兴作出新的更大贡献。

（2023 年 10 月 11 日　　01 版）

切实增强做好新时代新征程宣传
思想文化工作的责任感使命感

——论贯彻落实全国宣传思想文化工作会议精神

日前召开的全国宣传思想文化工作会议强调，要紧紧围绕学习贯彻习近平文化思想，围绕贯彻党的二十大关于文化建设的战略部署，切实增强做好新时代新征程宣传思想文化工作的责任感使命感，推动各项工作落地见效。

习近平文化思想是新时代党领导文化建设实践经验的理论总结，丰富和发展了马克思主义文化理论，标志着我们党对中国特色社会主义文化建设规律的认识达到了新高度，表明我们党的历史自信、文化自信达到了新高度。这次会议最重要的成果，就是正式提出和系统阐述习近平文化思想，在党的宣传思想文化事业发展史上具有里程碑意义。党的十八大以来，以习近平同志为核心的党中央从全局和战略高度，对宣传思想文化工作作出系统谋划和部署，推动新时代宣传思想文化事业取得历史性成就，意识形态领域形势发生全局性、根本性转变，全党全国各族人民文化自信明显增强、精神面貌更加奋发昂扬。更好担负起新时代新的文化使命，最关键就是要深入学习贯彻习近平文化思想，用好这一强大思想武器和科学行动指南，自觉贯彻落实到宣传思想文化工作各方面和全过程，更好转化为扎实推进社会主义文化强国和中华民族现代文明建设的生动实践。

党的二十大擘画了全面建设社会主义现代化国家、以中国式现代化全

面推进中华民族伟大复兴的宏伟蓝图，提出到2035年建成文化强国、国家文化软实力显著增强的目标任务，作出推进文化自信自强、铸就社会主义文化新辉煌的重大部署。要深刻认识到，文化是一个国家、一个民族的灵魂，没有高度的文化自信，没有文化的繁荣兴盛，就没有中华民族伟大复兴；中国式现代化是物质文明和精神文明相协调的现代化，发展文化事业是满足人民精神文化需求、保障人民文化权益的基本途径；推进中国式现代化是一项前无古人的开创性事业，必须振奋亿万人民自信自强的精气神、凝聚起团结奋斗的强大力量。新征程上，只有坚持以习近平新时代中国特色社会主义思想为指导，全面贯彻党的二十大精神，深入学习贯彻习近平文化思想，坚定文化自信，秉持开放包容，坚持守正创新，充分激发全民族文化创新创造活力，不断巩固全党全国各族人民团结奋斗的共同思想基础，不断提升国家文化软实力和中华文化影响力，才能为全面建设社会主义现代化国家、全面推进中华民族伟大复兴提供坚强思想保证、强大精神力量、有利文化条件。

习近平总书记强调："新时代新征程，世界百年未有之大变局加速演进，中华民族伟大复兴进入关键时期，战略机遇和风险挑战并存，宣传思想文化工作面临新形势新任务，必须要有新气象新作为。"要把思想和行动统一到习近平总书记重要指示精神和党中央决策部署上来，切实增强做好新时代新征程宣传思想文化工作的责任感使命感。要聚焦用党的创新理论武装全党、教育人民这个首要政治任务，坚持不懈用习近平新时代中国特色社会主义思想凝心铸魂，在真学真懂真信真用、深化内化转化上下功夫，更好统一思想和行动。要围绕在新的历史起点上继续推动文化繁荣、建设文化强国、建设中华民族现代文明这一新的文化使命，举旗帜、聚民心、育新人、兴文化、展形象，在实践创造中进行文化创造，在历史进步中实现文化进步，以守正创新的正气和锐气赓续历史文脉、谱写当代华章。要牢牢把握"七个着力"重大要求，着力加强党对宣传思想文化工作的领导，着力建设具有强大凝聚力和引领力的社会主义意识形态，着力培育和践行社会主义核心价值观，着力提升新闻舆论传播力引导力影响力公信力，着力赓续中华文脉、推动中华优秀传统文化创造性转化和创新性发展，着力推动文化事业和文化产业繁荣发展，着力加强国际传播能力建设、促进文明交流互鉴，不断开创新时代宣传思想文化工作新局面。

强国建设、民族复兴的宏伟目标令人鼓舞、催人奋进。做好新时代新征程宣传思想文化工作，责任重大、使命光荣。让我们更加紧密地团结在以习近平同志为核心的党中央周围，坚持以习近平新时代中国特色社会主义思想为指导，全面贯彻党的二十大精神，深入学习贯彻习近平文化思想，牢记"国之大者"、提高政治站位、强化责任担当，认真贯彻落实党中央各项决策部署，以一往无前的奋斗姿态更好担负起新的文化使命，在建设社会主义文化强国、建设中华民族现代文明的奋斗和实践中展现新气象新作为。

（2023年10月12日　01版）

不断开创新时代宣传思想文化工作新局面

——论贯彻落实全国宣传思想文化工作会议精神

做好新时代新征程宣传思想文化工作，责任重大，使命光荣。日前召开的全国宣传思想文化工作会议正式提出和系统阐述习近平文化思想，对当前和今后一个时期宣传思想文化工作作出重要部署，强调"要以钉钉子精神把各项任务要求落到实处，不断增强工作能力本领，提高工作质量效能，在建设社会主义文化强国、建设中华民族现代文明的奋斗和实践中展现新气象新作为"。

宣传思想文化工作事关党的前途命运，事关国家长治久安，事关民族凝聚力和向心力。党的十八大以来，习近平总书记深刻总结党的历史经验、深刻洞察时代发展大势，强调"旗帜鲜明坚持党管宣传、党管意识形态，让党的旗帜在宣传思想战线高高飘扬""坚持党管媒体原则不动摇，坚持政治家办报、办刊、办台、办新闻网站"，指出"意识形态工作是党的一项极端重要的工作""牢牢掌握党对意识形态工作领导权"，要求"做好宣传思想工作必须全党动手""树立大宣传的工作理念，动员各条战线各个部门一起来做"。在以习近平同志为核心的党中央坚强领导下，在习近平新时代中国特色社会主义思想科学指引下，新时代宣传思想文化事业取得历史性成就，意识形态领域形势发生全局性、根本性转变。实践充分表明，坚持和加强党的全面领导是做好新时代新征程宣传思想文化工作的根本保证。

党的二十大围绕"推进文化自信自强，铸就社会主义文化新辉煌"作出重大部署，在新的起点上继续推动文化繁荣、建设文化强国、建设中华民族现代文明，是我们在新时代新的文化使命。习近平总书记近日作出重要指示，对全面贯彻党的二十大精神、担负起新的文化使命、做好新时代新征程宣传思想文化工作提出了明确要求。这次全国宣传思想文化工作会议，围绕学习贯彻习近平文化思想，围绕贯彻党的二十大关于文化建设的战略部署，进一步明确了做好新时代新征程宣传思想文化工作的重点任务。要把思想和行动统一到习近平总书记重要指示精神和党中央决策部署上来，深入学习贯彻习近平文化思想，聚焦首要政治任务，围绕新的文化使命，坚定文化自信，秉持开放包容，坚持守正创新，把"七个着力"的要求落到实处，不断开创新时代宣传思想文化工作新局面。

展现新气象新作为，就要全面落实重点任务，推动各项工作落地见效。要按照会议部署，坚持不懈用习近平新时代中国特色社会主义思想凝心铸魂，在真学真懂真信真用、深化内化转化上下功夫；巩固壮大奋进新时代的主流思想舆论，以强信心为重点加强正面宣传，提高舆论引导能力；广泛践行社会主义核心价值观，改进创新精神文明建设工作；促进文化事业和文化产业繁荣发展，推动中华优秀传统文化保护传承；加强和改进对外宣传工作，增强中华文明传播力影响力；坚决有效防范化解意识形态风险，敢于亮剑、敢于斗争。要持续加强对习近平文化思想的学习、研究、阐释，并自觉贯彻落实到宣传思想文化工作各方面和全过程，结合实际细化任务和举措，抓好各项任务贯彻落实，切实增强责任感、使命感，切实把工作抓紧抓实抓好、确保落地见效。

加强党对宣传思想文化工作的全面领导，才能为担负起新的文化使命提供坚强政治保证。习近平总书记强调："各级党委（党组）要把做好宣传思想文化工作作为重大政治责任扛在肩上，确保党中央关于文化建设的决策部署落到实处。各级宣传文化部门要强化政治担当，勇于改革创新，敢于善于斗争，不断开创新时代宣传思想文化工作新局面。"要落实政治责任，更加自觉地在思想上政治上行动上同以习近平同志为核心的党中央保持高度一致，不断提高政治判断力、政治领悟力、政治执行力。要勇于改革创新，善于提出和运用新思路新机制，更好激发宣传思想文化工作内在活力。要强化法治保障，更加重视通过法治方式推动宣传思想文化事业发展。要建强干部人才队伍，不断提高宣传思想文化工作能力和水平，努力打造一支政治过硬、本领高强、求实创新、能打胜仗的宣传思想文化工作队伍。

大道至简，实干为要。更加紧密地团结在以习近平同志为核心的党中央周围，深入学习贯彻习近平文化思想，更好担负起新的文化使命，锐意进取、守正创新、团结奋斗、扎实工作，一定能不断书写社会主义文化强国建设新篇章、不断铸就中华文化新辉煌，为全面建设社会主义现代化国家、全面推进中华民族伟大复兴提供坚强思想保证、强大精神力量、有利文化条件。

（2023 年 10 月 13 日　01 版）

谋长远之势　行长久之策　建久安之基

——论学习贯彻习近平总书记在进一步推动长江经济带高质量发展座谈会上重要讲话

长江经济带事关全国发展大局。近日，习近平总书记在江西省南昌市主持召开进一步推动长江经济带高质量发展座谈会并发表重要讲话，强调"谋长远之势、行长久之策、建久安之基，进一步推动长江经济带高质量发展，更好支撑和服务中国式现代化"，为在强国建设、民族复兴的新征程上进一步推动长江经济带高质量发展指明了前进方向、提供了重要遵循。

推动长江经济带发展是以习近平同志为核心的党中央作出的重大决策。近8年来，从印发《长江经济带发展规划纲要》，启动长江流域重点水域十年禁渔，施行我国首部流域法长江保护法，到统筹陆海开放，长江干线连续多年成为全球内河运输最繁忙、运量最大的黄金水道，再到围绕产业基础高级化、产业链现代化，沿岸一大批战略性新兴产业茁壮成长……沿江省市和中央有关部门认真贯彻落实党中央决策部署，坚持共抓大保护、不搞大开发，坚持生态优先、绿色发展，扎实推进长江生态环境保护修复，积极促进经济社会发展全面绿色转型，决心之大、力度之大前所未有。今天，长江经济带日益成为我国生态优先绿色发展主战场、畅通国内国际双循环主动脉、引领经济高质量发展主力军，发展成就有目共睹，发展质量稳步提升，发展态势日趋向好。

　　思想引领发展，战略谋划未来。要求"把修复长江生态环境摆在压倒性位置，共抓大保护，不搞大开发"，强调"要保持历史耐心和战略定力，一张蓝图绘到底，一茬接着一茬干，确保一江清水绵延后世、惠泽人民"，指出"要把长江文化保护好、传承好、弘扬好，延续历史文脉，坚定文化自信"，明确"绝不容许长江生态环境在我们这一代人手上继续恶化下去，一定要给子孙后代留下一条清洁美丽的万里长江"……习近平总书记从党和国家事业发展全局的高度，从中华民族长远利益出发，亲自谋划、亲自部署、亲自推动长江经济带高质量发展，在重庆、武汉、南京、南昌先后四次主持召开座谈会并发表重要讲话，多次深入长江沿线考察调研，多次对长江经济带发展作出重要指示批示，为推动长江经济带高质量发展指路定向、擘画蓝图。实践充分表明，正是在以习近平同志为核心的党中央坚强领导下，在习近平新时代中国特色社会主义思想科学指引下，长江经济带发展发生了重大变化，思想认识发生重大转变，生态环境保护和修复取得重大成就，发展方式发生重大变革，区域融合实现重大提升，改革开放取得重大进展。

　　推进中国式现代化是一个系统工程，需要统筹兼顾、系统谋划、整体推进。只有增强战略的前瞻性、全局性、稳定性，使制定的规划和政策体系体现时代性、把握规律性、富于创造性，才能为中国式现代化提供强大的战略支撑。当前，长江流域生态环境保护和高质量发展正处于由量变到质变的关键时期。要更好支撑和服务中国式现代化，就要谋长远之势、行长久之策、建久安之基，进一步推动长江经济带高质量发展，完整、准确、全面贯彻新发展理念，坚持共抓大保护、不搞大开发，坚持生态优先、绿色发展，以科技创新为引领，统筹推进生态环境保护和经济社会发展，加强政策协同和工作协同，努力把长江经济带建设成为生态更优美、交通更顺畅、经济更协调、市场更统一、机制更科学的黄金经济带。

习近平总书记强调："从长远来看，推动长江经济带高质量发展，根本上依赖于长江流域高质量的生态环境。要毫不动摇坚持共抓大保护、不搞大开发，在高水平保护上下更大功夫。"要保持共抓大保护的战略定力，协同推进降碳、减污、扩绿、增长，把生态财富转化为经济财富，激发全流域参与生态保护的积极性，以高水平保护为高质量发展提供重要支撑。要坚持创新引领发展，把长江经济带的科研优势、人才优势转化为发展优势，以高水平科技创新培育高质量发展新动能。要更好发挥长江经济带的独特优势，更好联通国内国际两个市场、用好两种资源，为构建新发展格局提供战略支撑。要坚持把强化区域协同融通作为着力点，促进区域协调发展，以高水平协同联动形成高质量发展整体合力。要统筹好发展和安全，在维护国家粮食安全、能源安全、重要产业链供应链安全、水安全等方面发挥更大作用，以一域之稳为全局之安作出贡献。要压实主体责任，确保部署的各项工作落实落地，提高推动高质量发展的本领，发挥好人民群众的积极性、主动性、创造性。

长江是中华民族的母亲河，也是中华民族发展的重要支撑。把思想和行动统一到习近平总书记重要讲话精神和党中央决策部署上来，强化共抓大保护、不搞大开发的思想自觉和行动自觉，以"功成不必在我"的境界和"功成必定有我"的担当，一张蓝图绘到底，持续用力、久久为功，就一定能谱写长江经济带高质量发展新篇章，为更好支撑和服务中国式现代化作出新贡献。

（2023年10月14日　01版）

共同的机遇之路、繁荣之路

——写在第三届"一带一路"国际合作高峰论坛举行之际①

世界潮流，浩浩荡荡。越是风云变幻，越要有登高望远的开阔视野、顺势而为的战略眼光。

2013年秋天，习近平总书记在出访哈萨克斯坦和印度尼西亚时先后提出共建"丝绸之路经济带"和"21世纪海上丝绸之路"重大倡议，旨在传承丝绸之路精神，携手打造开放合作平台，为各国合作发展提供新动力。共建"一带一路"，是习近平总书记从统筹中华民族伟大复兴战略全局和世界百年未有之大变局的高度，顺应经济全球化的历史潮流、顺应全球治理体系变革的时代要求、顺应各国人民过上更好日子的强烈愿望提出的重大倡议，成为我国参与全球开放合作、改善全球经济治理体系、促进全球共同发展繁荣、推动构建人类命运共同体的中国方案，充分彰显了以实际行动推动共同发展、同各国一道为解决全人类问题作出更大贡献的大国担当。

"共建'一带一路'倡议，目的是聚焦互联互通，深化务实合作，携手应对人类面临的各种风险挑战，实现互利共赢、共同发展。"习近平总书记深刻阐明共建"一带一路"的指导原则、丰富内涵、目标路径等重大问题，深刻指出"共建'一带一路'秉持共商共建共享合作原则，坚持开放、绿色、廉洁、合作理念，致力于高标准、惠民生、可持续的合作目标"。在习近平总书记亲自谋划、亲自部署、亲自推动下，共建"一带一路"从夯基垒台、立柱架梁到落地生根、持久发展，从谋篇布局的"大写意"到精耕细作的"工笔画"，取得实打实、沉甸甸的成就，成为当今世界范围最广、规模最大的国际合作平台，成为共同的机遇之路、繁荣之路。

共建"一带一路"倡议源于中国，机遇和成果属于世界。10年春华秋实，共建"一带一路"为全球发展繁荣注入新动力，为增进各国民生福祉作出了新贡献。10年来，形成一大批标志性项目和惠民生的"小而美"项目，我国向多个国家推广示范菌草、杂交水稻等1500多项农业技术，帮助亚洲、非洲、南太平洋、拉美和加勒比等地区推进乡村减贫。据世界银行研究报告，到2030年，共建"一带一路"倡议将使相关国家760万人摆脱极端贫困、3200万人摆脱中度贫困，将使参与国贸易增长2.8%至9.7%、全球贸易增长1.7%至6.2%、全球收入增加0.7%至2.9%。10年来，这条承载文明记忆、寄托未来梦想的希望之路，创造出一个又一个发展奇迹：肯尼亚有了第一条现代化铁路，马尔代夫有了第一座跨海大桥，白俄罗斯有了自己的轿车制造业，希腊比雷埃夫斯港重焕生机，塞尔维亚斯梅代雷沃钢厂再创辉煌，老挝"陆锁国"变"陆联国"的梦想终于成真……越来越多的国家和地区通过共建"一带一路"倡议分享中国发展的红利、搭乘中国发展的"快车"。

"万物得其本者生，百事得其道者成。"10年砥砺前行，共建"一带一路"不仅为世界各国发展提供了新机遇，也为中国开放发展开辟了新天地。我们高举开放合作大旗，推进同各国、各地区发展战略和互联互通规划对接，不断深化基础设施建设、产业、经贸、科技创新、公共卫生、人文等领域务实合作。在各方共同努力下，"六廊六路多国多港"的互联互通架构基本形成，一大批合作项目落地生根，我国已与150多个国家、30多个国际组织签署了200多份共建"一带一路"合作文件。2013年到2022

年，我国与共建国家进出口总额累计19.1万亿美元，年均增长6.4%；与共建国家双向投资累计超过3800亿美元，其中我国对外直接投资超过2400亿美元。通过共建"一带一路"，提高了国内各区域开放水平，拓展了对外开放领域，推动了制度型开放，构建了广泛的朋友圈，探索了促进共同发展的新路子，实现了同共建国家互利共赢，大幅提升了我国贸易投资自由化便利化水平，有力推动我国开放空间从沿海、沿江向内陆、沿边延伸，形成更大范围、更宽领域、更深层次对外开放格局。

习近平总书记强调："共建'一带一路'追求的是发展，崇尚的是共赢，传递的是希望。"实践充分证明：共建"一带一路"是中国同世界共享机遇、共谋发展的阳光大道，是通向共同繁荣的机遇之路，是各国共同发展的大舞台，是推动构建人类命运共同体的实践平台。这一重大倡议顺应时代潮流，适应发展规律，所体现的价值观和发展观符合全球构建人类命运共同体的内在要求，也符合共建国家人民渴望共享发展机遇、创造美好生活的强烈愿望和热切期待，具有广阔前景。

当前，世界之变、时代之变、历史之变正以前所未有的方式展开，实现普遍安全、促进共同发展依然任重道远。站在新的历史起点上，共建"一带一路"面临重要机遇，也面临日趋复杂的国际环境。坚定不移推进共建"一带一路"高质量发展，努力建设和平之路、繁荣之路、开放之路、绿色之路、创新之路、文明之路，我们一定能够为实现中华民族伟大复兴的中国梦、推动构建人类命运共同体作出新的更大贡献。

（2023年10月14日　02版）

推动构建人类命运共同体的重要实践平台

——写在第三届"一带一路"国际合作高峰论坛举行之际②

　　"长安复携手，再顾重千金。"今年5月，首届中国—中亚峰会在古丝绸之路的东方起点陕西西安举行。习近平总书记强调，"要继续在共建'一带一路'合作方面走在前列""携手建设一个合作共赢、相互成就的共同体"。自2013年提出共建"丝绸之路经济带"倡议以来，中国同中亚国家携手推动丝绸之路全面复兴，倾力打造面向未来的深度合作，将双方关系带入一个崭新时代。

　　千载流泽生生不息，丝路精神薪火相传。习近平总书记强调："我提倡共建'一带一路'和构建人类命运共同体，就是要促进不同文明的交流互鉴和各国之间的互利合作，建设一个持久和平、普遍安全、共同繁荣、开放包容、清洁美丽的世界。"10年来，从亚欧大陆到非洲、美洲、大洋洲，共建"一带一路"坚持以共商共建共享为原则，以和平合作、开放包容、互学互鉴、互利共赢的丝路精神为指引，以打造利益共同体、责任共同体、命运共同体为合作目标，启动了大批务实合作、造福民众的项目，构建起全方位、复合型的互联互通伙伴关系，开创了共同发展的新前景。

　　共建"一带一路"，关键是互联互通。坚持把基础设施"硬联通"作为重要方向，把规则标准"软联通"作为重要支撑，把同共建国家人民"心联通"作为重要基础，共建"一带一路"架起了各国合作共赢的重要桥梁。深化政策沟通，推动同有关国家协调政策，共建"一带一路"与俄罗斯欧亚经济联盟建设、哈萨克斯坦"光明之路"新经济政策、南非"经济重建和复苏计划"、沙特"2030愿景"等多国战略实现对接；加强设施联通，基本形成"陆海天网"四位一体的互联互通格局，成功建设了中欧班列、西部陆海新通道、中老铁路等一批标志性项目；提升贸易畅通，大力推动贸易和投资便利化，2022年中国与共建国家进出口总额近2.9万亿美元；扩大资金融通，健全多元化投融资体系，亚洲基础设施投资银行成员从创立时的57个增长到目前的106个，丝路基金项目遍及60多个国家和地区；促进民心相通，各类丝绸之路文化年、艺术节、智库对话等人文合作项目精彩纷呈。

通过全方位互联互通，更好融入全球供应链、产业链、价值链，实现联动发展，共建"一带一路"为世界经济增长开辟了新空间，为国际贸易和投资搭建了新平台，为完善全球经济治理拓展了新实践，为增进各国民生福祉作出了新贡献。实践充分证明，共建"一带一路"顺应了全球治理体系变革的内在要求，彰显了同舟共济、权责共担的命运共同体意识，为完善全球治理体系变革提供了新思路新方案，是推动构建人类命运共同体的重要实践平台。

努力建设和平之路、繁荣之路、开放之路、绿色之路、创新之路、文明之路，共建"一带一路"开辟了建设更加美好世界的光明前景。正是因为锚定"和平是我们最大的共同利益，也是各国人民最大的共同期盼"，我们主张建设相互尊重、公平正义、合作共赢的新型国际关系，打造对话不对抗、结伴不结盟的伙伴关系；正是因为抓住"发展是解决一切问题的总钥匙"，我们聚焦发展这个根本性问题，释放各国发展潜力，实现经济大融合、发展大联动、成果大共享；正是因为笃定"开放带来进步，封闭导致落后"，我们坚持普惠共赢，打造开放型合作平台，推动形成开放型世界经济；正是因为践行绿色发展理念，我们加强绿色基建、绿色能源、绿色金融等领域合作，让绿色切实成为共建"一带一路"的底色；正是因为把握创新这个推动发展的重要力量，我们坚持创新驱动发展，促进科技同产业、科技同金融深度融合，优化创新环境，集聚创新资源；正是因为坚持以文明交流超越文明隔阂、文明互鉴超越文明冲突、文明共存超越文明优越，我们积极架设不同文明互学互鉴的桥梁，形成多元互动的人文交流格局。事实充分表明，共建"一带一路"顺应了和平、发展、合作、共赢的时代潮流，正在成为我国参与全球开放合作、改善全球经济治理体系、促进全球共同发展繁荣、推动构建人类命运共同体的中国方案。

当今世界是一荣俱荣、一损俱损的命运共同体，构建人类命运共同体是世界各国人民前途所在。始终站在历史正确一边、站在人类文明进步一边，弘扬和平、发展、公平、正义、民主、自由的全人类共同价值，通过高质量共建"一带一路"，携手推动构建人类命运共同体，推动落实全球发展倡议、全球安全倡议、全球文明倡议，就一定能够让和平的薪火代代相传，让发展的动力源源不断，让文明的光芒熠熠生辉，共同开创人类美好未来！

（2023年10月15日　01版）

开拓造福各国、惠及世界的"幸福路"

——写在第三届"一带一路"国际合作高峰论坛举行之际③

共建"一带一路"追求的是发展，崇尚的是共赢，传递的是希望。

习近平总书记强调："今年是我提出共建'一带一路'倡议十周年。这个倡议的根本出发点和落脚点，就是探索远亲近邻共同发展的新办法，开拓造福各国、惠及世界的'幸福路'。"十载栉风沐雨，十载春华秋实。从积极推进政策沟通、设施联通、贸易畅通、资金融通、民心相通，到启动大批务实合作、造福民众的项目；从构建起全方位、复合型的互联互通伙伴关系，到面对突如其来的新冠疫情守望相助、共克时艰，为全球抗疫合作和经济复苏作出重要贡献……共建"一带一路"，致力于实现高标准、可持续、惠民生目标，探索了促进共同发展的新路子，实现了同共建国家互利共赢，开创了共同发展的新前景。实践证明，这是一条各方携手加强互联互通、应对全球性挑战、促进世界经济增长、实现共同繁荣的机遇之路，是中国同世界共享机遇、共谋发展的阳光大道。

"一带一路"不是封闭的，而是开放包容的；不是中国一家的独奏，而是各方的合唱。正如习近平总书记指出的："'一带一路'是大家携手前进的阳光大道，不是某一方的私家小路。所有感兴趣的国家都可以加入进来，共同参与、共同合作、共同受益。"10年来，秉持共商共建共享原则，共建"一带一路"跨越不同地域、不同文明、不同发展阶段，致力把共建国家人民紧密联系在一起，成为深受欢迎的国际公共产品和国际合作平台；坚持走对话而不对抗、结伴而不结盟、互学互鉴的国与国交往新路，不搞封闭排他的小圈子，让团结代替分裂、合作代替对抗、包容代替排他；倡导多边主义，支持多边贸易体制，推动各方各施所长、各尽所能，推动经济全球化朝着更加开放、包容、普惠、平衡、共赢的方向发展。如今，共商共建共享的核心理念成为全球治理的一项重要共识，共建"一带一路"成为完善全球发展模式和全球治理、推进经济全球化健康发展的重要途径。

当今世界变乱交织，百年变局加速演进，人类社会走到了关键当口。是坚持合作与融合，还是走向分裂与对抗？是携手维护和平稳定，还是滑向"新冷战"的深渊？是在开放包容中走向繁荣，还是在霸道霸凌中陷入萧条？是在交流与互鉴中增进互信，还是让傲慢与偏见蒙蔽良知？历史的钟摆朝向何方，取决于我们的抉择。共建"一带一路"倡议取得的丰硕成果充分证明，只有各国行天下之大道，和睦相处、合作共赢，繁荣才能持久，安全才有保障；只有协调各国政策，在全球更大范围内整合经济要素和发展资源，才能形成合力，携手应对人类面临的各种风险挑战，促进世界和平安宁和共同发展。站在新起点上，我们要高举和平、发展、合作、共赢旗帜，共享机遇，共克时艰，共创未来，继续推动共建"一带一路"高质量发展，共同把这条造福世界的幸福之路铺得更宽更远。

当前，中国人民正在中国共产党带领下以中国式现代化全面推进中华民族伟大复兴。中国式现代化是走和平发展道路的现代化，既造福中国人民、又促进世界共同发展，是我们强国建设、民族复兴的康庄大道，也是中国谋求人类进步、世界大同的必由之路。习近平总书记郑重宣示："中国将坚持对外开放的基本国策，坚定奉行互利共赢的开放战略，不断以中国新发展为世界提供新机遇。"面向未来，继续扩大高水平对外开放，推动共建"一带一路"高质量发展，推动形成开放、多元、稳定的世界经济秩序，加快全球发展倡议落地，培育全球发展新动能，构建全球发展共同体，中国必将为实现各国共同繁荣、推动构建人类命运共同体作出更大贡献。

我们所处的是一个充满挑战的时代，也是一个充满希望的时代。各国团结起来，走开放发展、合作共赢的人间正道，共同推动共建"一带一路"合作走深走实、行稳致远、高质量发展，向着构建人类命运共同体的正确方向勇毅前行，就一定能够建设持久和平、普遍安全、共同繁荣、开放包容、清洁美丽的世界，推动人类发展的巨轮驶向更加光明的未来。

（2023 年 10 月 16 日　02 版）

做好新时代干部教育培训工作的基本遵循

　　近日，中共中央印发新修订的《干部教育培训工作条例》（以下简称《条例》）。《条例》全面贯彻习近平新时代中国特色社会主义思想，深入贯彻习近平总书记关于党的建设的重要思想，认真落实新时代党的建设总要求和新时代党的组织路线，是党的建设制度改革的重要成果，是做好新时代干部教育培训工作的基本遵循。《条例》的修订和实施，对于坚持不懈用习近平新时代中国特色社会主义思想凝心铸魂、强基固本，培养造就政治过硬、适应新时代要求、具备领导社会主义现代化建设能力的高素质干部队伍，具有重要意义。

　　没有全党大学习，没有干部大培训，就没有事业大发展。党的十八大以来，以习近平同志为核心的党中央就加强和改进干部教育培训工作提出了一系列新理念新思想新要求，为做好新时代干部教育培训工作指明了前进方向、提供了根本遵循。这次修订的《条例》，充分体现了党中央关于干部教育培训工作的新精神新要求，总结吸收了干部教育培训实践的新经验新成果，积极回应了干部教育培训工作中的新情况新问题，对新时代干部教育培训工作的总体要求、工作原则和培训对象、培训内容、方式方法、培训保障、考核评估和纪律监督作出进一步规范，为高质量教育培训干部、高水平服务党和国家事业发展提供了制度保证。

　　做好新时代干部教育培训工作，要全面贯彻习近平新时代中国特色社会主义思想，深刻领悟"两个确立"的决定性意义，增强"四个意识"、

252

坚定"四个自信"、做到"两个维护",把旗帜鲜明讲政治贯穿工作全过程各方面。要把深入学习贯彻习近平新时代中国特色社会主义思想作为主题主线,紧紧围绕党和国家事业发展需要开展教育培训,突出党的理论教育和党性教育,加强斗争精神和斗争本领养成,强化履职能力培训,全面提高干部素质和能力。要深化干部教育培训体系改革,健全完善制度机制,不断创新方式方法,加强机构、师资、课程、教材等资源保障建设,实现全员培训、全面覆盖,切实增强干部教育培训的系统性、针对性、有效性。要贯彻全面从严治党要求,坚持从严治校、从严治教、从严治学,弘扬马克思主义学风,严格教育培训管理,大力培树和倡导学习之风、朴素之风、清朗之风。

制度的生命力在于执行。各级党委(党组)要加强对干部教育培训工作的领导,采取有力措施,强化组织保障,抓好《条例》的学习宣传和贯彻落实。干部教育培训主管部门要加强对干部教育培训工作和《条例》贯彻执行情况的监督检查,完善配套措施,有效推动《条例》各项制度规定落实落地。干部教育培训机构和广大干部教育培训工作者要提高政治站位,全面准确把握《条例》的精神和要求,忠诚履职、担当尽责,奋力开创新时代干部教育培训工作新局面。

(2023年10月16日　04版)

新时代新征程展现干部教育培训新担当新作为

　　中共中央近日印发《全国干部教育培训规划（2023—2027年）》（以下简称《规划》），对当前和今后一个时期干部教育培训工作作出全面部署。这是党中央着眼新时代党和国家事业发展作出的重要部署，是未来5年干部教育培训工作的行动指南。《规划》的制定与实施，对全面贯彻习近平新时代中国特色社会主义思想，深入贯彻落实党的二十大精神，培养造就堪当民族复兴重任的高素质干部队伍，具有重要意义。

　　党的二十大庄严宣告，从现在起，中国共产党的中心任务就是团结带领全国各族人民全面建成社会主义现代化强国、实现第二个百年奋斗目标，以中国式现代化全面推进中华民族伟大复兴。干部教育培训是建设高素质干部队伍的先导性、基础性、战略性工程，在推进中国特色社会主义伟大事业和党的建设新的伟大工程中具有不可替代的重要地位和作用。新时代新征程，干部教育培训要在党和国家工作大局、党的建设全局中精准定位、科学谋划，在高质量教育培训干部、高水平服务党和国家事业发展中展现新担当新作为，为强国建设、民族复兴提供思想政治保证和能力支撑。

　　新时代干部教育培训要把深入学习贯彻习近平新时代中国特色社会主义思想作为主题主线。坚持不懈用党的创新理论凝心铸魂，健全干部理论教育培训长效机制，着力在深化、内化、转化上下功夫，教育引导干部全面系统掌握这一重要思想的基本观点、科学体系，把握好这一重要思想的世界观、方法论，坚持好、运用好贯穿其中的立场观点方法，筑牢信仰之基、补足精神之钙、把稳思想之舵，切实把这一重要思想转化为坚定理想、锤炼党性和指导实践、推动工作的强大力量。

新时代干部教育培训要坚持把政治训练贯穿干部成长全周期。以坚定理想信念宗旨为根本、以提高政治能力为关键，加强政治忠诚教育和党性教育，强化政治纪律和政治规矩教育，注重斗争精神和斗争本领养成，教育引导干部深刻领悟"两个确立"的决定性意义，增强"四个意识"、坚定"四个自信"、做到"两个维护"，不断提高政治判断力、政治领悟力、政治执行力，自觉在政治立场、政治方向、政治原则、政治道路上同以习近平同志为核心的党中央保持高度一致。

新时代干部教育培训要加强履职能力培训。紧紧围绕学深学透习近平总书记重要思想、重要论述，以增强推进中国式现代化建设本领为重点，聚焦贯彻落实党的二十大作出的重大战略部署，分层级分领域分专题开展履职能力培训，加强与岗位职责相匹配的知识培训，开展新知识新技能学习培训，提高干部推动高质量发展本领、服务群众本领、防范化解风险本领。

新时代干部教育培训要把质量作为生命线。持续深化干部教育培训体系改革，提升培训机构办学质量，加强培训师资培养引进，推进教材课程开发更新，探索创新方式方法，健全完善制度机制，着力提升干部教育培训数字化水平，不断增强教育培训的时代性、系统性、针对性、有效性。

中国共产党人依靠学习走到今天，也必然要依靠学习走向未来。在全面建设社会主义现代化国家新征程上，要更加紧密地团结在以习近平同志为核心的党中央周围，紧紧围绕新时代新征程党的使命任务，不折不扣抓好《规划》贯彻落实，踔厉奋发、真抓实干，不断谱写新时代干部教育培训新篇章。

（2023年10月17日　02版）

建设一个开放包容、互联互通、共同发展的世界

——论学习领会习近平主席在第三届"一带一路"国际合作高峰论坛开幕式上主旨演讲

"春发其华，秋收其实。"在共建"一带一路"重大倡议提出10周年之际，第三届"一带一路"国际合作高峰论坛隆重举行。来自世界各地的"一带一路"参与者、建设者、贡献者齐聚北京，共同回顾合作进展、总结合作经验，共同把这条造福世界的幸福之路铺得更宽更远。

10月18日，在第三届"一带一路"国际合作高峰论坛开幕式上，习近平主席发表主旨演讲，精辟概括共建"一带一路"重大倡议提出10年来取得的丰硕成果，深刻总结三个方面的重要经验，着眼于推动实现世界各国的现代化，郑重宣布了中国支持高质量共建"一带一路"的八项行动，擘画未来发展蓝图。习近平主席的主旨演讲，为各方坚守合作初心，牢记发展使命，推动共建"一带一路"进入高质量发展的新阶段凝聚了信心和力量，为共同推动构建人类命运共同体提供了强大正能量。

2013年秋天，习近平主席在出访哈萨克斯坦和印度尼西亚时先后提出共建"丝绸之路经济带"和"21世纪海上丝绸之路"重大倡议。提出这一重大倡议的初心，是借鉴古丝绸之路，以互联互通为主线，同各国加强政策沟通、设施联通、贸易畅通、资金融通、民心相通，为世界经济增长注入新动能，为全球发展开辟新空间，为国际经济合作打造新平台。顺

应经济全球化的历史潮流、顺应全球治理体系变革的时代要求、顺应各国人民过上更好日子的强烈愿望，10年来共建"一带一路"国际合作从无到有、蓬勃发展，取得实打实、沉甸甸的成果，推动绵亘千年的古丝绸之路在新时代焕发新活力，成为深受欢迎的国际公共产品和国际合作平台，开辟了人类共同实现现代化的新途径，助力许多发展中国家加快了迈向现代化的步伐，充分彰显了以实际行动推动实现世界各国的现代化、同各国一道为解决全人类问题作出更大贡献的大国担当。

人类社会发展进程曲折起伏，各国探索现代化道路的历程充满艰辛，人类社会现代化进程又一次来到历史的十字路口，面对一系列现代化之问。指出"世界现代化应该是和平发展的现代化、互利合作的现代化、共同繁荣的现代化"，强调"中方愿同各方深化'一带一路'合作伙伴关系，推动共建'一带一路'进入高质量发展的新阶段，为实现世界各国的现代化作出不懈努力"，习近平主席的主旨演讲为各国携手同行现代化之路，在推动构建人类命运共同体的大道上阔步前进指明了正确方向。要深刻认识到，人类是一个一荣俱荣、一损俱损的命运共同体。任何国家追求现代化，都应该秉持团结合作、共同发展的理念，走共建共享共赢之路。共建"一带一路"传承和发扬和平合作、开放包容、互学互鉴、互利共赢的丝路精神，坚持共商共建共享，跨越不同文明、文化、社会制度、发展阶段差异，开辟了各国交往的新路径，搭建起国际合作的新框架，汇集着人类共同发展的最大公约数。前进道路上，务当昂扬奋进，深化"一带一路"国际合作，迎接共建"一带一路"更高质量、更高水平的新发展，为实现世界各国的现代化增添新动能。

当今世界并不太平，世界经济下行压力增大，全球发展面临诸多挑战，世界之变、时代之变、历史之变正以前所未有的方式展开。习近平主席强调："前行道路上，有顺境也会有逆流。我们要坚持目标导向、行动导向，咬定青山不放松，一张蓝图绘到底。"共建"一带一路"注重的是众人拾柴火焰高、互帮互助走得远，崇尚的是自己过得好、也让别人过得好，践行的是互联互通、互利互惠，谋求的是共同发展、合作共赢。我们要有乱云飞渡仍从容的定力，本着对历史、对人民、对世界负责的态度，携手应对各种全球性风险和挑战，为子孙后代创造和平、发展、合作、共赢的美好未来。要坚持开放包容，推动构建开放型世界经济，以文明交流超越文明隔阂，促进文明包容互鉴，让团结代替分裂、合作代替对抗、包容代替排他。要聚焦互联互通，构建"一带一路"立体互联互通网络，着力构建全球互联互通伙伴关系。要促进共同发展，坚持高标准、惠民生、可持续，不断开拓造福各国、惠及世界的"幸福路"。

我们所处的是一个充满挑战的时代，也是一个充满希望的时代，和平、发展、合作、共赢的历史潮流不可阻挡，人民对美好生活的向往不可阻挡，各国实现共同发展繁荣的愿望不可阻挡。共建"一带一路"站在了历史正确一边，符合时代进步的逻辑，走的是人间正道。面向未来，谨记人民期盼，勇扛历史重担，把准时代脉搏，继往开来、勇毅前行，让高质量共建"一带一路"焕发出时代光彩，为实现世界各国的现代化作出不懈努力，就一定能建设一个开放包容、互联互通、共同发展的世界，让现代化成果更多更公平惠及各国人民。

（2023年10月20日　03版）

共建"一带一路"汇集着人类
共同发展的最大公约数

——论学习领会习近平主席在第三届"一带一路" 国际合作高峰论坛开幕式上主旨演讲

十年栉风沐雨,十年春华秋实。在第三届"一带一路"国际合作高峰论坛开幕式上,习近平主席发表主旨演讲,深刻指出"共建'一带一路'坚持共商共建共享,跨越不同文明、文化、社会制度、发展阶段差异,开辟了各国交往的新路径,搭建起国际合作的新框架,汇集着人类共同发展的最大公约数"。

共建"一带一路"倡议提出10年来,各方坚守初心、携手同行,开展了数千个务实合作项目,推动"一带一路"国际合作从无到有,蓬勃发展,收获了实打实、沉甸甸的成果。150多个国家、30多个国际组织签署共建"一带一路"合作文件,举办3届"一带一路"国际合作高峰论坛,成立了20多个专业领域多边合作平台,一大批标志性项目和惠民生的"小而美"项目落地生根,共商共建共享、开放绿色廉洁、高标准惠民生可持续成为高质量共建"一带一路"的重要指导原则。今天,从亚欧大陆延伸到非洲和拉美,从"大写意"进入"工笔画"阶段,从硬联通扩展到软联通,"一带一路"合作为世界经济增长注入新动能,为全球发展开辟新空间,为国际经济合作打造新平台,绘就了联结世界、美美与共的壮阔画卷。

共建"一带一路"，关键是互联互通。共建"一带一路"倡议提出10年来，各方齐心协力、守望相助，推动绵亘千年的古丝绸之路在新时代焕发新活力。构建以经济走廊为引领，以大通道和信息高速公路为骨架，以铁路、公路、机场、港口、管网为依托，涵盖陆、海、天、网的全球互联互通网络，有效促进了各国商品、资金、技术、人员的大流通，让奔行的列车、驰骋的汽车、快捷方便的数字电商等成为新时代国际贸易的驼铃、帆影，让一座座水电站风电站光伏电站、一条条输油输气管道等成为新时代可持续发展的绿洲、灯塔，让现代化的机场和码头、通畅的道路、拔地而起的经贸产业合作园区等成为新时代的商贸大道、驿站。精彩纷呈的文化年、艺术节、博览会、展览会，独具特色的鲁班工坊、"丝路一家亲"、"光明行"等人文交流项目，不断深化的民间组织、智库、媒体、青年交流，奏响新时代的丝路乐章。新冠疫情暴发后，"一带一路"成为生命之路和健康之路。10年实践充分表明，共建"一带一路"借鉴古丝绸之路，以互联互通为主线，同各国加强政策沟通、设施联通、贸易畅通、资金融通、民心相通，筑就一条和平之路、繁荣之路、开放之路、绿色之路、创新之路、文明之路，不断实现各国人民对文明交流的渴望、对和平安宁的期盼、对共同发展的追求、对美好生活的向往。

习近平主席强调："共建'一带一路'源自中国，成果和机遇属于世界。"从加强双边或多边沟通和磋商，共同探索、开创性设立诸多合作机制，到充分发掘和发挥各方发展潜力和比较优势，共同开创发展新机遇、谋求发展新动力、拓展发展新空间，再到寻求各方利益交汇点和合作最大公约数，实现各方共享发展机遇和成果……10年来，共建"一带一路"秉持共商共建共享合作原则，以和平合作、开放包容、互学互鉴、互利共赢的丝路精神为指引，致力于高标准、惠民生、可持续的合作目标，成为合作伙伴们共同的事业。事实充分证明，共建"一带一路"取得的丰硕成果不是天上掉下来的，也不是什么人恩赐施舍的，而是参与共建的各国政府、企业和人民用勤劳、智慧、勇气干出来的；共建"一带一路"的朋友圈越来越大，好伙伴越来越多，合作质量越来越高，发展前景越来越好。

拥抱世界，才能拥抱明天；携手共进，才能行稳致远。共建"一带一路"追求的是发展，崇尚的是共赢，传递的是希望。10年来的成功实践证明，共建"一带一路"应潮流、得民心、惠民生、利天下，汇集着人类共同发展的最大公约数，是中国同世界共享机遇、共谋发展的阳光大道，是通向共同繁荣的机遇之路，是各国共同发展的大舞台，是推动构建人类命运共同体的实践平台，具有强劲的韧性、旺盛的生命力。

纵观人类发展史，唯有自强不息、不懈奋斗，才能收获累累果实，才能建立利在千秋、福泽万民的长久之功。共建"一带一路"走过了第一个蓬勃十年，正值风华正茂。站在新的历史起点上，坚守合作初心，牢记发展使命，继往开来、勇毅前行，高质量共建"一带一路"一定能更具创新与活力、更加开放和包容，在各方的共同努力中奔向下一个金色十年，开创人类更加美好的未来！

（2023年10月21日　01版）

共建"一带一路"走的是人间正道

——论学习领会习近平主席在第三届"一带一路"国际合作高峰论坛开幕式上主旨演讲

大道不孤，众行致远。在第三届"一带一路"国际合作高峰论坛开幕式上，习近平主席指出，"10年的历程证明，共建'一带一路'站在了历史正确一边，符合时代进步的逻辑，走的是人间正道"，强调"我们要有乱云飞渡仍从容的定力，本着对历史、对人民、对世界负责的态度，携手应对各种全球性风险和挑战，为子孙后代创造和平、发展、合作、共赢的美好未来"。

10年来，在各方的共同努力下，共建"一带一路"取得历史性成就，成果惠及150多个国家，开拓出一条通向共同发展的合作之路、机遇之路、繁荣之路，成为深受欢迎的国际公共产品和国际合作平台。成绩弥足珍贵，经验值得总结。回望10年历程，我们深刻认识到，人类是相互依存的命运共同体；只有合作共赢才能办成事、办好事、办大事；和平合作、开放包容、互学互鉴、互利共赢的丝路精神，是共建"一带一路"最重要的力量源泉。习近平主席高度概括的这三个方面的重要经验，对于深化"一带一路"国际合作，推动共建"一带一路"进入高质量发展的新阶段，激励各国坚守合作初心、牢记发展使命，在共同努力中开创人类更加美好的未来，具有重大指导意义。

世界好，中国才会好；中国好，世界会更好。共建"一带一路"既是为了中国的发展，也是为了世界的发展。随着世界多极化、经济全球化、社会信息化、文化多样化深入发展，各国相互联系和彼此依存比过去任何时候都更频繁、更紧密，人类越来越成为你中有我、我中有你的命运共同体。共建"一带一路"以构建人类命运共同体为最高目标，并为实现这一目标搭建实践平台、提供实现路径。10年来，通过共建"一带一路"，中国对外开放的大门越开越大，内陆地区从"后卫"变成"前锋"，沿海地区开放发展更上一层楼，中国市场同世界市场的联系更加紧密。今天，中国已经是140多个国家和地区的主要贸易伙伴，是越来越多国家的主要投资来源国。无论是中国对外投资，还是外国对华投资，都彰显了友谊和合作，体现着信心和希望。中国不断扩大对外开放，不仅发展了自己，也造福了世界。实践充分证明，人类是相互依存的命运共同体，秉承开放精神，推进互帮互助、互惠互利，才能让大家一起发展，实现可持续发展。

历史反复证明，开放包容、合作共赢才是人间正道。只要各国有合作的愿望、协调的行动，天堑可以变通途，"陆锁国"可以变成"陆联国"，发展的洼地可以变成繁荣的高地。从中外合作伙伴发起成立20余个专业领域多边对话合作机制，到共建国家依托中国—东盟（10+1）合作、中非合作论坛等重大多边合作机制平台不断深化务实合作，再到加快推进多层次、复合型基础设施网络建设……共建"一带一路"以共商共建共享为原则，积极倡导合作共赢理念与正确义利观，坚持各国都是平等的参与者、贡献者、受益者，推动实现经济大融合、发展大联动、成果大共享。实践充分证明，只有合作共赢才能办成事、办好事、办大事。共建"一带一路"是大家携手前行的阳光大道，只要大家把彼此视为朋友和伙伴，相互尊重、相互支持、相互成就，赠人玫瑰则手有余香，成就别人也是帮助自己。

古丝绸之路绵亘万里，延续千年，积淀了以和平合作、开放包容、互学互鉴、互利共赢为核心的丝路精神。这是人类文明的宝贵遗产。共建"一带一路"在新的时代背景下传承和发扬丝路精神，不仅唤起人们对过往时代的美好记忆，更激发出各国实现互联互通的极大热情。实践充分证明，丝路精神是共建"一带一路"最重要的力量源泉。习近平主席强调："共建'一带一路'注重的是众人拾柴火焰高、互帮互助走得远，崇尚的是自己过得好、也让别人过得好，践行的是互联互通、互利互惠，谋求的是共同发展、合作共赢。"面向未来，从古丝绸之路和丝路精神中汲取智慧和力量，沿着历史的方向继续前进，更好地融通中国梦和世界梦，共建"一带一路"必将更好实现各国人民对文明交流的渴望、对和平安宁的期盼、对共同发展的追求、对美好生活的向往。

习近平主席指出："共建'一带一路'走过了第一个蓬勃十年，正值风华正茂，务当昂扬奋进，奔向下一个金色十年！"始终站在历史正确一边、站在人类文明进步一边，走人间正道，干正义事业，携手同心、勇毅前行，我们就一定能不断战胜各种风险和挑战，实现更高质量的共商、共建、共享，让共建"一带一路"越来越繁荣、越走越宽广，共同绘制人类命运共同体的美好画卷。

（2023年10月22日　01版）

推动共建"一带一路"进入
高质量发展的新阶段

——论学习领会习近平主席在第三届"一带一路" 国际合作高峰论坛开幕式上主旨演讲

"我们追求的不是中国独善其身的现代化,而是期待同广大发展中国家在内的各国一道,共同实现现代化。"习近平主席在第三届"一带一路"国际合作高峰论坛开幕式上发表主旨演讲,强调"中方愿同各方深化'一带一路'合作伙伴关系,推动共建'一带一路'进入高质量发展的新阶段,为实现世界各国的现代化作出不懈努力",郑重宣布了中国支持高质量共建"一带一路"的八项行动,为"一带一路"明确了新方向,开辟了新愿景,注入了新动力。

今天的中国,正在以中国式现代化全面推进强国建设、民族复兴伟业。中国式现代化既造福中国人民、又促进世界共同发展,是我们强国建设、民族复兴的康庄大道,也是中国谋求人类进步、世界大同的必由之路。中国始终把自身命运同各国人民的命运紧紧联系在一起,努力以中国式现代化新成就为世界发展提供新机遇,为人类对现代化道路的探索提供新助力,为人类社会现代化理论和实践创新作出新贡献。共建"一带一路"既是中国扩大开放的重大举措,旨在以更高水平开放促进更高质量发展,与世界分享中国发展机遇;也是破解全球发展难题的中国方案,旨在推动各国共同走向现代化,推进更有活力、更加包容、更可持续的经济全球化进程，让发展成果更多更公平地惠及各国人民。10年来，共建"一带一路"不仅给相关国家带来实实在在的利益，也为推进经济全球化健康发展、破解全球发展难题和完善全球治理体系作出积极贡献，开辟了人类共同实现现代化的新路径，是各国共同走向现代化之路，也是人类通向美好未来的希望之路。

构建"一带一路"立体互联互通网络；支持建设开放型世界经济；开展务实合作；促进绿色发展；推动科技创新；支持民间交往；建设廉洁之路；完善"一带一路"国际合作机制。习近平主席宣布中国支持高质量共建"一带一路"的这八项行动，是推动共建"一带一路"进入高质量发展的新阶段、推动实现世界各国的现代化的务实举措，得到各方积极响应和支持。这次高峰论坛形成的最重要共识，就是开启高质量共建"一带一路"新阶段。大家都支持进一步深化互联互通，建设高质量、可持续、有韧性的基础设施，不断提升基础设施软联通水平，构建开放型世界经济。大家都主张加快建设"数字丝绸之路"，促进人工智能健康有序安全发展。大家都认为应深耕"绿色丝绸之路"，合力应对气候变化挑战，加强生物多样性保护，建立绿色发展投融资伙伴关系，为绿色发展赋能。大家都期待全面推进务实合作，促进贸易和投资自由化便利化，优化营商环境，发展蓝色经济，建设廉洁丝路，深化地方交流，开展丰富多彩的人文交流活动。

推动共建"一带一路"进入高质量发展的新阶段，这对引领新形势下国际合作和全球发展具有重要意义。这将是亚欧大陆立体联通的新阶段，我们提出从五个方面支持构建亚欧大陆立体互联互通网络，包括加强以中欧班列为基础的铁路互联互通，开辟以公路直达运输为支撑的亚欧大陆物流新通道，建设跨里海国际运输走廊，推进"丝路海运"和陆海新通道以及建设中欧空中丝绸之路。这将是绿色丝绸之路引领的新阶段，我们将与各方在绿色基建、绿色能源、绿色交通等领域深化合作，加大对"一带一路"绿色发展国际联盟的支持，落实"一带一路"绿色投资原则，让绿色发展成为"一带一路"的鲜明旗帜。这将是数字丝绸之路赋能的新阶段，我们将与各方共同营造开放、公平、非歧视的数字经济发展环境，推动数字技术和实体经济深度融合，缩小数字鸿沟。这将是中国同各国携手实现世界现代化的新阶段，我们将通过共建"一带一路"促进中国经济和世界经济更深融合发展，坚定致力于建设开放型世界经济，共同实现和平发展、互利合作、共同繁荣的现代化，推动落实习近平主席提出的全球发展倡议、全球安全倡议、全球文明倡议，构建人类命运共同体。

作为长周期、跨国界、系统性的世界工程、世纪工程，共建"一带一路"的第一个10年只是序章。习近平主席指出："共建'一带一路'走过了第一个蓬勃十年，正值风华正茂，务当昂扬奋进，奔向下一个金色十年！"这次高峰论坛，巩固了共建"一带一路"的国际共识，丰富了共建"一带一路"的合作成果，拓展了共建"一带一路"的光明前景，是共建"一带一路"历史进程中又一个重要里程碑。站在新的起点上，各方坚守初心、牢记使命、携手同行，深化"一带一路"国际合作，迎接共建"一带一路"更高质量、更高水平的新发展，一定能推动实现世界各国的现代化，建设一个开放包容、互联互通、共同发展的世界，共同推动构建人类命运共同体，共同开创人类更加美好的未来。

（2023年10月23日　01版）

携手奏响阳光、和谐、自强、共享的华彩乐章

——热烈祝贺杭州第4届亚洲残疾人运动会开幕

　　"心相约，梦闪耀"。10月22日，第4届亚洲残疾人运动会在浙江省杭州市隆重开幕。来自亚洲40多个国家和地区的3000多名残疾人运动员，在这里追逐人生梦想、展现自强风采、共叙团结友谊，携手奏响阳光、和谐、自强、共享的华彩乐章，凝聚起亚洲团结奋进的磅礴力量。

　　办好杭州亚运会、亚残运会是今年党和国家工作中的一件大事。自申办成功以来，在以习近平同志为核心的党中央坚强领导下，亚残运会各项筹办工作顺利推进。总结运用亚运会成功举办宝贵经验，浙江省和杭州市扎实有序做好亚运会、亚残运会转换工作，乘势而上办好杭州亚残运会，确保"两个亚运、同样精彩"。举办杭州亚残运会，不仅为残疾人运动员提供展示竞技水平和精神风貌的舞台，也将搭建起一个残疾人交流的平台，铭刻下中国为国际残疾人体育运动发展作出的新贡献。

　　对广大残疾人来说，体育具有重要价值，是增强体质、康复身心、参与社会、实现全面发展的有效途径。杭州亚残运会共设22个大项、564个小项，为残疾人运动员追梦圆梦提供了难得机遇。勇于挑战，超越自我，展现自强不息、顽强拼搏的精神，广大残疾人运动员必将成就出彩人生。此次杭州亚残运会，中国残联成立由723人组成的代表团，参加全部22个大项的角逐。自尊、自信、自立、自强，大力弘扬残疾人体育精神，在一个个项目比拼中充分展现生命力量和卓越品格，中国残疾人运动员定能再

创佳绩，夺取运动成绩和精神文明双丰收，以挑战极限、锐意进取的精神激励全国人民。

关心残疾人，是社会文明的重要标志。习近平总书记强调："中国对残疾人格外关心、格外关注，在中国式现代化进程中，将进一步完善残疾人社会保障制度和关爱服务体系，促进残疾人事业全面发展。"新时代以来，我们坚持以人民为中心的发展思想，坚持弱有所扶，保障残疾人平等权利，增进残疾人民生福祉，推动残疾人事业发展取得历史性进步和成就。亚残运会筹办和举办过程，是展示残疾人事业发展成就的窗口，也是推动我国残疾人事业发展的重大契机。面向未来，中国将始终坚持人民至上，大力弘扬人道主义精神，切实尊重和保障包括残疾人参与体育运动的权利在内的各项权益，推动残疾人事业向现代化迈进，不断满足广大残疾人对美好生活的向往，并愿同世界各国一道，共同推进国际残疾人事业交流与合作，不断增进人类健康福祉。

以体育之名，聚亚洲之力，筑未来之路。当亚残运会的火炬熊熊燃起，不仅照亮了夜空，更点亮了人间大爱，传递出生生不息的力量。西子湖畔，亚残运会的运动员们必将用奋斗和汗水演绎精彩、书写传奇、传播友谊，共同奏响生命的强音。

预祝杭州第4届亚洲残疾人运动会圆满成功！

（2023年10月22日　01版）

中国经济具有巨大韧性和潜力

——中国经济观察①

正确认识当前经济形势，是我们扎实做好经济工作的基础。日前，三季度经济数据公布，中国经济恢复向好总体回升的态势更趋明显，世界经济增长的主引擎动力强劲、韧性十足。

"我国经济具有巨大的发展韧性和潜力""长期向好的基本面没有改变，发展前景光明""中国经济大船将乘风破浪持续前行"，今年以来，以习近平同志为核心的党中央就我国经济形势作出一系列战略判断，对于我们全面、辩证、准确认识经济发展大势具有重要指导作用，也向世界传递出中国团结奋斗、勇毅前行的坚定信心。

信心来自对经济基本面的辩证认识。客观看待中国经济运行整体态势，既要看速度，也要看质量。今年以来，我国经济顶住了来自外部的风险挑战和国内多重因素交织叠加带来的下行压力，增长企稳回升。前三季度，我国国内生产总值5.2%的同比增长，在世界主要经济体中名列前茅。特别需要指出的是，三季度同比增长4.9%，比二季度有所回落，这主要是受去年基数影响。如果扣除基数影响，今年三季度的两年平均增速是4.4%，比二季度的两年平均增速加快了1.1个百分点。此外，三季度的环比增速也比二季度加快0.8个百分点。经济运行是有惯性的，我们相信四季度还会保持企稳回升的态势。增长持续恢复向好的同时，我国物价总体平稳，就业形势好转，外贸好于预期，企业利润增长改善，高质量发展扎实推进。事实证明，在世界经济复苏乏力、全球通胀水平仍然较高等复杂严峻的外部环境下，中国经济展现强大韧性、潜力和活力，依然是全球经济增长的压舱石和稳定器。

信心来自对发展规律性的准确把握。风物长宜放眼量，观察中国经济，离不开历史思维、历史视野。从国际经验来看，在经济体量达到一定规模后，产业升级和转型发展一般都伴随着增速放缓。作为世界第二大经济体，去年中国经济总量已逾120万亿元，每增长一个百分点对应的增量，大致相当于10年前的2.1个百分点。从发展历程来看，中国经济从来都是在战胜挑战中发展、在风雨洗礼中成长、在历经考验中壮大。特别是新时代以来，面对涉滩之险、爬坡之艰、闯关之难，我们沉着应对、奋发有为，党和国家事业取得历史性成就、发生历史性变革，高质量发展阔步前行，我国经济实力实现历史性跃升。正如习近平总书记所强调的，"什么时候没有困难？一个一个过，年年过、年年好，中华民族5000多年来都是这样。爬坡过坎，关键是提振信心。"

信心来自对制度优越性的深刻洞察。今年以来，在以习近平同志为核心的党中央坚强领导下，各地区各部门更好统筹国内国际两个大局，更好统筹疫情防控和经济社会发展，更好统筹发展和安全，我们创造了人类文明史上人口大国成功走出疫情大流行的奇迹，我国经济在波浪式发展、曲折式前进中消费升级势头明显、区域协调动力增强、创新活力不断释放。这充分表明以习近平同志为核心的党中央关于经济工作的决策部署是完全正确的，充分彰显了我们党在复杂多变的局面下驾驭社会主义市场经济的高超智慧和娴熟能力。面向未来，完整、准确、全面贯彻新发展理念，牢牢把握高质量发展这个首要任务和构建新发展格局这个战略任务，积极主动适应和引领新一轮科技革命和产业变革，加快实现高水平科技自立自强，把党中央关于科技创新的一系列战略部署落到实处，我们完全有能力不断塑造发展新动能新优势，牢牢掌握发展的主动权。

团结就是力量，信心赛过黄金。中国经济长期向好的基本面没有改变，也不会改变。坚定自信心，涵养平常心，激发进取心，集中力量做好自己的事情，是我们战胜各种风险挑战的关键。准确把握党中央关于当前经济形势的分析和判断，振奋精神，团结奋斗，继续爬坡过坎、攻坚克难，鼓足干事创业的精气神，形成狠抓落实的好局面，中国经济巨轮定能劈波斩浪、行稳致远。

（2023年10月25日　01版）

中国经济大船将乘风破浪持续前行

——中国经济观察②

积能蓄力，才能爬坡过坎；乘势扬帆，方能破浪前行。

习近平总书记指出："中国具有社会主义市场经济的体制优势、超大规模市场的需求优势、产业体系配套完整的供给优势、大量高素质劳动者和企业家的人才优势。"这"四大优势"，深刻揭示出我国发展在激烈的国际市场竞争和大国战略博弈中始终立于不败之地的坚实支撑。

察势者智，驭势者赢。当前诸多矛盾叠加、风险挑战显著增多，我国发展面临着前所未有的复杂环境。同时要看到，我国已进入高质量发展阶段，继续发展具有多方面优势和条件。时与势在我们一边，这是我们定力和底气所在，也是我们的决心和信心所在。中国经济是一艘巨轮，经得起风浪、受得住考验。增强机遇意识、风险意识，准确识变、科学应变、主动求变，汇聚发展优势，增强发展动力，我们完全有信心、有底气、有能力谱写"两大奇迹"新篇章。

制度优势是一个国家的最大优势，是形成共克时艰磅礴力量的根本保障。今年以来，神舟十六号、神舟十七号成功发射，续写"飞天传奇"；2万多家国家级高新技术企业托起国际科创中心，再创"深圳速度"；杭州第十九届亚洲运动会惊艳亮相，被亚奥理事会盛赞"取得了空前成功"；全国秋粮收获已超八成，"中国饭碗"牢牢端在手上……我国社会主义市场经济体制更加系统完备、更加成熟定型，展现出非凡的组织动员能力、统筹协调能力、贯彻执行能力，为我们应对不确定性提供了重要制度保障。充分发挥体制优势，我们就能把握机遇打好化险为夷、转危为机的战略主动仗。

市场是全球最稀缺的资源，我国是世界上最有潜力的超大规模市场。我国拥有14亿多人口、人均国内生产总值超1.2万美元、中等收入群体规模超4亿人，具有较强的快速恢复能力、创新引领能力和抗击风险能力。我国稳居全球第二大消费市场、第一大网络零售市场，连续14年成为全球第二大进口市场。特别是今年以来，在一系列扩大内需、提振信心政策举措作用下，国内需求继续扩大，积极因素累积增多，超大规模市场优势依然明显。坚持以人民为中心，使中等收入群体在未来15年超过8亿，推动超大规模市场不断发展，将为经济运行持续向好创造有利条件。

完备的产业体系，是我国突出的供给优势。习近平总书记强调："产业链、供应链在关键时刻不能掉链子，这是大国经济必须具备的重要特征。"我国制造业规模连续13年居全球首位，今年8月我国跃居全球汽车出口第一大国。作为全世界唯一拥有联合国产业分类当中全部工业门类的国家，我国产业体系完备，产业组织能力和供应链韧性强，在全球产业分工体系和供应链体系中占据着重要地位。深化供给侧结构性改革，继续把发展经济的着力点放在实体经济上，提高产业链供应链稳定性和现代化水平，打造自主可控、安全可靠、竞争力强的现代化产业体系，就能为经济社会发展提供坚强物质支撑。

人才资源是我国在激烈的国际竞争中的重要力量和显著优势。我国已成为全球规模最宏大、门类最齐全的人才资源大国，人才资源总量达到2.2亿人，研发人员总量居世界首位，人口红利仍然存在，人才红利新的优势正在显现。同时，我国一大批有胆识、勇创新的企业家茁壮成长，形成了具有鲜明时代特征、民族特色、世界水准的中国企业家队伍，正在努力成为新时代构建新发展格局、建设现代化经济体系、推动高质量发展的生力军。深入实施新时代人才强国战略，加快建设世界重要人才中心和创新高地，中华大地正在成为各类人才大有可为、大有作为的热土。

习近平总书记指出，"中国经济大船将乘风破浪持续前行"。当前，我国经济恢复速度在全球主要经济体中处于领先地位，长期向好的基本面没有改变，发展前景光明。因势利导、乘势而上，牢牢把握社会主义市场经济的体制优势、超大规模市场的需求优势、产业体系配套完整的供给优势、大量高素质劳动者和企业家的人才优势，中国经济航船一定能破浪前行、扬帆远航。

（2023年10月27日　01版）

中国将始终是世界发展的重要机遇

——中国经济观察③

中国的发展离不开世界，世界的繁荣也需要中国。习近平总书记指出，"中国将始终是世界发展的重要机遇。我们敞开大门，谁来同我们合作都欢迎""展望未来，随着中国14亿多人口整体迈进现代化，中国必将对世界经济作出更大贡献"。

发展是人类社会的永恒主题，共享发展是建设美好世界的重要路径。作为最大的发展中国家，中国始终将自身发展置于人类发展的坐标系，以自身发展为世界发展创造新机遇。在过去的10年里，中国经济总量占全球比重由2012年的11.3%提升到2022年的18%左右，对世界经济增长的年平均贡献率超过30%，始终是世界经济稳定增长的重要动力源。今日之中国，是全球第一货物贸易大国、140多个国家和地区的主要贸易伙伴，吸引外资和对外投资居世界前列，为各国提供了更多市场机遇、投资机遇、增长机遇。

开放是当代中国的鲜明标识。作为世界最具潜力的超大规模市场，中国与世界深度互动，开放的大门越开越大。新时代以来，推动贸易和投资自由化便利化，构建面向全球的高标准自由贸易区网络，建设自由贸易试验区和海南自由贸易港，推动规则、规制、管理、标准等制度型开放，我国形成更大范围、更宽领域、更深层次对外开放格局，构建互利共赢、多元平衡、安全高效的开放型经济体系。今年前8个月，全国新设立外商投资企业同比增长33%，在全球跨境投资低迷的背景下，中国市场"磁力"越来越强，持续成为吸引全球投资的热土，充分证明改革开放是决定当代中国命运的关键一招，也是决定中国式现代化成败的关键一招。

在历史前进的逻辑中前进，在时代发展的潮流中发展。面对世界经济不稳定性不确定性明显增强，中国坚持经济全球化正确方向，反对保护主义、单边制裁、泛化国家安全概念，反对搞"筑墙设垒""脱钩断链"，努力把互利合作"蛋糕"做大，让发展成果更多更公平惠及各国人民。中国已同150多个国家、30多个国际组织签署了共建"一带一路"合作文件。2013—2022年，中国与共建国家进出口总额累计19.1万亿美元，与共建国家双向投资累计超过3800亿美元，中国在共建国家承包工程新签合同额、完成营业额累计分别达到2万亿美元、1.3万亿美元。实践充分证明，中国好，世界才更好。中国是经济全球化的受益者，更是贡献者。

今年是改革开放45周年，中国正以实际行动证明：中国扩大高水平开放的决心不会变，同世界分享发展机遇的决心不会变，推动经济全球化朝着更加开放、包容、普惠、平衡、共赢方向发展的决心不会变。今年1月，新版鼓励外商投资产业目录正式施行，新增条目239条，达历年新高；6月，出台措施率先在一些具备条件的自由贸易试验区和海南自由贸易港，试点对接相关国际高标准经贸规则；8月，新一批针对性强、含金量高的政策措施出台，加大吸引外商投资力度；10月，宣布中国支持高质量共建"一带一路"的八项行动……中国以更大魄力、在更高起点上推进对外开放，践行"中国开放的大门不会关闭，只会越开越大"的坚定诺言，彰显"不断以中国新发展为世界提供新机遇"的大国担当。我们坚信，一个不断走向现代化的中国，必将为世界提供更多机遇，为国际合作注入更强动力，为全人类进步作出更大贡献。

大道至简，实干为要。新征程上，我们将围绕推进高水平对外开放，继续全面深化改革，稳步扩大规则、规制、管理、标准等制度型开放，营造市场化、法治化、国际化一流营商环境，同各方一道推动共建"一带一路"进入高质量发展的新阶段，畅通国内国际双循环，使经济发展更具韧性、更有活力，在拓展中国式现代化发展空间的同时，为全球创造更多增长机遇、转型机遇、创新机遇，让中国开放的春风温暖世界。

世界经济开放则兴、封闭则衰，唯有开放才能进步。迈步新征程，中国将以更加积极有为的行动推进高水平对外开放，发展更高层次的开放型经济，始终做全球共同开放的重要推动者，以开放、合作、共赢精神同世界各国共谋发展，携手创造人类更加美好的明天。

（2023年10月30日　01版）

以新气象新作为推动高质量发展取得新成效

——中国经济观察④

在应对挑战中壮大，更显中国发展的韧性；在战风斗雨中前行，尤需乘势而上的决心。

在庆祝中华人民共和国成立74周年招待会上，习近平总书记强调要"着力加大宏观调控，着力扩大国内有效需求，着力激发经营主体活力，不断推动经济运行持续好转、内生动力持续增强、社会预期持续改善，切实防范化解重大风险，努力实现全年经济社会发展目标"，这为我们做好当前经济工作指明了努力方向、提供了重要遵循。

今年以来，面对风高浪急的国际环境和艰巨繁重的国内改革发展稳定任务，以习近平同志为核心的党中央团结带领亿万人民迎难而上、知难而进，我国经济总体回升向好，为实现全年经济社会发展目标打下了良好基础。但也要清醒看到，世界经济复苏动力不足、国内周期性结构性矛盾交织叠加，疫情防控平稳转段后的经济恢复是一个波浪式发展、曲折式前进的过程。越是爬坡过坎、攻坚克难，越要笃定信心、坚定决心，保持"咬定青山不放松"的执着，增强"乱云飞渡仍从容"的定力，激发"越是艰险越向前"的干劲，努力实现全年经济社会发展目标。

实现全年经济社会发展目标，我们有基础。观察中国经济，既要看短期波动之"形"，更要观长期发展之"势"。今年以来，经济运行中的一些指标出现了短期波动，但宏观政策靠前协同发力，经济恢复向好总体回升的态势更趋明显，人民生活继续改善，社会大局保持稳定。事实证明，经济总是在波动中运行，我们既要看到短期波动，采取有力措施不断推动经济运行持续好转，更要正确认识我国经济长期向好的发展大势没有改变，抢抓战略机遇，加快构建新发展格局，不断壮大我国经济实力、科技实力、综合国力，增强我国的生存力、竞争力、发展力、持续力。

实现全年经济社会发展目标，我们有底气。观察中国经济，既要读当期损益的"表"，更要察内生动力的"里"。克服黄淮罕见"烂场雨"等自然灾害影响，我国全年粮食生产有望再获丰收；尽管世界经济复苏动力不足，我国经济增长企稳回升，增速在主要经济体中名列前茅；面对能源危机等全球性挑战，我国已建成全球规模最大的电力供应系统和清洁发电体系……更好统筹国内国际两个大局，更好统筹疫情防控和经济社会发展，更好统筹发展和安全，我国创新动能持续增强，高质量发展扎实推进，经济抗压能力、抵御风险能力更强。从增量规模、贸易规模，到降碳贡献、科技贡献，中国经济仍然是世界经济增长的"压舱石"、全球创新繁荣的"发动机"、各国合作共赢的"助推器"。面向未来，要紧紧围绕高质量发展这个首要任务和构建新发展格局这个战略任务，以更大的力度、更实的举措持续巩固经济回升向好的良好势头，以新气象新作为推动高质量发展取得新成效。

实现全年经济社会发展目标，我们有条件。制度优势是中国经济攻坚克难的底气所在。今年以来，从发布10个重点行业稳增长方案，到加快落实促进民营经济发展壮大的31条政策以及28条举措，再到延续、优化、完善一批减税降费相关政策……宏观经济政策有力有效，推动我国经济运行持续恢复，积极因素累积增多。当前我国政策"工具箱"里工具多，用好政策空间、找准发力方向，把实施扩大内需战略同深化供给侧结构性改革有机结合起来，持续深化改革开放，切实防范化解重点领域风险，我们定能不断推动经济运行持续好转、内生动力持续增强、社会预期持续改善、风险隐患持续化解，推动经济实现质的有效提升和量的合理增长。

习近平总书记强调："新征程上，我们的前途一片光明，但脚下的路不会是一马平川。"漫漫征途，惟有奋斗。更加紧密地团结在以习近平同志为核心的党中央周围，全面贯彻习近平新时代中国特色社会主义思想，把思想和行动统一到党中央关于经济形势的分析判断上来，不折不扣贯彻落实党中央决策部署，保持战略定力，坚定信心决心，同舟共济、众志成城，我们就一定能以高质量发展的新成效为全面建设社会主义现代化国家开好局起好步。

（2023年10月31日　01版）

为传承和弘扬爱国主义精神提供法治保障

　　爱国主义是中华民族精神的核心，是中华民族的民族心、民族魂。爱国主义精神深深植根于中华民族心中，激励着一代又一代中华儿女为祖国发展繁荣而自强不息、不懈奋斗。10月24日，十四届全国人大常委会第六次会议通过的爱国主义教育法，将于明年1月1日起施行。根据宪法制定爱国主义教育法，旨在加强新时代爱国主义教育，为传承和弘扬爱国主义精神提供法治保障，凝聚全面建设社会主义现代化国家、全面推进中华民族伟大复兴的磅礴力量。

　　中国共产党是爱国主义精神最坚定的弘扬者和实践者。100多年来，中国共产党带领人民团结奋斗的实践是爱国主义的伟大实践，写下了中华民族爱国主义精神的辉煌篇章。党的十八大以来，以习近平同志为核心的党中央高扬爱国主义旗帜，团结带领全党全国各族人民坚持走中国特色社会主义道路，坚定"四个自信"，构筑中国精神、中国价值、中国力量，为实现中华民族伟大复兴的中国梦提供共同精神支柱和强大精神动力。实践充分证明，爱国主义是激励中国人民维护民族独立和民族尊严、在历史洪流中奋勇向前的强大精神动力，是驱动中华民族这艘航船乘风破浪、奋勇前行的强劲引擎，是引领中国人民和中华民族迸发排山倒海的历史伟力、战胜前进道路上一切艰难险阻的壮丽旗帜。

　　全面建设社会主义现代化国家，寄托着中华民族的夙愿和期盼。今天，我国由一穷二白到全面小康，已踏上以中国式现代化全面推进强国建设、民族复兴的新征程，这是中国共产党团结带领全国各族人民艰苦奋斗取得的巨大成就。党的二十大擘画了以中国式现代化全面推进强国建设、民族复兴的宏伟蓝图，为全面建成社会主义现代化强国、实现中华民族伟大复兴指明了一条康庄大道。始终高扬爱国主义旗帜，大力弘扬爱国主义精神，汇聚同心共圆中国梦的强大合力，沿着这条强国建设、民族复兴的唯一正确道路奋勇前进，就一定能够把我国发展进步的命运牢牢掌握在自己手中，把伟大梦想变成灿烂现实。

习近平总书记指出："弘扬爱国主义精神，必须把爱国主义教育作为永恒主题。"依法在全体人民中开展爱国主义教育，培育和增进对中华民族和伟大祖国的情感，传承民族精神、增强国家观念，壮大和团结一切爱国力量，使爱国主义成为全体人民的坚定信念、精神力量和自觉行动，对于更好激励和动员全体人民踔厉奋发、勇毅前行，为全面建设社会主义现代化国家、全面推进中华民族伟大复兴而团结奋斗，具有重大而深远的意义。以法治手段推动和保障爱国主义教育，进一步形成全社会一体遵循的法律规范，有利于更好弘扬爱国主义精神，以法治方式提升爱国主义教育的质量和实效。

爱国主义是中华儿女最自然、最朴素的情感。新时代加强爱国主义教育，要坚持以习近平新时代中国特色社会主义思想为指导，坚持爱国和爱党、爱社会主义相统一，以维护国家统一和民族团结为着力点，把全面建成社会主义现代化强国、实现中华民族伟大复兴作为鲜明主题，着眼培养担当民族复兴大任的时代新人，着力培养爱国之情、砥砺强国之志、实践报国之行，为强国建设、民族复兴凝聚起磅礴力量。要按照爱国主义教育法明确的主要内容、职责任务、实施措施、支持保障，结合具体实际认真施行，保障爱国主义教育常态化，让爱国主义精神在人们心中牢牢扎根，把爱国热情转化为新时代的奋斗实践。

新征程上，我们的前途一片光明，但脚下的路不会是一马平川。爱国主义始终是把中华民族坚强团结在一起的精神力量。让我们更加紧密地团结在以习近平同志为核心的党中央周围，坚持以习近平新时代中国特色社会主义思想为指导，全面贯彻党的二十大精神，深入学习贯彻习近平文化思想，以爱国主义教育法制定和施行为契机，加强爱国主义教育，弘扬爱国主义精神，构筑中华民族共有精神家园，不断增强团结一心的精神纽带、自强不息的精神动力，胜利推进强国建设、民族复兴的历史伟业。

（2023年10月26日　02版）

携手同心筑梦　共绘美好未来

——热烈祝贺杭州第四届亚洲残疾人运动会闭幕

10月28日，杭州第4届亚洲残疾人运动会闭幕式隆重举行。在动人的旋律和美好的祝福中，杭州亚残运会圆满落下帷幕。

两个亚运，同样精彩。在过去7天里，浙江省和杭州市按照"简约、安全、精彩"办赛要求，坚持与亚运会一样的标准、一样的服务、一样的状态，高水平做好赛事组织和赛会保障，向世界奉献了一场"阳光、和谐、自强、共享"的亚残运会。从秉持"遵守惯例、标准统一、尊重个性、注重细节"原则打造亚残运村，到用10天时间完成竞赛场馆的顺利转换；从全面更新城市各项公共设施的无障碍环境，到提供无微不至的志愿服务……每一项工作、每一处细节，都体现了"以运动员为中心"。杭州亚残运会的圆满成功，在残疾人体育事业发展史上留下浓墨重彩的一笔。正如亚残奥委员会主席马吉德·拉什德所说："我参加过许多残疾人运动会，我认为杭州亚残运会将是有史以来最好的一届。"

最是拼搏动人心。赛场上，轮椅击剑运动员比赛时，需要把轮椅固定在可调节轨道的框架上；盲人门球运动员需要通过听声辨位决定自身运动方向；举重运动员需要躺着用双手举起杠铃……面对常人难以想象的困难，参赛残疾人运动员毫不畏惧，迎难而上，不断实现自我超越。他们全力以赴的拼搏、永不言弃的精神，激励着更多人昂扬奋发、勇敢逐梦。本届亚残运会上，中国残疾人体育代表团实现了"四连冠"，并取得了历史最好成绩，为祖国和人民赢得了荣誉。中国残疾人运动员自强不息、团结拼搏，奏响了坚韧不屈、乐观进取的生命凯歌，充分展现了新时代中国残疾人的精神风貌，也为全党全国各族人民奋进强国建设、民族复兴新征程注入强大精神力量。

杭州亚残运会不仅展现体育竞技，也促进包容、共融和交流。习近平总书记指出，"运用杭州亚运会亚残运会、世界互联网大会等窗口加强文化交流传播"。亚残运会火炬在杭州市"三江两岸"依次传递，尽展浙江"诗路文化"的独特风情。开幕式上，残疾人运动员用智能仿生手臂点燃主火炬，彰显科技与人文的融合。赛场上，来自不同国家和地区的运动员既相互竞争，也彼此鼓励。杭州亚残运会的圆满成功，进一步增进了亚洲人民间的友谊，也把和平、团结、包容的种子播撒在更多人心中。

习近平总书记强调："残疾人是社会大家庭的平等成员，也是人类文明发展的一支重要力量。"党的二十大擘画了以中国式现代化全面推进强国建设、民族复兴伟业的宏伟蓝图，对完善残疾人社会保障制度和关爱服务体系、促进残疾人事业全面发展提出了明确要求。以杭州亚残运会为契机，进一步增进社会各界对残疾人体育和残疾人事业的认识，让"平等、融合、共享"的价值导向更加深入人心，让全社会尊重、理解、关心、帮助残疾人的氛围更加浓厚，定能在中国式现代化进程中更好促进残疾人事业全面发展，不断创造残疾人更加幸福美好的生活。中国将始终高扬人道主义和国际主义精神，以残疾人体育交流合作描绘不同文明交流互鉴的壮丽画卷，积极推动构建人类命运共同体。

当澎湃的体育激情与不屈的生命意志相遇，无惧挑战的生命之美熠熠生辉。杭州亚残运会给人们留下难忘的记忆，也开启新的篇章。让我们携手同心筑梦、共绘美好未来！

（2023年10月29日　01版）

坚定不移走中国特色金融发展之路

——论学习贯彻中央金融工作会议精神

　　金融是国民经济的血脉，是国家核心竞争力的重要组成部分。10月30日至31日，中央金融工作会议在北京举行。习近平总书记出席会议并发表重要讲话，总结党的十八大以来金融工作，分析金融高质量发展面临的形势，部署当前和今后一个时期的金融工作。习近平总书记的重要讲话，高屋建瓴、思想深邃、内涵丰富，科学回答了金融事业发展的一系列重大理论和实践问题，是习近平经济思想的重要组成部分，是马克思主义政治经济学关于金融问题的重要创新成果，为新时代新征程推动金融高质量发展提供了根本遵循和行动指南。

　　党的十八大以来，以习近平同志为核心的党中央从战略全局出发，加强对金融工作的全面领导和统筹谋划，推动金融事业发展取得新的重大成就。金融在促进经济平稳健康发展、支持打赢脱贫攻坚战、满足人民群众金融服务需求等方面发挥了重要支撑作用，防范化解金融风险攻坚战取得重要阶段性成果，深化金融改革开放取得重要进展，金融业综合实力显著增强。目前，我国银行业资产规模位居全球第一，股票、债券、保险规模位居全球第二，外汇储备规模稳居世界第一。在党中央集中统一领导下，金融系统有力支撑经济社会发展大局，为如期全面建成小康社会、实现第一个百年奋斗目标作出了重要贡献。我国金融改革发展取得新的重大成就，根本在于有习近平总书记领航掌舵，有习近平新时代中国特色社会主义思想科学指引。

方向决定道路，道路决定命运。在领导金融工作的实践中，以习近平同志为核心的党中央把马克思主义金融理论同当代中国具体实际相结合、同中华优秀传统文化相结合，努力把握新时代金融发展规律，持续推进我国金融事业实践创新、理论创新、制度创新，奋力开拓中国特色金融发展之路，取得了重要的实践成果、理论成果。这次中央金融工作会议作了高度概括："坚持党中央对金融工作的集中统一领导，坚持以人民为中心的价值取向，坚持把金融服务实体经济作为根本宗旨，坚持把防控风险作为金融工作的永恒主题，坚持在市场化法治化轨道上推进金融创新发展，坚持深化金融供给侧结构性改革，坚持统筹金融开放和安全，坚持稳中求进工作总基调"。这"八个坚持"，是我们党对金融本质和发展规律认识的进一步深化，必须认真学习领会、坚决贯彻落实。

金融活，经济活；金融稳，经济稳。以习近平同志为核心的党中央立足当代中国实际，奋力开拓的这条中国特色金融发展之路来之不易。实践充分证明，这是一条前无古人的创新之路，既遵循现代金融发展的客观规律，更具有适合中国国情的鲜明特色，明确了金融工作怎么看、怎么干，既有世界观，又有方法论，构成一个辩证统一的有机整体。在强国建设、民族复兴的新征程上，我们要坚持以习近平新时代中国特色社会主义思想为指导，不断增强"四个意识"、坚定"四个自信"、做到"两个维护"，提高政治判断力、政治领悟力、政治执行力，深刻把握金融发展规律，深刻把握金融工作的政治性、人民性，坚定不移走中国特色金融发展之路。

党的二十大擘画了以中国式现代化全面推进强国建设、民族复兴伟业的宏伟蓝图，明确了新时代新征程党的中心任务，围绕着力推动高质量发展、构建高水平社会主义市场经济体制等作出重大部署。保持经济平稳健康发展，一定要把金融搞好。必须充分认识金融在经济发展和社会生活中的重要地位和作用，以金融高质量发展助力强国建设、民族复兴伟业。要把思想和行动统一到习近平总书记重要讲话精神和党中央决策部署上来，全面贯彻党的二十大精神，加快建设金融强国，全面加强金融监管，完善金融体制，优化金融服务，防范化解风险，坚定不移走中国特色金融发展之路，推动我国金融高质量发展，为以中国式现代化全面推进强国建设、民族复兴伟业提供有力支撑。各地区各部门特别是金融系统要坚持目标导向、问题导向，全面加强党对金融工作的领导，扎实做好重点工作，确保工作部署落实落地。

强国建设、民族复兴的宏伟目标催人奋进，金融发展关系中国式现代化建设全局。让我们更加紧密地团结在以习近平同志为核心的党中央周围，全面贯彻习近平新时代中国特色社会主义思想，坚定拥护"两个确立"、坚决做到"两个维护"，胸怀"国之大者"，强化使命担当，锐意进取，求真务实，沿着中国特色金融发展之路扎实推进金融高质量发展、加快建设金融强国，为强国建设、民族复兴伟业作出新的更大贡献。

（2023年11月02日　01版）

以金融高质量发展助力强国 建设、民族复兴伟业

——论学习贯彻中央金融工作会议精神

金融高质量发展关系中国式现代化建设全局。在日前举行的中央金融工作会议上，习近平总书记从党和国家事业发展全局的战略高度，部署当前和今后一个时期的金融工作。这次会议明确提出要加快建设金融强国，以金融高质量发展助力强国建设、民族复兴伟业。

党的十八大以来，在以习近平同志为核心的党中央集中统一领导下，我们把防控金融风险放到更加重要的位置，牢牢守住不发生系统性金融风险的底线，把住了发展大势，金融系统有力支撑经济社会发展大局，金融成为推动经济社会发展的重要力量。当前，我国发展面临新的战略机遇、新的战略任务、新的战略阶段、新的战略要求、新的战略环境。加快建设金融强国，坚定不移走中国特色金融发展之路，推动我国金融高质量发展，才能为以中国式现代化全面推进强国建设、民族复兴伟业提供有力支撑。做好当前和今后一个时期金融工作，必须牢牢把握推进金融高质量发展这个主题，加快建设中国特色现代金融体系，着力为经济社会发展提供高质量金融服务，全面加强金融监管、有效防范化解金融风险，不断满足经济社会发展和人民群众日益增长的金融需求，不断开创新时代金融工作新局面。

党的二十大报告提出"高质量发展是全面建设社会主义现代化国家的

首要任务", 这为优化金融服务指明了方向和目标。近年来, 我国金融系统完整、准确、全面贯彻新发展理念, 助力加快构建新发展格局, 服务高质量发展的能力和效率大幅提升。为经济社会发展提供高质量金融服务, 要着力营造良好的货币金融环境, 切实加强对重大战略、重点领域和薄弱环节的优质金融服务, 货币政策更加注重做好跨周期和逆周期调节, 把更多金融资源用于促进科技创新、先进制造、绿色发展和中小微企业, 提高资金使用效率, 做好科技金融、绿色金融、普惠金融、养老金融、数字金融五篇大文章; 着力打造现代金融机构和市场体系, 疏通资金进入实体经济的渠道, 优化融资结构, 完善机构定位, 打造规则统一、监管协同的金融市场, 完善中国特色现代金融企业制度; 着力推进金融高水平开放, 坚持"引进来"和"走出去"并重, 稳步扩大金融领域制度型开放, 确保国家金融和经济安全。

防范化解金融风险特别是防止发生系统性金融风险, 是金融工作的根本性任务。以全面加强监管、防范化解风险为重点做好金融工作, 就要认真落实中央金融工作会议作出的工作部署, 切实提高金融监管有效性, 依法将所有金融活动全部纳入监管, 及时处置中小金融机构风险, 建立防范化解地方债务风险长效机制, 促进金融与房地产良性循环, 维护金融市场稳健运行。防范化解金融风险, 要把握好权和责的关系, 健全权责一致、激励约束相容的风险处置责任机制; 把握好快和稳的关系, 在稳定大局的前提下把握时度效, 扎实稳妥化解风险, 坚决惩治违法犯罪和腐败行为, 严防道德风险; 对风险早识别、早预警、早暴露、早处置, 健全具有硬约束的金融风险早期纠正机制。

金融是国家重要的核心竞争力, 金融安全是国家安全的重要组成部分, 金融制度是经济社会发展中重要的基础性制度。新征程上, 以习近平新时代中国特色社会主义思想为指导, 深入学习贯彻习近平总书记在中央金融工作会议上的重要讲话精神和党中央决策部署，以加快建设金融强国为目标，坚持目标导向、问题导向，统筹发展和安全，着力做好当前金融领域重点工作，加大政策实施和工作推进力度，以新气象新作为推进金融高质量发展取得新成效，就一定能助力强国建设、民族复兴伟业。

（2023年11月03日　01版）

不断开创新时代金融工作新局面

——论学习贯彻中央金融工作会议精神

"当前和今后一个时期，做好金融工作必须坚持和加强党的全面领导"，日前举行的中央金融工作会议强调"加强党中央对金融工作的集中统一领导，是做好金融工作的根本保证"，并就加强党对金融工作的全面领导提出明确要求。金融系统要切实把思想和行动统一到习近平总书记重要讲话精神和党中央决策部署上来，切实提高政治站位，胸怀"国之大者"，强化使命担当，不断开创新时代金融工作新局面。

中国共产党领导是中国特色社会主义最本质的特征，是中国特色社会主义制度的最大优势。新时代我国金融改革发展取得新的重大成就，根本在于以习近平同志为核心的党中央坚强领导。这次会议深刻总结新时代党领导金融工作取得的实践成果、理论成果，高度概括坚定不移走中国特色金融发展之路的"八个坚持"，排在首位的就是"坚持党中央对金融工作的集中统一领导"。新征程上，加强党对金融工作的全面领导，把我们的政治优势和制度优势转化为金融治理效能，才能确保金融事业始终沿着正确的方向前进。要深入学习贯彻习近平总书记重要讲话精神，认真落实中央金融工作会议部署，完善党领导金融工作的体制机制，发挥好中央金融委员会的作用，做好统筹协调把关；发挥好中央金融工作委员会的作用，切实加强金融系统党的建设；发挥好地方党委金融委员会和金融工委的作用，落实属地责任。要深刻把握金融工作的政治性、人民性，提高政治判断力、政治领悟力、政治执行力，把以人民为中心的价值取向贯穿到做好金融工作的全过程和各方面，不断满足经济社会发展和人民群众日益增长的金融需求。

作为国家核心竞争力的重要组成部分，金融关系中国式现代化建设全局。金融活，经济活；金融稳，经济稳。经济兴，金融兴；经济强，金融强。经济是肌体，金融是血脉，两者共生共荣。要完整、准确、全面贯彻新发展理念，充分认识金融在经济发展和社会生活中的重要地位和作用，把金融服务实体经济作为根本宗旨，加快建设金融强国，坚定不移走中国特色金融发展之路，推动我国金融高质量发展，为以中国式现代化全面推进强国建设、民族复兴伟业提供有力支撑。要切实把维护金融安全作为治国理政的一件大事，以全面加强监管、防范化解风险为重点，坚持稳中求进工作总基调，统筹发展和安全，牢牢守住不发生系统性金融风险的底线。

不断开创新时代金融工作新局面，必须强化使命担当。要以金融队伍的纯洁性、专业性、战斗力为重要支撑，坚持政治过硬、能力过硬、作风过硬标准，锻造忠诚干净担当的高素质专业化金融干部人才队伍。要在金融系统大力弘扬中华优秀传统文化，坚持诚实守信、以义取利、稳健审慎、守正创新、依法合规。要加强金融法治建设，及时推进金融重点领域和新兴领域立法，为金融业发展保驾护航。要积极担当作为，坚持目标导向、问题导向，扎实做好加强金融监管、防范化解金融风险、推动金融高质量发展等重点工作，确保工作部署落实落地。要以党的政治建设为统领全面加强党的各方面建设，推动形成全面从严治党严的氛围，以高质量党建促进金融高质量发展，为金融业健康发展提供坚强政治保障。

中国式现代化是前无古人的开创性事业，做好新时代金融工作使命光荣、责任重大。让我们更加紧密地团结在以习近平同志为核心的党中央周围，全面贯彻习近平新时代中国特色社会主义思想，牢牢把握高质量发展这个首要任务和构建新发展格局这个战略任务，把中央金融工作会议精神落到实处，以奋发有为的精神状态和"时时放心不下"的责任意识推进金融高质量发展，不断开创新时代金融工作新局面，不断谱写中国式现代化建设新篇章。

（2023年11月04日　02版）

坚定推进高水平开放

"中国将始终是世界发展的重要机遇，将坚定推进高水平开放"。11月5日，习近平主席向第六届中国国际进口博览会致信，充分肯定进博会连续成功举办所作出的贡献，深刻把握世界经济面临的困难和挑战，郑重宣示中国推进高水平开放的坚定决心，对进博会更好发挥功能作用提出殷切期望，为推动构建开放型世界经济、推动世界经济复苏注入了强大正能量。

举办中国国际进口博览会，是中国着眼于推动新一轮高水平对外开放作出的重大决策，是中国主动向世界开放市场的重大举措，目的就是要扩大开放，让中国大市场成为世界大机遇。2018年以来，进博会成功举办五届，依托中国大市场优势，发挥国际采购、投资促进、人文交流、开放合作平台功能，对加快构建新发展格局和推动世界经济发展作出了积极贡献。这一由习近平主席亲自谋划、亲自提出、亲自部署、亲自推动的世界上首个以进口为主题的国家级展会，已经成为中国构建新发展格局的窗口、推动高水平开放的平台、全球共享的国际公共产品。本届进博会以"新时代，共享未来"为主题，参展的世界500强和行业龙头企业数创历史新高，必将为各方提供更多市场机遇、投资机遇、增长机遇，凝聚合力，共促发展。

开放是当代中国的鲜明标识。今年是改革开放45周年，以开放促改革、促发展是我国现代化建设不断取得新成就的重要法宝。特别是党的十八大以来，中国实行更加积极主动的开放战略，构建面向全球的高标准自由贸易区网络，加快推进自由贸易试验区、海南自由贸易港建设，共建"一带一路"成为深受欢迎的国际公共产品和国际合作平台。我国成为140多个国家和地区的主要贸易伙伴，货物贸易总额居世界第一，吸引外资和对外投资居世界前列，形成更大范围、更宽领域、更深层次对外开放格局。过去10年，中国对世界经济增长的年平均贡献率超过30%。今年以来，中国经济保持回升向好态势。中国具有社会主义市场经济的体制优势、超大规模市场的需求优势、产业体系配套完整的供给优势、大量高素质劳动者和企业家的人才优势。中国经济韧性强、潜力大、活力足，长期向好的基本面没有改变，为保障产业链供应链安全畅通、推动世界经济复苏进程走稳走实作出了突出贡献。实践充分证明，中国不断扩大对外开放，不仅发展了自己，也造福了世界。

当前，世界之变、时代之变、历史之变正以前所未有的方式展开。世界经济复苏动力不足，需要各国同舟共济、共谋发展。必须深刻认识到，世界经济开放则兴，封闭则衰。开放是人类文明进步的重要动力，是世界繁荣发展的必由之路。只有以开放纾发展之困、以开放汇合作之力、以开放聚创新之势、以开放谋共享之福，推动经济全球化不断向前，才能增强各国发展动能。人类是相互依存的命运共同体，只有始终坚持合作共赢，努力把互利合作"蛋糕"做大，共同建设开放包容的世界经济，才能让发展成果更多更公平惠及各国人民。

世界好，中国才会好；中国好，世界会更好。中国正在以中国式现代化全面推进强国建设、民族复兴伟业。坚持和平发展，在坚定维护世界和平与发展中谋求自身发展，又以自身发展更好维护世界和平与发展，推动构建人类命运共同体，是中国式现代化的突出特征。我们敞开大门，谁来同我们合作都欢迎。作为一个超大规模经济体，中国将始终是世界发展的重要机遇，推动各国各方共享中国大市场机遇、共享制度型开放机遇、共享深化国际合作机遇；将坚定推进高水平开放，扩大市场准入，打造市场化、法治化、国际化的一流营商环境；将始终坚持真正的多边主义，推动建设开放型世界经济，持续推动经济全球化朝着更加开放、包容、普惠、平衡、共赢的方向发展。正如习近平主席所希望的，进博会"加快提升构建新发展格局的窗口功能，以中国新发展为世界提供新机遇；充分发挥推动高水平开放的平台作用，让中国大市场成为世界共享的大市场；更好提供全球共享的国际公共产品服务，助力推动构建开放型世界经济，让合作共赢惠及世界"，必能成为畅通国内国际双循环的重要途径，在中国坚定推进高水平开放的进程中发挥更大作用、作出更大贡献。

乘历史大势而上，走人间正道致远。当今世界，和平、发展、合作、共赢的历史潮流不可阻挡，人民对美好生活的向往不可阻挡，各国实现共同发展繁荣的愿望不可阻挡。历史反复证明，开放包容、合作共赢才是人间正道。各国携起手来，凝聚更多开放共识，共同克服困难和挑战，就一定能让开放的春风温暖世界，让开放为全球发展带来新的光明前程。

（2023年11月06日　01版）

助力共建"一带一路"高质量发展

"共建'一带一路'进入高质量发展的新阶段",11月6日,习近平主席向首届"一带一路"科技交流大会致贺信,郑重宣示中国推进国际科技创新交流、促进创新成果更多惠及各国人民的行动和决心,为助力共建"一带一路"高质量发展、推动构建人类命运共同体注入强大正能量。

今年是共建"一带一路"倡议提出10周年。10年来,共建"一带一路"跨越不同文明、文化、社会制度、发展阶段差异,开辟了各国交往的新路径,搭建起国际合作的新框架,汇集着人类共同发展的最大公约数。科技合作是共建"一带一路"合作的重要组成部分。中国与相关共建国家坚持把科技人文交流作为重要根基,把创新平台建设作为重要载体,把服务互联互通和共同发展作为重要方向,把开放创新生态构建作为重要内容。从支持逾万名共建国家青年科学家来华进行短期工作和交流,到共同建设50多家"一带一路"联合实验室,从实施一批"小而美"的合作项目,到建设9个跨国技术转移平台……在各方共同参与和推动下,"一带一路"科技合作机制不断深化,科研人员往来愈发紧密,科技合作成果日益丰硕。截至目前,中国已与80多个共建国家签署了政府间科技合作协定,共同构建起全方位、多层次、广领域的"一带一路"科技合作格局,结出实打实、沉甸甸的合作"果实"。

　　当前，世界百年未有之大变局加速演进，新一轮科技革命和产业变革深入发展。科技创新是人类社会发展的重要引擎，要破解共同发展难题，人类比以往任何时候都更需要国际合作和开放共享。唯有加强全球科技创新合作，加快技术转移和知识分享，弥合数字鸿沟，共同培育全球发展新动能，才能为人类创造更加美好的未来。科技创新作为促进经济发展、民生改善和应对全球性挑战的关键力量，是共建"一带一路"的重点领域，也是各国共同关注的重点方向。始终以构建人类命运共同体理念为指引，以高标准、惠民生、可持续为目标，秉承共商共建共享原则，推动"一带一路"科技创新合作走深走实，才能促进创新成果更多惠及各国人民，为推动构建人类命运共同体贡献科技力量。

　　共建"一带一路"进入高质量发展的新阶段，这对引领新形势下国际合作和全球发展具有重要意义。前不久，习近平主席在第三届"一带一路"国际合作高峰论坛开幕式上的主旨演讲中郑重宣布了中国支持高质量共建"一带一路"的八项行动，围绕"推动科技创新"提出一系列务实举措，充分彰显了中国以实际行动推动共建"一带一路"高质量发展、同各国一道为解决全人类问题作出更大贡献的大国担当。面向未来，中方将弘扬以和平合作、开放包容、互学互鉴、互利共赢为核心的丝路精神，深入实施"一带一路"科技创新行动计划，推进国际科技创新交流，与各国共同挖掘创新增长潜力，激发创新合作潜能，强化创新伙伴关系，促进创新成果更多惠及各国人民。各方携手前行，深化"一带一路"国际合作，实现共建"一带一路"更高质量、更高水平的新发展，就一定能为推动实现世界各国的现代化、共同推动构建人类命运共同体注入强劲动能。

　　共建"一带一路"追求的是发展，崇尚的是共赢，传递的是希望。唯有自强不息、不懈奋斗，才能收获累累果实，才能建立利在千秋、福泽万民的长久之功。让我们以首届"一带一路"科技交流大会为契机，坚持目标导向、行动导向，咬定青山不放松，一张蓝图绘到底，深入实施"一带一路"科技创新行动计划，共建创新之路，同促合作发展，推动高质量共建"一带一路"焕发出时代光彩，共同建设更加美好的世界。

（2023年11月07日　02版）

共同推动构建网络空间命运共同体迈向新阶段

互联网是人类共同的家园。无论数字技术如何创新发展，无论国际环境如何风云变幻，每个人都在网络空间休戚与共、命运相连。11月8日，习近平主席向2023年世界互联网大会乌镇峰会开幕式发表视频致辞，强调"我们要深化交流、务实合作，共同推动构建网络空间命运共同体迈向新阶段"，倡导发展优先、安危与共、文明互鉴，提出构建更加普惠繁荣、和平安全、平等包容的网络空间的三点主张，为各国携手构建网络空间命运共同体注入强大正能量。

当今世界变乱交织，百年变局加速演进，如何解决发展赤字、破解安全困境、加强文明互鉴，是我们共同面临的时代课题。在此形势下，中国没有独善其身，而是同世界各国加强合作，共同探寻解决之道。习近平主席提出共建"一带一路"倡议、全球发展倡议、全球安全倡议、全球文明倡议，就是希望和世界各国一道，实现经济发展，改善民生，互利共赢，让团结代替分裂、合作代替对抗、包容代替排他，共同建设持久和平、普遍安全、共同繁荣、开放包容、清洁美丽的世界。实践告诉我们，坚定践行真正的多边主义，推动共建"一带一路"更高质量、更高水平的新发展，推动落实全球发展倡议、全球安全倡议、全球文明倡议，推动构建人类命运共同体，才能应对各种全球性挑战，共同创造人类更加美好的未来。

互联网日益成为推动发展的新动能、维护安全的新疆域、文明互鉴的新平台，构建网络空间命运共同体既是回答时代课题的必然选择，也是国际社会的共同呼声。2015年，习近平主席在第二届世界互联网大会开幕式上提出了全球互联网发展治理的"四项原则"、"五点主张"，倡导构建网络空间命运共同体，这一理念得到国际社会广泛认同和积极响应。新时代的中国网络空间国际合作，在构建网络空间命运共同体的愿景下，不断取得新成绩、实现新突破、展现新气象。实践充分证明，推动构建网络空间命运共同体，将为构建人类命运共同体提供充沛的数字化动力，构筑坚实的安全屏障，凝聚更广泛的合作共识。前进道路上，中国将始终秉持构建网络空间命运共同体理念，同国际社会一道，共同构建更加普惠繁荣、和平安全、平等包容的网络空间。

互联网发展需要大家共同参与，发展成果应由大家共同分享。随着新一代信息通信技术加速融合创新，数字化、网络化、智能化在经济社会各领域加速渗透融合，深刻改变人们的生产方式和生活方式。同时，不同国家和地区在互联网普及、基础设施建设、技术创新创造、数字经济发展、数字素养与技能等方面的发展水平不平衡，影响和限制世界各国特别是发展中国家的信息化建设和数字化转型。习近平主席指出："我们倡导发展优先，构建更加普惠繁荣的网络空间。"只有深化数字领域国际交流合作，加速科技成果转化，加快信息化服务普及，缩小数字鸿沟，在互联网发展中保障和改善民生，才能让更多国家和人民共享互联网发展成果。

安全是发展的前提，一个安全稳定繁荣的网络空间，对世界各国都具有重大意义。必须深刻认识到，网络安全是全球性挑战，没有哪个国家能够置身事外，维护网络安全是国际社会的共同责任。同时，《联合国宪章》确立的主权平等原则是当代国际关系的基本准则，同样适用于网络空间。习近平主席指出："我们倡导安危与共，构建更加和平安全的网络空间。"只有尊重网络主权，遵守网络空间国际规则，深化网络安全务实合作，有力打击网络违法犯罪行为，加强数据安全和个人信息保护，才能妥善应对科技发展带来的规则冲突、社会风险、伦理挑战，更好维护网络空间安全。

文明因交流而多彩，因互鉴而发展。互联网是传播人类优秀文化、弘扬正能量的重要载体。打造网上文化交流共享平台，促进交流互鉴，有利于共同推动网络文化繁荣发展，丰富人们精神世界，促进人类文明进步。习近平主席指出："我们倡导文明互鉴，构建更加平等包容的网络空间。"只有加强网上交流对话，促进各国人民相知相亲，推动不同文明包容共生，才能更好弘扬全人类共同价值。只有加强网络文明建设，促进优质网络文化产品生产传播，充分展示人类优秀文明成果，积极推动文明传承发展，才能共同建设网上精神家园。

信息革命时代潮流浩荡前行，网络空间承载着人类对美好未来的无限憧憬。前进道路上，顺应互联网发展大势，推动网络空间互联互通、共享共治，携手构建网络空间命运共同体，就一定能让互联网更繁荣、更干净、更安全，更好造福世界各国人民。

（2023年11月09日　01版）

继续谱写西藏长治久安和
高质量发展的绚烂华章

"西藏经济社会的发展进步是中国建设发展辉煌成就的一个典型缩影，是中国式现代化在世界屋脊创造的人类发展奇迹。"11月10日，国务院新闻办公室发布《新时代党的治藏方略的实践及其历史性成就》白皮书，以详实数据和大量事实，系统总结在新时代党的治藏方略引领下，西藏各项事业取得全方位进步、历史性成就，充分展示了在新征程上做好西藏工作、继续谱写西藏长治久安和高质量发展绚烂华章的坚强决心和坚定信心。

治国必治边、治边先稳藏。党的十八大以来，以习近平同志为核心的党中央深化对西藏工作的规律性认识，总结党领导人民治藏稳藏兴藏的成功经验，形成了新时代党的治藏方略，为做好新时代西藏工作提供了根本遵循。新时代党的治藏方略，立足中国特色社会主义实践和西藏工作实际，深刻揭示了西藏工作的内在规律，科学回答了一系列方向性、全局性、战略性问题，是中国共产党领导人民治藏稳藏兴藏成功经验的总结提炼和创新发展，是习近平新时代中国特色社会主义思想关于西藏工作的集中体现。

人民对美好生活的向往，就是中国共产党矢志不渝的奋斗目标。从彻底摆脱了束缚千百年的绝对贫困问题，到大力推进公共文化服务体系建设，从推动民族工作高质量发展、依法管理宗教事务，到不断完善工作机制、提高治理水平，从着力打造全国乃至国际生态文明高地，到有效保障各族人民享有当家作主的权利……在新时代党的治藏方略引领下，西藏社会大局持续稳定向好、经济建设全面快速发展、人民生活水平不断提高、民族和睦宗教和顺、文化事业繁荣进步、生态安全屏障日益坚实、边疆巩固边境安全、党的建设全面加强，与全国人民一道迎来了从站起来、富起来到强起来的伟大飞跃。

新时代以来，西藏之所以步入发展最好、变化最大、群众得实惠最多的历史时期，各项事业取得全方位进步、历史性成就，最根本在于以习近平同志为核心的党中央坚强领导，在于习近平新时代中国特色社会主义思想科学指引。实践充分证明，只有在党中央坚强领导和党的创新理论科学指引下，全面深入贯彻落实新时代党的治藏方略，始终坚持所有发展都要赋予民族团结进步的意义，都要赋予维护统一、反对分裂的意义，都要赋予改善民生、凝聚人心的意义，都要有利于提升各族群众获得感、幸福感、安全感，切实抓好稳定、发展、生态、强边四件大事，才能确保西藏长治久安和高质量发展。

党的二十大以后，全国各族人民迈上了以中国式现代化全面推进强国建设、民族复兴伟业的新征程。习近平总书记强调："全面建成社会主义现代化强国，一个民族也不能少。我们要大力促进各民族共同团结奋斗，为强国建设、民族复兴凝聚磅礴力量；要全面实现各民族共同繁荣发展，让各族人民共享强国建设、民族复兴的伟大荣光。"奋进新征程，我们要把思想和行动统一到党中央决策部署上来，以铸牢中华民族共同体意识为主线，坚定不移走中国特色解决民族问题的正确道路，贯彻落实新时代党的治藏方略，完整准确全面贯彻新发展理念，全面推进民族团结进步事业。要把维护祖国统一、加强民族团结作为西藏工作的着眼点和着力点，把改善民生、凝聚人心作为经济社会发展的出发点和落脚点，巩固拓展脱贫攻坚成果，全面推进乡村振兴，打造生态文明建设高地，走出符合西藏实际的高质量发展之路。

同心共筑中国梦，雪域高原换新颜。习近平总书记在西藏考察时指出："实践证明，没有中国共产党就没有新中国，也就没有新西藏，党中央关于西藏工作的方针政策是完全正确的。"今天的西藏，迎来了前所未有、千载难逢的发展机遇，插上了腾飞的翅膀。有以习近平同志为核心的党中央坚强领导，有新时代党的治藏方略正确引领，有全国人民大力支持，有西藏各族人民共同奋斗，一定能继续谱写西藏长治久安和高质量发展的绚烂华章。

（2023年11月11日　04版）

加快建设对外开放大通道

　　一列列中欧班列从阿拉山口口岸驶出国门，一辆辆新能源汽车、重型卡车从巴克图口岸鱼贯而出，一趟趟满载货物的集装箱卡车在红其拉甫口岸快速通关……近年来，随着我国扩大对外开放、西部大开发、共建"一带一路"等深入推进，新疆从相对封闭的内陆变成对外开放的前沿，在新时代新征程上奋力谱写高水平对外开放新篇章。建立新疆自贸试验区是党中央、国务院作出的重大决策，是新时代推进改革开放的重要战略举措，近日国务院印发《中国（新疆）自由贸易试验区总体方案》，方案的实施必将助力创建亚欧黄金通道和我国向西开放的桥头堡，为共建中国—中亚命运共同体作出积极贡献。

　　"五口通八国，一路连欧亚。"新疆地处亚欧大陆腹地，是我国陆上口岸最多的省份，在建设丝绸之路经济带中具有不可替代的地位和作用。"把新疆的区域性开放战略纳入国家向西开放的总体布局中，创新开放型经济体制，加快建设对外开放大通道，更好利用国际国内两个市场、两种资源，积极服务和融入新发展格局"，习近平总书记从战略和全局高度谋划新疆未来，亲自擘画、亲自部署、亲自推动新疆加快打造内陆开放和沿边开放的高地、更好融入共建"一带一路"，为新疆持续拓展对外开放广度和深度，在推动共建"一带一路"更高质量、更高水平的新发展中展现新担当新作为指明了努力方向、提供了重要遵循。

　　使命催人奋进，实干成就梦想。加快乌鲁木齐国际陆港区建设，构建现代物流、国际商贸、先进制造、高端服务协同发展的开放型现代化产业体系；推进喀什、霍尔果斯经济开发区高质量建设，构建面向中亚、西亚、南亚和欧洲的特色产业集群；优化口岸经济带布局，完善口岸定位功能及配套基础设施；举办中国—亚欧博览会，加快推进新疆自贸试验区建设……新疆维吾尔自治区党委和政府深入贯彻落实习近平总书记对新疆工作重要讲话和重要指示批示精神，丰富对外开放载体，提升对外开放水平，创新开放型经济体制。2022年，新疆外贸进出口总值2463.6亿元，同比增长57%。今年前三季度，新疆外贸进出口总值2528.4亿元，同比增长47.3%。今天的新疆，"一带一路"核心区建设取得重要阶段性成果，开放合作空间不断拓展，互联互通水平持续提升，在"东联西出""西引东来"中助推高水平对外开放走深走实。

乘历史大势行稳，走人间正道致远。习近平总书记强调："要发挥新疆独特的区位优势，积极服务和融入新发展格局，从实际出发抓好对外开放工作，加快'一带一路'核心区建设，使新疆成为我国向西开放的桥头堡。"前进道路上，要深入贯彻党的二十大精神，完整准确全面贯彻新时代党的治疆方略，牢牢把握在国家发展全局中的战略定位，立足资源禀赋、区位优势和产业基础，以"一港、两区、五大中心、口岸经济带"建设为主线，加快建设对外开放大通道，做强重点对外开放平台，深化与周边国家经贸投资合作，助力构建陆海内外联动、东西双向互济的高水平对外开放格局，推动新疆迈上高质量发展的轨道，为推动共建"一带一路"高质量发展作出新的更大贡献。

2022年7月，习近平总书记在新疆考察时指出："共建'一带一路'倡议提出这些年来，硕果累累。随着共建'一带一路'深入推进，新疆不再是边远地带，而是一个核心区、一个枢纽地带，你们做的是具有历史意义的事情，已经取得很好的成绩，再接再厉，前途光明。"新征程上，在以习近平同志为核心的党中央坚强领导下，深入贯彻习近平新时代中国特色社会主义思想，积极服务和融入新发展格局，助力建设更高水平开放型经济新体制，推动共建"一带一路"更高质量、更高水平的新发展，牢记嘱托、奋楫笃行，新疆就一定能在中国式现代化进程中取得新成绩、跃上新台阶。

（2023年11月14日　01版）

秉持初心，牢记使命，推动亚太合作再出发

"我们要秉持亚太经合组织初心，牢记历史赋予我们的使命，推动亚太合作再出发。"习近平主席向在旧金山举行的亚太经合组织工商领导人峰会发表书面演讲，深刻总结亚太合作的历程和启示，深入阐述中国对深化亚太合作、促进地区和世界经济增长的主张，为谱写亚太合作新篇章、建设更加美好的世界注入了强大正能量。

30年前，面对冷战结束后"人类向何处去"的世界之问、历史之问、时代之问，首次召开的亚太经合组织领导人非正式会议，一致同意超越集团对抗、零和博弈的旧思维，深化区域经济合作和一体化，致力于共建一个活力、和谐、繁荣的亚太大家庭，亚太发展和经济全球化从此进入快车道。过去30年，亚太地区平均关税水平从17%下降至5%，对世界经济增长的贡献达到七成；亚太地区人均收入翻了两番还要多，十亿人口成功脱贫，为人类进步和全球可持续发展作出重要贡献；妥善应对亚洲金融危机、国际金融危机等重大挑战，维护了亚太经济发展的良好势头。亚太合作的非凡历程深刻启示：开放包容是亚太合作的主旋律，共同发展是亚太合作的总目标，求同存异是亚太合作的好做法。

习近平主席强调："亚太合作下一个30年将走向何方，成为我们面临的新的时代之问。"当今世界变乱交织，百年变局加速演进，世界进入新的动荡变革期，世界经济增长动能不足，不稳定、不确定、难预料因素增多。作为世界经济增长中心、全球发展稳定之锚和合作高地，亚太是世界

经济增长的重要引擎。秉持亚太经合组织初心，谋大势、顾大局，弘扬和而不同、和衷共济的伙伴精神，坚持开放包容、共同发展、求同存异，始终沿着正确的方向前行，就一定能够不断造福地区人民，为世界和平发展注入更多亚太力量。

"万物得其本者生，百事得其道者成。"习近平主席提出"坚持对话而不对抗、结伴而不结盟的国与国交往之道""坚持开放的区域主义，坚定不移推进亚太自由贸易区进程""推进数字化、智能化、绿色化转型发展"等观点主张，为推动亚太合作再出发擘画了蓝图、明确了重点、指明了路径。要深刻认识到，和平来之不易，发展任重道远，亚太不能也不应该沦为地缘博弈的角斗场，更不能搞"新冷战"和阵营对抗。亚太繁荣发展的历程表明，唯有合作才能发展，不合作是最大的风险。面对新一轮科技革命和产业变革浪潮，必须着眼长远、把握机遇、乘势而上。新起点上，我们要共同维护联合国宪章宗旨和原则，坚持国与国交往之道，维护亚太繁荣稳定；要发挥各自比较优势，促进各国经济联动融通，打造合作共赢的开放型亚太经济；要共同强化科技创新和成果转化，推进数字经济和实体经济深度融合，强化科技创新对绿色化数字化转型和可持续发展的支撑，营造开放、公平、公正、非歧视的科技发展环境。

我们处在一个充满挑战变化的时代，也处在一个充满希望的时代。世界各国乘坐在一条命运与共的大船上，只有加强团结合作才能共迎挑战、共克时艰，开创人类更加美好的未来。10年前，习近平主席提出的推动构建人类命运共同体理念，凝聚共建美好世界的最大公约数，成为引领时代潮流和人类前进方向的鲜明旗帜。面向未来，中方愿同亚太各方一道，推动落实全球发展倡议、全球安全倡议、全球文明倡议，携手应对各种全球性挑战、促进全球共同发展、增进全人类福祉，共同建设持久和平、普遍安全、共同繁荣、开放包容、清洁美丽的世界。

中国的发展受益于亚太，也用自身发展回馈亚太、造福亚太。今天的中国人民正在以中国式现代化全面推进中华民族伟大复兴，这对世界来说意味着更加广阔的市场和前所未有的合作机遇。各方秉持初心，牢记使命，同心协力，实现和平发展、互利合作、共同繁荣的世界现代化，就一定能为亚太稳定繁荣作出更多贡献，在推动构建人类命运共同体的大道上阔步前进。

（2023年11月18日　02版）

不断以中国新发展为世界带来新动力、新机遇

　　"中国已经成为最佳投资目的地的代名词,下一个'中国',还是中国",在向亚太经合组织工商领导人峰会发表的书面演讲中,习近平主席深刻阐述中国经济取得的成就和具有的优势,郑重宣布中国坚定不移推进高质量发展、坚定不移推进高水平对外开放等一系列务实举措,强调"我们有信心、更有能力实现长期稳定发展,并不断以中国新发展为世界带来新动力、新机遇"。

　　在不断战胜风险挑战中爬坡过坎,中国发展取得了历史性成就。今年以来,面对复杂严峻的国际环境和艰巨繁重的国内改革发展稳定任务,我们迎难而上、知难而进,经济持续回升向好,增速在全球主要经济体中保持领先,高质量发展扎实推进。数据显示,前三季度中国国内生产总值同比增长5.2%,其中三季度增长4.9%,两项指标在主要经济体中都名列前茅,预计中国今年对全球经济增长的贡献将达到三分之一。实践充分证明,中国经济韧性强、潜力足、回旋余地广,长期向好的基本面没有变也不会变,中国仍然是全球增长最大引擎,将为世界经济提供强大动能,为各国提供更广阔的市场机会。

　　当前,世界经济下行压力增大,不稳定、不确定、难预料因素增多,各国经济都面临不小挑战。面对复杂的外部环境,中国经济顶住了压力,稳定了规模,提升了质量,中国发展仍然具有良好支撑基础和诸多有利条件。习近平主席深刻指出:"中国具有社会主义市场经济的体制优势、超

大规模市场的需求优势、产业体系配套完整的供给优势、大量高素质劳动者和企业家的人才优势，经济发展具备强劲的内生动力、韧性、潜力。"面向未来，把各方面的优势与活力充分激发出来，我们完全有信心、有能力、有条件战胜各种风险挑战，推动中国经济大船乘风破浪持续前行，不断以中国新发展为世界提供新机遇，以自身稳定发展为不确定的世界经济带来宝贵的确定性。

中国的发展离不开世界，世界的发展也需要中国。中国深入贯彻创新、协调、绿色、开放、共享的新发展理念，坚定不移推进高质量发展，经济增长的含金量更高、绿色成色更浓，将加快推进现代化产业体系建设，为各类经营主体共享发展成果提供更好制度性保障，不断培育新的增长动能、释放更大发展空间。中国坚持敞开大门搞建设，坚定不移推进高水平对外开放，进一步扩大市场准入，已经宣布全面取消制造业领域外资准入限制措施。无论国际形势如何变化，中国打造市场化、法治化、国际化营商环境的决心不会变，一视同仁为外商投资提供优质服务的政策不会变，将不断完善外商投资权益保护机制，进一步缩减外商投资准入负面清单，努力打破制约创新要素流动的壁垒，深化数字经济领域改革。面向未来，中国开放的大门只会越开越大，为世界带来更多市场机遇、增长机遇、合作机遇。

习近平主席强调："中国经济克服挑战、稳步前行，实现高质量发展，这也是推进中国式现代化的必然要求。"奋进在以中国式现代化全面推进强国建设、民族复兴伟业的新征程，我们致力于团结奋斗，让全体中国人民一起迈向现代化；致力于共同富裕，让每一个中国人都过上美好生活；致力于全面发展，让人们的物质和精神世界同样富足；致力于永续发展，让人与自然和谐共生；致力于和平发展，推动构建人类命运共同体。应当看到，中国式现代化的出发点和落脚点是让14亿多中国人民过上更加美好的生活，对世界来说，这意味着更加广阔的市场和前所未有的合作机遇，也将为世界现代化注入强大动力。展望未来，一个不断走向现代化的中国，必将为世界提供更多机遇，为国际合作注入更强动力，为全人类进步作出更大贡献。

中国追求的不是独善其身的现代化，愿同各国一道，实现和平发展、互利合作、共同繁荣的世界现代化，欢迎积极参与中国式现代化进程，共享中国高质量发展带来的巨大机遇。始终站在历史正确的一边、站在人类文明进步的一边，共行天下大道，推动构建人类命运共同体，就一定能共同开创人类更加美好的未来。

（2023年11月19日　02版）

紧扣一体化和高质量这两个关键词

——论学习贯彻习近平总书记在深入推进
长三角一体化发展座谈会上重要讲话

从全局谋划一域，以一域服务全局。近日，习近平总书记在上海主持召开深入推进长三角一体化发展座谈会并发表重要讲话，从党和国家事业发展全局出发，对深入推进长三角一体化发展作出重要部署，强调要"紧扣一体化和高质量这两个关键词""推动长三角一体化发展取得新的重大突破，在中国式现代化中走在前列，更好发挥先行探路、引领示范、辐射带动作用"。

推动长三角一体化发展，是习近平总书记亲自谋划、亲自部署、亲自推动的重大国家战略，是新时代引领全国高质量发展、完善我国改革开放空间布局、打造我国发展强劲活跃增长极的重大举措。长三角一体化发展战略提出并实施5年来，《长江三角洲区域一体化发展规划纲要》印发，长三角一体化发展的"四梁八柱"不断完善，现代化综合交通运输体系基本建成，区域协同创新产业体系加快建立，公共服务共建共享机制持续健全……长三角区域整体实力和综合竞争力持续位居全国前列，彰显中国特色社会主义制度优越性的重要窗口和我国参与国际竞争合作的重要平台的作用日益显现，为构建新发展格局、推进高水平对外开放赢得了战略主动。实践充分证明，长三角一体化发展不断取得新成效、呈现新气象，根本在于有习近平总书记领航掌舵，有习近平新时代中国特色社会主义思想科学指引。

党的二十大擘画了全面建设社会主义现代化国家、以中国式现代化全面推进中华民族伟大复兴的宏伟蓝图，吹响了奋进新征程的时代号角。推进中国式现代化，是一项前无古人的开创性事业，前途光明，任重道远。习近平总书记深刻指出："深入推进长三角一体化发展，进一步提升创新能力、产业竞争力、发展能级，率先形成更高层次改革开放新格局，对于我国构建新发展格局、推动高质量发展，以中国式现代化全面推进强国建设、民族复兴伟业，意义重大。"长三角地区是我国经济发展最活跃、开放程度最高、创新能力最强的区域之一，在国家现代化建设大局和全方位开放格局中具有举足轻重的战略地位，有条件在全面建设社会主义现代化国家新征程中走在全国前列。要把长三角一体化发展放到国家发展大局中去定位思考，放到引领带动全国高质量发展中去布局谋划，发挥好经济增长极、发展动力源、改革试验田的作用，更好支撑和服务中国式现代化。

推进长三角一体化发展是一篇大文章，必须紧扣一体化和高质量这两个关键词。把思想方法搞对头，认识问题才站得高，分析问题才看得深，开展工作也才能把得准。只有坚持系统观念，提高系统思维能力，以一体化的思路和举措打破行政壁垒、提高政策协同，充分发挥优势、彰显特色，深化合作、相互赋能，才能凝聚更强大的合力，促进高质量发展。加强科技创新和产业创新跨区域协同，跨区域、跨部门整合科技创新力量和优势资源；加快完善一体化发展体制机制，推动一体化向更深层次更宽领域拓展，使长三角真正成为区域发展共同体；积极推进高层次协同开放，推动长三角优势产能、优质装备、适用技术和标准"走出去"；加强生态环境共保联治，加强节能减排降碳区域政策协同……增强一体化意识，坚持一盘棋思想，把各地自身优势变为区域优势，共拉长板提升区域发展整体效能，才能有力推动长三角更高质量一体化发展。

高质量发展是全面建设社会主义现代化国家的首要任务。要完整、准确、全面贯彻新发展理念，始终以创新、协调、绿色、开放、共享的内在统一来把握发展、衡量发展、推动发展。要树立全球视野和战略思维，坚定不移深化改革、扩大高水平开放，统筹科技创新和产业创新，统筹龙头带动和各扬所长，统筹硬件联通和机制协同，统筹生态环保和经济发展，在推进共同富裕上先行示范，在建设中华民族现代文明上积极探索。要进一步畅通经济循环，实现资源要素合理流动和高效配置，促进全国统一大市场建设，引导产业和经济合理布局。要主动对接高标准国际经贸规则，扩大制度型开放，打造高水平对外开放门户，增强对国际商品和资源要素的吸引力。要着力提升安全发展能力，统筹好发展和安全，夯实安全发展的基础。

天风浩荡长三角，披襟向洋奋楫先。坚持以习近平新时代中国特色社会主义思想为指导，把思想和行动统一到习近平总书记重要讲话精神和党中央决策部署上来，坚持稳中求进，一任接着一任干，不断谱写长三角一体化发展新篇章，就一定能在中国式现代化中更好发挥引领示范作用。

（2023 年 12 月 02 日　01 版）

推动宪法实施成为全体人民的自觉行动

在第十个国家宪法日到来之际，习近平总书记作出重要指示，指出"宪法是治国安邦的总章程，是我们党治国理政的根本法律依据，是国家政治和社会生活的最高法律规范"，强调"在全社会大力弘扬宪法精神、社会主义法治精神，推动宪法实施成为全体人民的自觉行动"。

宪法具有根本性、全局性、稳定性、长期性。党的十八大以来，我们党加强对宪法工作的全面领导，丰富和发展了中国特色社会主义宪法理论和宪法实践，推动我国宪法制度的显著优势更好转化为国家治理效能。从健全党领导立法、保证执法、支持司法、带头守法的制度性安排，到推进党的领导制度化、法治化，从完善以宪法为核心的中国特色社会主义法律体系，到加强合宪性审查、备案审查制度和能力建设，从设立国家宪法日，建立宪法宣誓制度，到依照宪法和基本法有效实施对特别行政区的全面管治权……党和国家各项事业、各项工作全面纳入法治轨道，宪法的国家根本法作用充分发挥，宪法实践更加丰富生动。我国宪法制度建设和宪法实施之所以取得历史性成就，根本在于有习近平总书记领航掌舵，在于有习近平新时代中国特色社会主义思想科学指引。

党的二十大擘画了全面建设社会主义现代化国家、以中国式现代化全面推进中华民族伟大复兴的宏伟蓝图，对坚持依宪治国、依宪执政提出了新的更高要求，必须更好发挥法治固根本、稳预期、利长远的保障作用，在法治轨道上全面建设社会主义现代化国家。必须深刻认识到，维护宪法权威，就是维护党和人民共同意志的权威；捍卫宪法尊严，就是捍卫党和人民共同意志的尊严；保证宪法实施，就是保证人民根本利益的实现。新征程上，我们要坚定维护宪法权威和尊严，推动宪法完善和发展，更好发挥宪法在治国理政中的重要作用，为以中国式现代化全面推进强国建设、民族复兴伟业提供坚实保障。

坚持依法治国首先要坚持依宪治国，坚持依法执政首先要坚持依宪执政。提高党依宪治国、依宪执政能力，必须把宪法实施贯彻到统筹推进"五位一体"总体布局、协调推进"四个全面"战略布局的全部实践中，贯彻到改革发展稳定、内政外交国防、治党治国治军各领域各方面，全面推进国家各方面工作法治化。中国特色社会主义制度是当代中国发展进步的根本保证。要坚定政治制度自信，坚持宪法确定的中国共产党领导地位不动摇，坚持宪法确定的人民民主专政的国体和人民代表大会制度的政体不动摇。宪法的生命在于实施，宪法的权威也在于实施。要深入学习贯彻习近平法治思想，坚持宪法规定、宪法原则、宪法精神全面贯彻，坚持宪法实施、宪法解释、宪法监督系统推进，加快完善以宪法为核心的中国特色社会主义法律体系，不断提高宪法实施和监督水平。宪法的根基在于人民发自内心的拥护，宪法的伟力在于人民出自真诚的信仰。要加强宪法理论研究和宣传教育，坚持知识普及、理论阐释、观念引导全面发力，深化宪法宣誓、国家宪法日、国家象征和标志等制度的教育功能，推动宪法宣传教育常态化长效化，使全体人民成为宪法的忠实崇尚者、自觉遵守者、坚定捍卫者。

习近平总书记强调："制定和实施宪法，是人类文明进步的标志，是人类社会走向现代化的重要支撑。"奋进新征程，在以习近平同志为核心的党中央坚强领导下，深入学习贯彻习近平法治思想和习近平总书记关于宪法的重要论述，弘扬宪法精神，加强宪法实施，筑法治之基、行法治之力、积法治之势，我们就一定能谱写新时代中国宪法实践新篇章。

（2023年12月05日　01版）

传承弘扬"四下基层"优良作风

　　源起宁德，兴于福建，推向全国，"四下基层"这一我们党密切联系群众的实践创造，35年来不断发扬光大，展现出非凡的实践力量。近日，习近平总书记在反映福建宁德坚持践行"四下基层"促发展见实效的有关材料上作出重要批示。中央主题教育领导小组办公室要求把学习推广"四下基层"作为第二批主题教育重要抓手。

　　"四下基层"是习近平同志在福建宁德工作时大力倡导并身体力行形成的工作方法和工作制度。当年，习近平同志要求宁德各级领导干部"宣传党的路线、方针、政策下基层，调查研究下基层，信访接待下基层，现场办公下基层"，并率先垂范，带头下基层宣讲、调研、接访、办公，带头沉下身到最偏远、最困难的地方，为群众排忧解难，推动改革开放和经济社会发展，为党员干部践行党的群众路线树立了光辉典范。35年来，福建大力传承弘扬"四下基层"优良作风，推动"四下基层"内涵不断深化、载体不断丰富、制度日益完善，成为广大干部群众接续奋斗的强大动力。实践充分证明，"四下基层"是转变干部作风、密切联系群众的重要法宝，是破解难题、推动发展的有效方法，是加强党的建设、做好各项工作的宝贵财富。

　　第二批主题教育在群众家门口开展，越到基层越要突出一个"实"字。习近平总书记强调："要把实的要求贯穿主题教育全过程，坚决防止和克服形式主义、官僚主义，实实在在抓好理论学习和调查研究，实实在在检视整改突出问题，实实在在办好惠民利民实事，用实干推动发展、取信于民。"深入扎实开展好第二批主题教育，更加注重强基固本，要充分运用好"四下基层"这个重要抓手，把宣传党的理论和路线方针政策作为重大任务，把调查研究作为重要路径，把解决问题作为关键导向，把推动发展作为落脚点，抓出主题教育高质量好效果，让群众看到实效。

坚定以人民为中心的价值追求。一切为了人民、一切依靠人民，践行党的宗旨、矢志为民造福，是"四下基层"的精神实质和实践要求。习近平总书记强调："中国共产党就是给人民办事的，人民对美好生活的向往就是我们的奋斗目标，就是必须守住的人民的心。"前进道路上，广大党员、干部要始终坚持人民至上，永远把老百姓放在心中最高位置，想人民之所想，行人民之所嘱，不断把人民对美好生活的向往变为现实。

践行密切联系群众的工作方法。"四下基层"是密切联系群众的重要途径。当年，习近平同志带领宁德党政机关干部通过践行"四下基层"，把群众上访变为领导下访，化被动服务为主动服务，搭建起党和人民群众的"连心桥"。群众路线是我们党的生命线和根本工作路线，广大党员、干部要把群众观点、群众路线深深植根于思想中、具体落实到行动上，坚持到群众中去、到实践中去，倾听基层干部群众所想所急所盼，始终保持党同人民群众的血肉联系。

把为民办事、为民造福作为最重要的政绩。"四下基层"的目的，就是为民服务解难题。当年，习近平同志三进下党访贫问苦、现场办公，协调解决下党村公路和水电建设、下屏峰村灾后重建等问题，造福当地群众。为民办实事是主题教育得人心、聚民心的有效保证。新征程上，要以主题教育为契机，树牢正确政绩观，紧扣发展所需、改革所急、基层所盼、民心所向的突出问题，抓住就业、教育、医疗、托育、养老、住房等方面群众急难愁盼问题，切实把惠民生、暖民心、顺民意的工作做到群众心坎上。

　　基层是党的执政之基、力量之源。"四下基层"在实践中熠熠生辉，彰显着历久弥新的时代价值和实践意义。新征程上，传承弘扬"四下基层"优良作风，汲取蕴含其中的人民立场、人民情怀、领导方法、思想方法、工作方法，不断把学习贯彻习近平新时代中国特色社会主义思想引向深入，努力走好新时代党的群众路线，就一定能为强国建设、民族复兴汇聚起磅礴力量。

（2023 年 12 月 07 日　01 版）

增强信心和底气，着力推动高质量发展

——论学习贯彻中央经济工作会议精神

　　"全面建设社会主义现代化国家迈出坚实步伐"，中央经济工作会议12月11日至12日在北京举行，习近平总书记出席会议并发表重要讲话，全面总结2023年经济工作，深刻分析当前经济形势，系统部署2024年经济工作，为做好明年经济工作，以中国式现代化全面推进强国建设、民族复兴伟业指明了前进方向、提供了根本遵循。

　　今年是全面贯彻党的二十大精神的开局之年，是三年新冠疫情防控转段后经济恢复发展的一年。面对国际政治经济环境不利因素增多、国内周期性和结构性矛盾叠加的错综复杂形势，以习近平同志为核心的党中央团结带领全党全国各族人民迎难而上，顶住外部压力、克服内部困难，坚持稳中求进工作总基调，全面深化改革开放，加大宏观调控力度，着力扩大内需、优化结构、提振信心、防范化解风险，我国经济回升向好，高质量发展扎实推进。一年来，我国现代化产业体系建设取得重要进展，科技创新实现新的突破，改革开放向纵深推进，安全发展基础巩固夯实，民生保障有力有效，中国经济大船乘风破浪持续前行。

　　在世界百年变局加速演进、国际环境发生深刻变化的复杂局面下，中国经济顶住了压力，稳定了规模，提升了质量。今年的经济运行和经济工作成绩，充分印证了以习近平同志为核心的党中央对形势判断和相关决策的正确性预见性，充分证明了党中央具有在复杂多变的局面下驾驭经济工作的高超智慧和娴熟能力。当前，我国具有社会主义市场经济的体制优势、超大规模市场的需求优势、产业体系配套完整的供给优势、大量高素质劳动者和企业家的人才优势，经济发展具备强劲的内生动力、韧性、潜力。综合起来看，我国发展面临的有利条件强于不利因素，经济回升向好、长期向好的基本趋势没有改变。只要我们坚定信心，振奋精神，团结奋斗，继续爬坡过坎、攻坚克难，坚定不移朝着强国建设、民族复兴的宏伟目标奋勇前进，就一定能够把我国发展进步的命运牢牢掌握在自己手中。

成绩来之不易，经验尤为宝贵。中央经济工作会议指出，"必须把坚持高质量发展作为新时代的硬道理""必须坚持深化供给侧结构性改革和着力扩大有效需求协同发力""必须坚持依靠改革开放增强发展内生动力""必须坚持高质量发展和高水平安全良性互动""必须把推进中国式现代化作为最大的政治"。这"五个必须"，是在以习近平同志为核心的党中央坚强领导下，我们有效统筹国内国际两个大局、统筹疫情防控和经济社会发展、统筹发展和安全，对新时代做好经济工作规律性认识的深化。中国式现代化是前无古人的开创性事业，推动高质量发展是有效防范化解各种重大风险挑战、以中国式现代化全面推进中华民族伟大复兴的必然要求。前进道路上，完整、准确、全面贯彻新发展理念，推动经济实现质的有效提升和量的合理增长，发挥超大规模市场和强大生产能力的优势，统筹推进深层次改革和高水平开放，以高质量发展促进高水平安全，以高水平安全保障高质量发展，聚焦经济建设这一中心工作和高质量发展这一首要任务，才能把中国式现代化宏伟蓝图一步步变成美好现实。

当今世界变乱交织，我国发展进入战略机遇和风险挑战并存、不确定难预料因素增多的时期，经济恢复仍处在关键阶段。明年是中华人民共和国成立75周年，是实施"十四五"规划的关键一年，做好经济工作意义重大。要把思想和行动统一到习近平总书记重要讲话精神上来，深刻领会党中央对经济形势的科学判断，切实增强做好经济工作的责任感使命感，全面贯彻明年经济工作的总体要求，准确把握明年经济工作的政策取向，确保明年经济工作重点任务落地落实。要增强信心和底气，始终保持奋发有为的精神状态，有效应对和解决经济发展面临的问题，努力以自身工作的确定性应对形势变化的不确定性，以新气象新作为推动高质量发展取得新成效。

明年经济工作的大政方针已定，巩固和增强经济回升向好态势，持续推动经济实现质的有效提升和量的合理增长，使命在肩、责任重大。让我们更加紧密地团结在以习近平同志为核心的党中央周围，坚持以习近平新时代中国特色社会主义思想为指导，深刻领悟"两个确立"的决定性意义，增强"四个意识"、坚定"四个自信"、做到"两个维护"，坚定信心、开拓奋进，努力实现经济社会发展各项目标任务，以高质量发展的实际行动和成效，为以中国式现代化全面推进强国建设、民族复兴伟业作出新的更大贡献。

（2023年12月14日　03版）

准确把握明年经济工作的总体要求和政策取向

——论学习贯彻中央经济工作会议精神

明年是中华人民共和国成立75周年，是实施"十四五"规划的关键一年，做好经济工作意义重大。中央经济工作会议明确提出明年经济工作的总体要求和政策取向，强调"要坚持稳中求进、以进促稳、先立后破"，为做好明年经济工作提供了行动指南。

纲举则目张，执本则末从。明确"以习近平新时代中国特色社会主义思想为指导"，强调"坚持稳中求进工作总基调，完整、准确、全面贯彻新发展理念，加快构建新发展格局，着力推动高质量发展"，指出"统筹扩大内需和深化供给侧结构性改革，统筹新型城镇化和乡村全面振兴，统筹高质量发展和高水平安全"，要求"切实增强经济活力、防范化解风险、改善社会预期"……中央经济工作会议对做好明年经济工作提出总体要求，充分体现了以习近平同志为核心的党中央对当前我国经济形势的科学判断和明年经济工作的统筹谋划，是中国经济巨轮劈波斩浪、行稳致远的重要指引。我们要把思想和行动统一到习近平总书记在中央经济工作会议上的重要讲话精神和党中央决策部署上来，全面贯彻明年经济工作的总体要求，注意把握和处理好速度与质量、宏观数据与微观感受、发展经济与改善民生、发展与安全的关系，不断巩固和增强经济回升向好态势，持续推动经济实现质的有效提升和量的合理增长。

坚持稳中求进、以进促稳、先立后破，这是以习近平同志为核心的党中央深入分析国内外形势作出的重大部署，体现了鲜明的问题导向、目标导向，为做好明年经济工作提供了重要的认识论和科学的方法论。中央经济工作会议指出，"多出有利于稳预期、稳增长、稳就业的政策，在转方式、调结构、提质量、增效益上积极进取"。必须深刻认识到，"稳"和"进"是辩证统一的，稳是大局和基础，进是方向和动力。面对国际国内环境发生的深刻复杂变化，面对进一步推动经济回升向好需要克服的一些困难和挑战，只有坚持稳中求进、以进促稳、先立后破，做到大方向要稳，方针政策要稳，战略部署要稳，在守住根基、稳住阵脚的基础上积极进取，该立的要积极主动立起来，该破的要在立的基础上坚决破，才能不断巩固稳中向好的基础，推动中国经济不断迈向高质量发展。

中央经济工作会议提出："要强化宏观政策逆周期和跨周期调节，继续实施积极的财政政策和稳健的货币政策，加强政策工具创新和协调配合。"明年经济工作的政策取向十分明确，认真贯彻中央经济工作会议的要求，积极的财政政策要适度加力、提质增效，用好财政政策空间，优化财政支出结构，强化国家重大战略任务财力保障，落实好结构性减税降费政策，重点支持科技创新和制造业发展，增强财政可持续性，兜牢基层"三保"底线。稳健的货币政策要灵活适度、精准有效，保持流动性合理充裕，发挥好货币政策工具总量和结构双重功能，引导金融机构加大对科技创新、绿色转型、普惠小微、数字经济等方面的支持力度，促进社会综合融资成本稳中有降。要增强宏观政策取向一致性，加强财政、货币、就业、产业、区域、科技、环保等政策协调配合，把非经济性政策纳入宏观政策取向一致性评估，强化政策统筹，在政策实施上强化协同联动、放大组合效应，在政策储备上打好提前量、留出冗余度，在政策效果评价上注重有效性、增强获得感，确保同向发力、形成合力，着力提升宏观政策支持高质量发展的效果。我国经济回升向好、长期向好的基本趋势没有改变，要增强信心和底气，改善社会预期，加强经济宣传和舆论引导，理直气壮唱响中国经济光明论。

百舸争流千帆竞，长风万里启新程。越是任务艰巨、挑战严峻，越要洞察时与势、把握稳和进。在以习近平同志为核心的党中央坚强领导下，深入学习贯彻习近平新时代中国特色社会主义思想，准确把握明年经济工作的总体要求和政策取向，稳扎稳打、善作善成，以更加奋发有为的精神状态推进各项工作，我们完全有信心、有底气、有能力实现经济社会发展各项目标任务，牢牢掌握发展主动权。

（2023 年 12 月 15 日　01 版）

突出重点，把握关键，扎实做好经济工作

——论学习贯彻中央经济工作会议精神

"明年要围绕推动高质量发展，突出重点，把握关键，扎实做好经济工作。"日前举行的中央经济工作会议对明年经济工作从9个方面作出了重点部署。

高质量发展是全面建设社会主义现代化国家的首要任务，这次中央经济工作会议深刻总结新时代做好经济工作的规律性认识，排在首位的就是"必须把坚持高质量发展作为新时代的硬道理"。应当看到，发展是党执政兴国的第一要务，没有坚实的物质技术基础，就不可能全面建成社会主义现代化强国；发展必须是高质量发展，只有坚持高质量发展，推动经济实现质的有效提升和量的合理增长，才能不断满足人民日益增长的美好生活需要。以科技创新引领现代化产业体系建设，着力扩大国内需求，深化重点领域改革，扩大高水平对外开放，持续有效防范化解重点领域风险，坚持不懈抓好"三农"工作，推动城乡融合、区域协调发展，深入推进生态文明建设和绿色低碳发展，切实保障和改善民生……中央经济工作会议明确的9个方面重点任务，充分体现了创新成为第一动力、协调成为内生特点、绿色成为普遍形态、开放成为必由之路、共享成为根本目的的高质量发展指向，体现了统筹扩大内需和深化供给侧结构性改革、统筹新型城镇化和乡村全面振兴、统筹高质量发展和高水平安全的要求，对于我们纲举目张做好工作、扎实推动高质量发展具有重要意义。

"知之愈明，则行之愈笃。"抓好抓实明年经济工作重点任务，必须深入领会、准确理解，确保最终效果符合党中央决策意图。要深刻认识到，加快实现高水平科技自立自强，是推动高质量发展的必由之路，深化供给侧结构性改革，核心是以科技创新推动产业创新。内需市场是一个巨大的富矿，构建完整的内需体系，关系我国长远发展和长治久安。改革开放是决定当代中国命运的关键一招，只有坚持依靠改革开放才能增强发展内生动力。安全是发展的基础，稳定是强盛的前提，只有坚持高质量发展和高水平安全良性互动，才能牢牢把握发展主动权。农业强国是社会主义现代化强国的根基，只有坚持不懈抓好"三农"工作，才能满足人民美好生活需要、实现高质量发展、夯实国家安全基础。协调是持续健康发展的内在要求，只有实现了城乡、区域协调发展，国内大循环的空间才能更广阔、成色才能更足。中国式现代化是人与自然和谐共生的现代化，只有把绿色发展的底色铺好，才会有今后发展的高歌猛进。人民幸福安康是推动高质量发展的最终目的，只有把发展成果不断转化为生活品质，才能不断增强人民群众的获得感、幸福感、安全感。

做好明年经济工作，关键要按照中央经济工作会议的部署，全力完成各项重点任务。要以科技创新推动产业创新，特别是以颠覆性技术和前沿技术催生新产业、新模式、新动能，发展新质生产力，提升产业链供应链韧性和安全水平。要激发有潜能的消费，扩大有效益的投资，形成消费和投资相互促进的良性循环。要谋划进一步全面深化改革重大举措，为推动高质量发展、加快中国式现代化建设持续注入强大动力。要加快培育外贸新动能，巩固外贸外资基本盘，抓好支持高质量共建"一带一路"八项行动的落实落地。要统筹化解房地产、地方债务、中小金融机构等风险，坚决守住不发生系统性风险的底线。要锚定建设农业强国目标，有力有效推进乡村全面振兴，建设宜居宜业和美乡村。要把推进新型城镇化和乡村全面振兴有机结合起来，形成城乡融合发展新格局，充分发挥各地区比较优势，按照主体功能定位，积极融入和服务构建新发展格局。要积极稳妥推进碳达峰碳中和，提高能源资源安全保障能力。要坚持尽力而为、量力而行，兜住、兜准、兜牢民生底线，确保重点群体就业稳定，织密扎牢社会保障网，推动人口高质量发展。

大道至简，实干为要。做好明年经济工作、把各项重点任务落实好，关键在行动，关键靠实干。要把思想和行动统一到习近平总书记在中央经济工作会议上的重要讲话精神和党中央决策部署上来，切实增强做好经济工作的责任感使命感，抓住一切有利时机，利用一切有利条件，看准了就抓紧干，能多干就多干一些，努力以自身工作的确定性应对形势变化的不确定性。要讲求工作推进的方式方法，抓住主要矛盾，突破瓶颈制约，注重前瞻布局，确保重点任务落地落实。要始终保持奋发有为的精神状态，胸怀"国之大者"，主动担当作为，加强协同配合，积极谋划用好牵引性、撬动性强的工作抓手，以高质量发展的实际行动和成效，为以中国式现代化全面推进强国建设、民族复兴伟业作出新的更大贡献。

"新征程上，我们的前途一片光明，但脚下的路不会是一马平川。"征途漫漫，惟有奋斗。让我们更加紧密地团结在以习近平同志为核心的党中央周围，全面贯彻习近平新时代中国特色社会主义思想，坚定信心、开拓奋进，全力以赴完成好明年经济工作重点任务，以新气象新作为推动高质量发展取得新成效。

（2023 年 12 月 16 日　05 版）

切实增强做好经济工作的责任感使命感

——论学习贯彻中央经济工作会议精神

坚持和加强党的全面领导是做好经济工作的根本保证，是高质量发展的必然要求。中央经济工作会议指出"要深刻领会党中央对经济形势的科学判断，切实增强做好经济工作的责任感使命感"，强调"要坚持和加强党的全面领导，深入贯彻落实党中央关于经济工作的决策部署"。

党的领导直接关系中国式现代化的根本方向、前途命运、最终成败。今年以来，面对风高浪急的国际环境和艰巨繁重的国内改革发展稳定任务，中国经济顶住了压力，稳定了规模，提升了质量，全面建设社会主义现代化国家迈出坚实步伐，充分印证了以习近平同志为核心的党中央对形势判断和相关决策的正确性预见性，充分彰显了"两个确立"的决定性意义。当前，我国经济恢复仍处在关键阶段，进一步推动经济回升向好需要克服一些困难和挑战。越是任务艰巨、挑战严峻，越要发挥党中央集中统一领导的定海神针作用，在党的旗帜下团结成"一块坚硬的钢铁"，形成心往一处想、劲往一处使的生动局面，坚定信心、开拓奋进，以咬定青山不放松的执着奋力实现既定目标。

这次中央经济工作会议对抓落实提出明确要求，强调要"不折不扣抓落实""雷厉风行抓落实""求真务实抓落实""敢作善为抓落实"，这为我们在抓落实上取得新成效指明了努力方向、提供了方法指引。必须深刻认识到，空谈误国、实干兴邦，一分部署、九分落实。不注重抓落实，不认真抓好落实，再好的规划和部署都会沦为空中楼阁。把党的二十大擘画的宏伟蓝图变成美好现实，把党中央关于经济工作的重大决策部署落到实处，关键在狠抓落实，关键在各级领导干部担当作为。要把思想和行动统一到习近平总书记在中央经济工作会议上的重要讲话精神和党中央决策部署上来，切实增强做好经济工作的责任感使命感，抓住一切有利时机，利用一切有利条件，以真抓的实劲、敢抓的狠劲、善抓的巧劲、常抓的韧劲，确保明年经济工作重点任务落地落实，扎实推动高质量发展。

习近平总书记深刻指出："抓落实，是党的政治路线、思想路线、群众路线的根本要求，也是衡量领导干部党性和政绩观的重要标志。"做到不折不扣抓落实，就要对"国之大者"领悟到位，确保执行不偏向、不变通、不走样，确保最终效果符合党中央决策意图。做到雷厉风行抓落实，就要有马上就办的意识，统筹把握时度效，力求最好效果，看准了就抓紧干，能多干就多干一些。做到求真务实抓落实，就要坚决纠治形式主义、官僚主义，让干部群众的精力真正花在干实事上，坚持一切从实际出发，实事求是、因地制宜，"一把钥匙开一把锁"。做到敢作善为抓落实，就要坚持正确用人导向，准确把握亲清统一的新型政商关系，让各级领导干部轻装上阵干事创业，充分发挥抓落实的积极性主动性创造性。要巩固拓展主题教育成果，并转化为推动高质量发展的成效。

团结就是力量，信心赛过黄金。当前我国发展面临的有利条件强于不利因素，经济回升向好、长期向好的基本趋势没有改变。更加紧密地团结在以习近平同志为核心的党中央周围，全面贯彻习近平新时代中国特色社会主义思想，始终保持奋发有为的精神状态，增强"时时放心不下"的责任担当，真抓实干、埋头苦干，齐心协力、顽强拼搏，我们一定能够巩固和增强经济回升向好态势，推动中国经济大船乘风破浪持续前行，在强国建设、民族复兴新征程上作出新的更大贡献、创造新的时代辉煌。

（2023年12月17日　04版）

以前所未有的力度打开了崭新局面

——写在改革开放45周年之际①

九万里风鹏正举，新征程气象万千。开局之年，我国发展取得了来之不易、令人振奋的成绩。经济总体回升向好，高质量发展扎实推进，改革开放向纵深推进，安全发展基础巩固夯实……放眼今日之中国，神州大地蒸蒸日上；沿着中国式现代化道路阔步前行，我们的前途一片光明。

今年是我国改革开放45周年，改革开放是决定当代中国命运的关键一招，也是实现中华民族伟大复兴的关键一招。新时代党和国家事业之所以取得举世瞩目的重大成就，一个重要原因就在于全面深化改革开放。习近平总书记指出："党的十一届三中全会是划时代的，开启了改革开放和社会主义现代化建设历史新时期。党的十八届三中全会也是划时代的，开启了全面深化改革、系统整体设计推进改革的新时代，开创了我国改革开放的全新局面。"新时代以来，以习近平同志为核心的党中央以巨大的政治勇气全面深化改革，坚决破除各方面体制机制弊端，坚定不移推动高水平对外开放，开启了气势如虹、波澜壮阔的改革进程，以前所未有的力度打开了崭新局面。栉风沐雨、春华秋实，全面深化改革向广度和深度进军，中国特色社会主义制度更加成熟更加定型，国家治理体系和治理能力现代化水平明显提高，我国成为140多个国家和地区的主要贸易伙伴，货物贸易总额居世界第一，社会主义现代化建设的动力和活力不断增强，为实现中华民族伟大复兴提供了充满新的生机活力的体制制度保证。

338

这是举旗定向的思想指引。"现在我国改革已经进入攻坚期和深水区，我们必须以更大的政治勇气和智慧，不失时机深化重要领域改革。"2012年12月在广东考察时，习近平总书记话语铿锵。指出"改革开放是我们党在新的时代条件下带领人民进行的新的伟大革命，是当代中国最鲜明的特色，也是我们党最鲜明的旗帜"，强调"改革开放是前无古人的崭新事业，必须坚持正确的方法论，在不断实践探索中推进"，明确全面深化改革的总目标是"完善和发展中国特色社会主义制度，推进国家治理体系和治理能力现代化"……习近平总书记以马克思主义政治家、思想家、战略家的深刻洞察力、敏锐判断力、理论创造力，科学回答了全面深化改革的一系列重大理论和实践问题，为新时代全面深化改革提供了根本遵循和科学指南。

这是高瞻远瞩的战略擘画。"改革只有进行时，没有结束时。新时代坚持和发展中国特色社会主义，根本动力仍然是全面深化改革。"2017年10月党的十九届一中全会上，习近平总书记谆谆告诫。从党的十八届三中全会全面深化经济、政治、文化、社会、生态文明体制和党的建设制度改革，到党的十八届四中全会作出全面依法治国的部署，推动改革与法治同频共振、相互促进；从党的十九大作出新阶段全面深化改革开放的战略部署，到党的十九届四中全会专门研究坚持和完善中国特色社会主义制度、推进国家治理体系和治理能力现代化并作出决定……习近平总书记从党和国家事业发展全局出发，把全面深化改革纳入"四个全面"战略布局，既对全面深化改革作出顶层设计，又强调突出抓好重要领域和关键环节的改革，推动改革由局部探索、破冰突围到系统集成、全面深化，各领域基础性制度框架基本建立。

这是义无反顾的勇毅笃行。"改革关头勇者胜，我们将以敢于啃硬骨头、敢于涉险滩的决心，义无反顾推进改革。"2015年9月，习近平总书记这样郑重宣示。新时代以来，面对千头万绪的改革任务和空前巨大的改革压力，亲自主持召开40次中央全面深化改革领导小组会议和30次中央全面深化改革委员会会议，讲方法、明路径、指方向；面对改革进入攻坚期和深水区，以"明知山有虎、偏向虎山行"的勇气迎难而上，确保党的十八届三中全会提出的改革目标任务总体如期完成；面对经济全球化遭遇"逆风逆流"，勇开顶风船、无惧回头浪，实行更加积极主动的开放战略，加快推进自由贸易试验区、海南自由贸易港建设，扎实推进高质量共建"一带一路"……正是在习近平总书记亲自谋划、亲自部署、亲自推动下，我们党以前所未有的决心和力度冲破思想观念的束缚、突破利益固化的藩篱，推动许多领域实现历史性变革、系统性重塑、整体性重构，形成更大范围、更宽领域、更深层次对外开放格局。

艰难方显勇毅，磨砺始得玉成。新时代以来，我们党推动的改革是全方位、深层次、根本性的，取得的成就是历史性、革命性、开创性的，中国对外开放是全方位、全领域的。放眼全世界，没有哪个国家和政党，能有这样的政治气魄和历史担当，敢于大刀阔斧、刀刃向内、自我革命，也没有哪个国家和政党，能在这么短时间内推动这么大范围、这么大规模、这么大力度的改革，这是中国特色社会主义制度的鲜明特征和显著优势。实践充分证明，"两个确立"是新时代引领党和国家事业从胜利走向新的胜利的政治保证，是战胜一切艰难险阻、应对一切不确定性的最大确定性、最大底气、最大保证，对新时代党和国家事业发展、对推进中华民族伟大复兴历史进程具有决定性意义。只要我们把思想和行动统一到党中央决策部署上来，坚定不移全面深化改革、扩大对外开放，中国特色社会主义一定会迎来更加美好的明天。

改革不停顿，开放不止步。当前我国发展进入战略机遇和风险挑战并存、不确定难预料因素增多的时期，以中国式现代化全面推进中华民族伟大复兴，需要在深化改革开放中不断增强发展的动力和活力。更加紧密地团结在以习近平同志为核心的党中央周围，坚持以习近平新时代中国特色社会主义思想为指导，全面贯彻党的二十大精神，把全面深化改革作为推进中国式现代化的根本动力，作为稳大局、应变局、开新局的重要抓手，把准方向、守正创新、真抓实干，我们一定能在新征程上谱写改革开放新篇章，创造事业发展新辉煌。

（2023年12月16日　04版）

为中国式现代化注入不竭动力源泉

——写在改革开放45周年之际②

一个国家、一个民族要振兴，就必须在历史前进的逻辑中前进、在时代发展的潮流中发展。

小岗破冰，深圳兴涛，海南弄潮，浦东逐浪，雄安扬波……四十五载扬帆奋进，改革开放写下震撼人心的东方传奇，让一个古老民族迎来了从站起来、富起来到强起来的伟大飞跃。特别是新时代以来，以习近平同志为核心的党中央以巨大的政治勇气全面深化改革，成功推进和拓展了中国式现代化，我国迈上了全面建设社会主义现代化国家新征程，实现中华民族伟大复兴进入了不可逆转的历史进程。四十五载波澜壮阔，改革开放成为当代中国最显著的特征、最壮丽的气象，我们比历史上任何时期都更接近、更有信心和能力实现中华民族伟大复兴的目标。正如习近平总书记深刻指出的："改革开放是决定当代中国命运的关键一招，也是决定中国式现代化成败的关键一招。"

新时代党和国家事业之所以能取得历史性成就、发生历史性变革，一个重要原因就在于始终坚持全面深化改革开放。从党的十八届三中全会推出336项重大改革举措、提出的改革目标任务总体如期完成，到推动改革由局部探索、破冰突围到系统集成、全面深化，从把握经济全球化发展大势、实行更加积极主动的开放战略，到坚定不移全面扩大开放，形成更大范围、更宽领域、更深层次对外开放格局……突出问题导向，敢于突进深水区，敢于啃硬骨头，敢于涉险滩，敢于面对新矛盾新挑战，冲破思想观念束缚，突破利益固化藩篱，坚决破除各方面体制机制弊端，许多领域实现历史性变革、系统性重塑、整体性重构，为中国式现代化注入不竭动力源泉。实践充分证明，改革开放是当代中国发展进步的活力之源，是我们党和人民大踏步赶上时代前进步伐的重要法宝，是坚持和发展中国特色社会主义的必由之路。

以全面深化改革开放增强发展活力，"我们的道路越走越宽广"。发展出题目，改革做文章。改革是解放和发展社会生产力的关键，是推动国家发展的根本动力。改革开放以后，我们党不断变革生产关系和生产力之间、上层建筑和经济基础之间不相适应的方面，不断推进各领域体制改革，形成和发展符合当代中国国情、充满生机活力的体制机制，构建以国内大循环为主体、国内国际双循环相互促进的新发展格局，让一切劳动、知识、技术、管理和资本的活力竞相迸发，让一切创造社会财富的源泉充分涌流。习近平总书记指出，"事业发展没有止境，深化改革没有穷期"。前进道路上，把全面深化改革作为推进中国式现代化的根本动力，作为稳大局、应变局、开新局的重要抓手，蹄疾步稳深化重要领域和关键环节改革，更加注重改革的系统性、整体性、协同性，准确识变、科学应变、主动求变，不断开辟发展新领域新赛道，塑造发展新动能新优势，不断增强社会主义现代化建设的动力和活力，就能在新时代新征程上赢得优势、赢得主动、赢得未来。

以全面深化改革开放激发制度优势，"我们的前途一片光明"。制度优势是一个国家的最大优势。新时代以来，锚定"完善和发展中国特色社会主义制度，推进国家治理体系和治理能力现代化"的总目标，我们党对经济体制、政治体制、文化体制、社会体制、生态文明体制、国防和军队改革和党的建设制度改革作出部署，全面深化改革不断向广度和深度进军，中国特色社会主义制度更加成熟更加定型，国家治理体系和治理能力现代化水平不断提高，党和国家事业焕发出新的生机活力。习近平总书记强调，"发展环境越是严峻复杂，越要坚定不移深化改革"。前进道路上，始终突出制度建设这条主线，把深化改革攻坚同促进制度集成结合起来，聚焦基础性和具有重大牵引作用的改革举措，不断健全制度框架，筑牢根本制度、完善基本制度、创新重要制度，定能不断彰显中国特色社会主义制度优势，把我国制度优势更好转化为国家治理效能，把我国发展进步的命运牢牢掌握在自己手中。

以全面深化改革开放焕发历史主动精神，"我们的事业将无往而不胜"。人民是历史的创造者，是推进现代化最坚实的根基、最深厚的力量。中国式现代化是亿万人民自己的事业，只有紧紧依靠人民，汇集全体人民的智慧和力量，才能推动中国式现代化不断向前发展。新时代以来，坚持以人民为中心推进改革，坚持加强党的领导和尊重人民首创精神相结合，坚持顶层设计和摸着石头过河相协调，坚持试点先行和全面推进相促进，抓住人民最关心最直接最现实的利益问题推进重点领域改革，不断增强人民获得感、幸福感、安全感，全社会形成改革创新活力竞相迸发、充分涌流的生动局面。习近平总书记指出："改革永远在路上，改革之路无坦途。"前进道路上，把激发创新活力同凝聚奋进力量结合起来，充分调动各方面推进改革的积极性、主动性、创造性，从生动鲜活的基层实践中汲取智慧，从人民群众的真知灼见中获取理论创新和实践创新灵感，就一定能够推动改革开放在新发展阶段不断打开新局面，凝聚起全面建设社会主义现代化国家的磅礴伟力。

征途如虹，浩荡前行。习近平总书记强调："全面建设社会主义现代化国家寄托着中华民族的夙愿和期盼，凝结着中国人民的奋斗和汗水。中国式现代化是中国共产党和中国人民长期实践探索的成果，是一项伟大而艰巨的事业。"惟改革者进，惟创新者强，惟改革创新者胜。永葆"闯"
的精神、"创"的劲头、"干"的作风，发挥好改革的突破和先导作用，依
靠改革破除发展瓶颈、汇聚发展优势、增强发展动力，坚定不移把改革开
放进行到底，中国特色社会主义事业航船一定能劈波斩浪、一往无前，中
华民族伟大复兴的宏伟目标一定能变为现实。

（2023 年 12 月 17 日　01 版）

在新征程上谱写改革开放新篇章

——写在改革开放45周年之际③

胸怀梦想的远征，尤需逢山开路的闯劲；前无古人的事业，呼唤锲而不舍的笃行。

指出"中国改革开放政策将长久不变，永远不会自己关上开放的大门"，强调"深化重点领域改革，加强营商环境建设，稳步扩大规则、规制、管理、标准等制度型开放"，要求"全方位大力度推进首创性改革、引领性开放，加强改革系统集成"……全面贯彻党的二十大精神的开局之年，习近平总书记从党和国家事业发展全局出发，在各地考察时对全面深化改革、扩大高水平对外开放提出明确要求，充分彰显了"改革不停顿、开放不止步"的坚定决心和坚强意志。

新时代以来，以习近平同志为核心的党中央以前所未有的决心和力度冲破思想观念的束缚，开创了以改革开放推动党和国家各项事业取得历史性成就、发生历史性变革的新局面。在强国建设、民族复兴的新征程上，推进中国式现代化是一个探索性事业，还有许多未知领域，需要我们在实践中去大胆探索，坚持改革与开放相互促进，通过改革创新来推动事业发展，以高水平对外开放打造国际合作和竞争新优势。只有深入推进改革创新，坚定不移扩大开放，着力破解深层次体制机制障碍，才能不断彰显中国特色社会主义制度优势，不断增强社会主义现代化建设的动力和活力。我们要把全面深化改革作为推进中国式现代化的根本动力，作为稳大局、应变局、开新局的重要抓手，把准方向、守正创新、真抓实干，既扩大开放之门，又将改革之路走稳，在新征程上谱写改革开放新篇章。

全面建设社会主义现代化国家、全面推进中华民族伟大复兴，关键在党。习近平总书记指出"党的领导直接关系中国式现代化的根本方向、前途命运、最终成败"，强调"坚持党的领导，全面从严治党，是改革开放取得成功的关键和根本"。必须深刻认识到，我们的改革是有方向、有立场、有原则的。推进改革的目的是要不断推进我国社会主义制度自我完善和发展，赋予社会主义新的生机活力；坚持和改善党的领导、坚持和完善中国特色社会主义制度，这一条任何时候都不能偏离。奋进新征程，始终坚持和加强党的领导，把准改革方向，明确目标任务，以科学的谋划、创新的魄力推进改革，确保党始终总揽全局、协调各方，就一定能推动改革开放这艘航船乘风破浪、行稳致远。

实践发展永无止境，改革开放也永无止境。习近平总书记指出"重点领域改革还有不少硬骨头要啃"，要求"要用好改革这个关键一招，坚持社会主义市场经济改革方向，加强改革系统集成、协同高效，巩固和深化解决体制性障碍、机制性梗阻、创新性政策方面的改革成果，在重要领域和关键环节取得新突破"，强调"以开放促改革、促发展"。面对改革的复杂形势和繁重任务，只有牵住改革"牛鼻子"，既抓重要领域、重要任务、重要试点，又抓关键主体、关键环节、关键节点，才能以重点带动全局，把各项改革任务落到实处。奋进新征程，我们要抓好重大改革任务攻坚克难，统筹全局、把握重点，聚焦全面建设社会主义现代化国家中的重大问题谋划推进改革，用好机构改革创造的有利条件，努力在破除各方面体制机制弊端、调整深层次利益格局上再攻下一些难点。

调查研究是谋事之基、成事之道。习近平总书记深刻指出，"研究、思考、确定全面深化改革的思路和重大举措，刻舟求剑不行，闭门造车不行，异想天开更不行，必须进行全面深入的调查研究"，要求"大兴调查研究，总结用好我国开放发展的成功经验，加强对开放工作的战略性、系统性、前瞻性谋划，把国际经贸领域的新情况新问题摸准吃透，做到心中有数、手中有策、行动有力"。新时代以来，号召深圳"先行示范"，推动上海浦东高水平改革开放，推动海南建设自由贸易港，赋予雄安更大改革自主权……谋划改革全局、推动改革实践，以调研开局、以调研开路，习近平总书记率先垂范，引领广大党员干部用好"传家宝"、做足"基本功"。奋进新征程，我们要加强改革调查研究，多到矛盾问题集中的地方和部门去，深入基层、走进群众，体察实情、解剖麻雀，既深入研究具体问题，又善于综合各方面情况，在总体思路和全局工作上多动脑筋、多下功夫，练就驾驭高水平对外开放的过硬本领，广泛凝聚全社会推进改革发展的智慧和力量。

一分部署、九分落实。习近平总书记始终高度重视改革抓落实，强调"凡是议定的事要分头落实，不折不扣抓出成效"，要求"把加强改革系统集成、推动改革落地见效摆在更加突出的位置"，指出"要有钉钉子精神，落实落细改革主体责任"。在习近平总书记亲自推动、示范引领下，各地党政主要负责同志主动担责，挑最重的担子、啃最硬的骨头，健全抓落实工作机制，形成以上率下、协调联动抓改革落实的大格局。奋进新征程，拿出抓铁有痕、踏石留印的韧劲，加大改革抓落实力度，完善上下协同、条块结合、精准高效的改革落实机制，下更大气力抓好改革督察工作，我们就一定能推动改革开放新举措落地见效，更好造福广大人民群众。

四十五载波澜壮阔，新征程催人奋进。前进道路上，让我们更加紧密地团结在以习近平同志为核心的党中央周围，坚持以习近平新时代中国特色社会主义思想为指导，全面贯彻落实党的二十大精神，深刻领悟"两个确立"的决定性意义，增强"四个意识"、坚定"四个自信"、做到"两个维护"，以一往无前的奋斗姿态、风雨无阻的精神状态，在更高起点上推进改革开放，坚定不移朝着强国建设、民族复兴的宏伟目标奋勇前进，在中国式现代化的康庄大道上谱写时代华章。

（2023 年 12 月 18 日　01 版）

冰雪经济助力新疆高质量发展

行走新疆，大美冰雪画卷徐徐展开。在乌鲁木齐市各大景区，丰富多彩的冰雪游项目吸引大量游客参与体验；在阿勒泰地区的滑雪场里，身穿五颜六色滑雪服的游客们在雪道上驰骋，体验着冰雪运动的速度与激情；在伊犁哈萨克自治州的文化园区里，天马踏雪、雪地赛马、民俗表演等冬季文旅活动备受欢迎……冰天雪地里的火热景象，见证着新疆冰雪风光的魅力多姿、冰雪文化的绚丽多彩、冰雪运动的蓬勃活力、冰雪经济的欣欣向荣。

洁白无瑕的冰雪，是宝贵而独特的自然资源、生态资源、发展资源。新疆地处"世界冰雪黄金纬度带""中国黄金雪域线"，是国内著名的冰雪资源富集地和冰雪旅游目的地。近年来，新疆认真贯彻落实习近平生态文明思想，深入挖掘冰天雪地蕴藏的巨大经济价值、社会价值、生态价值和文化价值，不断赋予冰雪旅游新内涵、开拓冰雪产业新境界、树立冰雪运动新标杆，打造文化引领、运动赋能、装备协同、服务支撑的高标准冰雪产业体系，将"冷资源"转化为"热经济"，推动冰雪经济不断向高质量发展跃升。如今，新疆冰雪产业迎来高质量发展重大机遇，冰雪运动、冰雪旅游正成为新疆旅游的新亮点。

"冰天雪地也是金山银山"。习近平总书记强调："要大力发展特色文化旅游。把发展冰雪经济作为新增长点，推动冰雪运动、冰雪文化、冰雪装备、冰雪旅游全产业链发展。"新疆冰雪经济持续升温，加速释放发展"热效应",带动形成了餐饮、住宿、休闲、娱乐、交通等全产业链发展体系,实现了"一座滑雪场带动一座城"的发展新格局,成为新疆经济社会高质量发展的一个新引擎。面向未来,充分发挥冰雪资源优势,推动冰雪运动和冰雪旅游高质量发展,不断丰富冰雪业态、增强冰雪旅游吸引力,充分发挥体育在惠及民生、凝聚人心、拉动消费、带动旅游、促进经济社会高质量发展上的综合独特功能价值,定能推动新疆高质量发展积势蓄力、稳健前行。

人民幸福安康是推动高质量发展的最终目的。让各族群众都过上好日子,是我们共同奋斗的目标。近年来,新疆统筹发展和稳定、发展和民生、发展和人心,坚持紧贴民生推动高质量发展,推动冰雪旅游、冰雪产业发展成果惠及各族群众,越来越多乡亲们捧起了"雪饭碗",吃上了"旅游饭",日子越过越好。从以冰雪产业带动增收致富,到持续推进各项惠民工程落地落实,新疆各族群众生活条件得到改善,共享改革发展成果,获得感成色更足、幸福感更可持续、安全感更有保障。新疆大力发展冰雪运动、冰雪旅游的实践告诉我们,必须坚持以人民为中心,把改善民生、凝聚人心作为民族地区经济社会发展的出发点和落脚点,在发展中更加注重保障和改善民生,让各族人民实实在在感受到推进共同富裕在行动、在身边。

全面建成社会主义现代化强国,一个民族也不能少;推动全体人民共同富裕,最艰巨的任务在一些边疆民族地区。习近平总书记强调:"构建新发展格局、推动高质量发展、推进中国式现代化,新疆面临新机遇,要有新作为。"要完整、准确、全面贯彻新发展理念,牢牢把握高质量发展这个首要任务和构建新发展格局这个战略任务,立足资源禀赋、区位优势和产业基础,培育壮大特色优势产业,加快构建体现新疆特色和优势的现代化产业体系,促进冰雪产业等新兴产业蓬勃发展,让冰天雪地真正成为群众致富、乡村振兴的"金山银山"，让生态优势不断转化为发展优势，为新疆高质量发展激发更多新活力、注入更多新动能。

冰雪茫茫，无限风光。今天的新疆大地，处处呈现迈向高质量发展的良好态势。更加紧密地团结在以习近平同志为核心的党中央周围，全面贯彻习近平新时代中国特色社会主义思想，同心协力、踔厉奋发，就一定能在中国式现代化进程中更好建设团结和谐、繁荣富裕、文明进步、安居乐业、生态良好的美丽新疆。

（2023年12月25日　10版）

深刻认识新时代中国特色大国外交的历史性成就和宝贵经验

——一论贯彻落实中央外事工作会议精神

中央外事工作会议指出，党的十八大以来，在推进新时代中国特色社会主义事业的伟大征程中，我们统筹中华民族伟大复兴战略全局和世界百年未有之大变局，在危机中育新机、于变局中开新局，对外工作取得了历史性成就、发生了历史性变革。

一是创立和发展了习近平外交思想，开辟了中国外交理论和实践的新境界，为推进中国特色大国外交提供了根本遵循。

二是彰显了我国外交鲜明的中国特色、中国风格、中国气派，树立了自信自立、胸怀天下、开放包容的大国形象，全面提升了我国的国际影响力。

三是倡导构建人类命运共同体，指明了人类社会共同发展、长治久安、文明互鉴的正确方向。提出全球发展倡议、全球安全倡议、全球文明倡议，为解决人类面临的共同问题提供了中国方案。

四是坚持元首外交战略引领，在国际事务中日益发挥重要和建设性作用。积极开展主场外交、重要出访、多边活动，打造了一件件大国外交经典之作，丰富和发展了中国外交的新形态。

五是全面运筹与各方关系，推动构建和平共处、总体稳定、均衡发展的大国关系格局。

六是拓展全方位战略布局，形成了范围广、质量高的全球伙伴关系网络，我们的"朋友圈"不断壮大。

七是推动高质量共建"一带一路"，成功举办了3届"一带一路"国际合作高峰论坛，同150多个国家、30多个国际组织签署合作文件，搭建了世界上范围最广、规模最大的国际合作平台。

八是统筹发展和安全，以坚定意志和顽强斗争有效维护国家主权、安全、发展利益。坚决挫败外部势力干涉我国内政的图谋，有效维护海外利益和人员安全。

九是积极参与全球治理，引领国际体系和秩序变革方向。维护广大发展中国家的共同和根本利益，推动建设公正合理的全球治理体系。

十是加强党中央集中统一领导，巩固了对外工作大协同格局。

新时代十年，我们继承发扬新中国外交优良传统，在波澜壮阔的历史进程中接续奋斗，经历了不少大风大浪，战胜了各种困难挑战，开创了中国特色大国外交新局面。我国已成为更具国际影响力、创新引领力、道义感召力的负责任大国。

在新时代对外工作实践中，我们积累了一系列宝贵经验：必须做到坚持原则，在关乎人类前途命运和世界发展方向的重大问题上，要旗帜鲜明、站稳立场，牢牢占据国际道义制高点，团结争取世界大多数；必须体现大国担当，坚持弘扬独立自主精神，坚持引领和平发展，坚持促进世界稳定和繁荣；必须树立系统观念，以正确的历史观、大局观把握大势、统筹兼顾、掌握主动；必须坚持守正创新，坚守中国外交的优良传统和根本方向，同时开拓进取，推动理论和实践创新；必须发扬斗争精神，坚决反对一切强权政治和霸凌行径，有力捍卫国家利益和民族尊严；必须发挥制度优势，在党中央集中统一领导下，各地区各部门协同配合，形成合力。

"潮起宜踏浪，风正可扬帆。"我们将在以习近平同志为核心的党中央坚强领导下，以习近平外交思想为指导，从新时代中国特色大国外交历史性成就和宝贵经验中汲取智慧和力量，在新时代新征程上再接再厉、再创辉煌！

（2023年12月30日　02版）

高高举起构建人类命运共同体光辉旗帜

——二论贯彻落实中央外事工作会议精神

中央外事工作会议指出，构建人类命运共同体，体现了中国共产党人的世界观、秩序观、价值观，顺应了各国人民的普遍愿望，指明了世界文明进步的方向，是新时代中国特色大国外交追求的崇高目标。

中国共产党不仅是为中国人民谋幸福、为中华民族谋复兴的党，也是为人类谋进步、为世界谋大同的党，党的宗旨历来具备国际情怀，党的事业历来具有全球视野。构建人类命运共同体是习近平外交思想的核心理念，是我们党不断深化对人类社会发展规律的认识，对建设一个什么样的世界、怎样建设这个世界给出的中国方案，体现了我们党的初心使命与时代发展潮流的高度统一，凝聚了各国人民期盼建设美好世界的最大公约数，具有重大理论价值和深远历史意义，越来越展现出强大的影响力、生命力、感召力。

日就月将，十年有成。构建人类命运共同体已经从中国倡议扩大为国际共识，从美好愿景转化为丰富实践，从理念主张发展为科学体系，成为引领时代前进的光辉旗帜。从双边到多边，从区域到全球，我国同数十个国家和地区构建了多种形式的命运共同体，推动在卫生健康、人与自然、网络、海洋等领域开展了命运共同体建设，取得丰硕成果。概括地讲，构建人类命运共同体就是以建设持久和平、普遍安全、共同繁荣、开放包容、清洁美丽的世界为努力目标，以推动共商共建共享的全球治理为实现路径，以践行全人类共同价值为普遍遵循，以推动构建新型国际关系为基本支撑，以落实全球发展倡议、全球安全倡议、全球文明倡议为战略引领，以高质量共建"一带一路"为实践平台，为人类社会共同发展、长治久安、文明互鉴指明了正确方向、作出了重要贡献。

构建人类命运共同体凸显了历史大势、人心所向。越来越多的国家认识到，世界命运应该由各国共同掌握，世界的未来需要由大家携手创造。我们要高高举起构建人类命运共同体旗帜，把中国发展和世界发展结合起来，把中国人民和世界人民的根本利益结合起来，针对当今世界面临的一系列重大问题，凝聚起更广泛国际共识，提出更有效解决方案，推动各国携手应对挑战、实现共同繁荣，推动世界走向和平、安全、繁荣、进步的光明前景。

"万物并育而不相害，道并行而不相悖。"构建人类命运共同体是世界各国人民前途所在。我们要以习近平外交思想为指导，以构建人类命运共同体为主线，不断开创中国特色大国外交新局面，同各国人民携手开创人类更加美好的未来！

（2023年12月31日　01版）